二十世纪流行经典丛书

SPHINX
临 渊 而 立

Robin Cook

〔美〕罗宾·科克 著
孙致礼 宋佩铭 译

著作权合同登记号　图字 01-2018-8935

Robin Cook
SPHINX

Copyright © 1979 by Robin Cook.
Simplified Chinese edition Copyright © 2021 by Shanghai 99 Readers' Culture Co., Ltd.
All rights reserved.

图书在版编目(CIP)数据

临渊而立/(美)罗宾·科克著；孙致礼，宋佩铭译.—北京：人民文学出版社，2021
（二十世纪流行经典丛书）
ISBN 978-7-02-014838-7

Ⅰ.①临… Ⅱ.①罗…②孙…③宋… Ⅲ.①长篇小说-美国-现代 Ⅳ.①I712.45

中国版本图书馆 CIP 数据核字(2019)第 014662 号

责任编辑　卜艳冰　邱小群　刘佳俊
封面设计　钱　珺

出版发行　人民文学出版社
社　　址　北京市朝内大街 166 号
邮政编码　100705

印　　刷　山东新华印务有限公司
经　　销　全国新华书店等

字　　数　220 千字
开　　本　890 毫米×1240 毫米　1/32
印　　张　10.125
版　　次　2021 年 5 月北京第 1 版
印　　次　2021 年 5 月第 1 次印刷

书　　号　978-7-02-014838-7
定　　价　55.00 元

如有印装质量问题，请与本社图书销售中心调换。电话:010-65233595

译者前言

二十世纪后半期，美国文坛产生了一类新型的暴露小说：社会暴露小说。这类小说的基本特征，一是暴露面比以前更宽阔，政界、商界、司法界、金融界、医药界、影视界等各个领域都成为抨击的对象；二是暴露的力度也比以前增大，作者关注的热点不再限于各种丑闻，而是把矛头直指社会制度本身，政治腐败、恐怖活动、经济犯罪、司法交易等民众深恶痛绝的社会现象都得到深刻的揭露；三是在表现手法上，社会暴露小说家也完全摒弃了"新闻写实"式的报告文学模式，注重吸取其他通俗小说的创作要素，注重情节的惊险和悬念的运用。一般说来，社会暴露小说是反映人性丑陋与社会堕落的惊险小说。

就暴露领域而言，社会暴露小说可以分为政治暴露小说、经济暴露小说、军事暴露小说、宗教暴露小说、法律暴露小说、医学暴露小说，等等。其中，医学暴露小说派生于早期西方的医生护士小说，并融入了恐怖小说、侦探小说等成分，主要以医生、护士为主人公，以医疗事故为情节主线，揭露医学界的黑幕与医疗制度的弊端。这方面的代表作家是罗宾·科克（Robin Cook）。科克于一九四〇年五月四日出生在美国纽约市。他从小喜爱医生的职业，中学毕业后进入哥伦比亚大学医学院，于一九六六年获得医学博士学位。毕业后，曾先后在夏威夷、马萨诸塞、波士顿等地的医院担任外科医生。工作之余，阅读了大量畅销小说，并萌生了创作的念头。从二十世纪七十年代后期起，陆续出版了《昏迷》(*Coma*, 1977)、《人脑》(*Brain*, 1981)、《发烧》(*Fever*, 1982)、《致幻》(*Mindben*, 1988)、《致命的治疗》(*Fatal Cure*, 1993)、《紧急传染》(*Contagion*, 1995)和《毒素》(*Taxion*, 1998)等二十余部医学暴露小说。这些小说大多都是畅销书，纷纷被搬上银幕，引起轰动。

除医学暴露小说之外，罗宾·科克还出版了一些其他类型的通俗小说，其中最著名的是一九七九年出版的这本《临渊而立》(*Sphinx*)。小说聚焦在埃及国宝的殊死争夺，题材新颖，构思精巧，悬念丛生，扣人心弦，立即成为畅销书，一九八〇年搬上银幕，越发受到热捧。一九八二年，我国的《译林》在当年第一期上刊登了小说的译文，杂志一销而光，出版社立即推出了小说的单行本，接连印刷了三次。与此同时，南京广播电台和《南京日报》用了一个多月的时间，连播、连载了小说，真可谓盛况空前。

小说女主角艾丽卡是个埃及学学者，但从未到过埃及。这次不顾母亲和男友的劝阻，独身闯到埃及实地考察。就在她到后的第一天，一家古玩店的老板约她去看一件价值连城的瑰宝，不想她亲眼看见了老板惨遭杀害，宝物被盗走。随后两天，她又在不同场合见证了同样的惨剧。由此她意识到，来自埃及和他国的盗宝、走私之徒已盯上了她，准备利用她把珍宝搞到手。但是，艾丽卡没有被残酷的现实所吓倒。她无所畏惧地钻进金字塔的墓穴中，借助天书般的文字翻译，终于破解了塞提一世的墓穴位置，找到了她梦寐以求的塞提金雕像，并在千钧一发之际，甩掉了近在咫尺的追踪者，把信息提供给了埃及官方。最后，"埃及政府邀请她在清理塞提一世墓中，发挥主要作用"。

通过这场错综复杂、惊心动魄的财宝争夺，小说不仅颂扬了年轻的女考古学家智勇双全、敢于保护稀世文物的大无畏精神，而且还无情地揭露了法国、希腊走私集团和埃及盗宝官僚的丑恶嘴脸，最后，不法不义之徒也都得到了应有的下场。

本书最初由两位译者分头各译一半，交稿后应《译林》主编之邀，由孙致礼通校了全书。这次再版，仍由孙致礼重新修订了全部译文。

二〇一八年一月三十一日

楔　子

公元前一三〇一年　图坦卡蒙[①]墓

国王谷　底比斯[②]墓地

上下埃及国王、腊神[③]之子、

塞提一世[④]法老陛下在位第十年

河水泛滥季节第四月，第十天

埃米尼把铜凿插进前方那结实的石灰石里，觉得触到坚固的砖石结构。为了确凿起见，他又试了一下。毫无疑问，已经挖到内门了。里面存放着什么样的金银财宝，他简直无法揣测。这是五十一年前落葬的年轻法老图坦卡蒙的永世冥宫。

埃米尼重新振作精神，挖着压紧的碎石。尘土呛得他喘不过气来。汗珠从瘦骨嶙峋的脸上成串地往下直淌。他俯卧在一条漆黑的隧道里，其宽度勉强容得下他那瘦削而结实的身躯。他拢起手来，将捣松的石灰石往身子底下扒去，直扒到能够过脚的地方。然后，像条打

[①] 图坦卡蒙，古埃及第十八王朝国王，公元前1361—前1352年在位，英国埃及学家霍华德·卡特于1922年发现其陵墓。
[②] 底比斯，古埃及新王国时代首都，跨尼罗河中游两岸。
[③] 腊神，又称阿蒙腊神，系古埃及的太阳神。
[④] 塞提一世，古埃及第十九王朝法老，在位时间说法不一，有说在公元前1318—前1304年，有说在公元前1337—前1317年。

洞的虫子，把碎石一脚一脚地推到身后，由挑水夫凯米斯装进芦苇筐里。埃米尼把手都磨破了，可是并不感到疼痛。他只顾在黑暗中摸索着，想摸到前面的泥灰墙。他的指尖摸到了封门上图坦卡蒙的玺印。自从这位少年国王安葬以来，这道封门一直没有动过。

埃米尼把脑袋靠在左臂上，只觉浑身软弱无力，肩膀疼痛难忍。身后，凯米斯一面装筐，一面累得呼哧呼哧直喘。

"咱们挖到内门啦！"埃米尼带着惶恐而兴奋的口气说道。他心里只有一个念头，希望黑夜尽快过去。他不是盗墓贼，可是现在却在挖掘不幸的图坦卡蒙的永世冥宫。"让伊拉门把我的槌子拿来。"埃米尼注意到，在这狭窄的隧道里，他的声音夹带着一种奇怪的颤音。凯米斯一听到这消息，不由高兴得尖叫起来。他拖着芦苇筐，倒退着爬出了隧道。

接着是一片寂静。埃米尼觉得隧道壁在向他压来。他竭力想克服自己的幽禁恐惧症，不觉想起他祖父阿门内姆赫希布当监工、挖掘这座小小陵墓时的情景。埃米尼在琢磨，不知道祖父有没有用手摸过他头顶上的石壁。他翻了个身，把手掌按在石壁上，心里觉得踏实了。阿门内姆赫希布把陵墓平面图传给了埃米尼的父亲柏尔·尼弗。后来，父亲又传给了埃米尼。图纸画得很精确。从外门开始，不多不少正好挖了十二腕尺①，就挖到了内门。进了内门就是前室。他累死累活地干了两夜，天亮就要大功告成了。他盘算着只拿四尊金色雕像。位置都精确地标在图纸上。自己拿一尊，合伙的也一人一尊。然后再

---

① 古代一种长度计量单位，系指由肘至中指尖的长度，约60厘米。

把墓封死。他希望神灵会宽恕自己。他盗墓不是为自己受用，而是用这尊金像偿还双亲遗体涂抹香油和准备丧葬的费用。

凯米斯推着装有槌子和油灯的芦苇筐，又钻进了隧道。筐里还有一把镶着牛角柄的青铜匕首。凯米斯才是地地道道的盗墓贼，对黄金贪得无厌。

前面的石块是用砂浆黏合的，老练的埃米尼用槌子和铜凿抠起来得心应手。使他感到惊讶的是，图坦卡蒙墓与他眼下正在参加修筑的塞提一世法老的山洞陵墓相比，真是小巫见大巫，微不足道。可是也多亏图坦卡蒙墓伪装得貌不惊人，要不，埃米尼也不可能进入墓室。霍伦希布法老早先曾责令将图坦卡蒙从人们的记忆中抹掉，因而守卫陵墓的阿门祭师都给撤了。埃米尼只用了两斗谷子和两桶啤酒就把看守工房的人买通了。也许这也大可不必，因为埃米尼原来就打算趁奥佩盛节潜入图坦卡蒙的永世冥宫。眼下，底比斯墓地上所有的人，包括埃米尼自己的屯子"真理村"里的大多数村民，都在大尼罗河东岸的底比斯欢度佳节。不过，尽管采取了防范措施，埃米尼这一辈子还从来没有像现在这样提心吊胆过。焦灼的心情驱使他拼命地挥打着木槌和凿子。面前一块石头在嘎嘎作响，慢慢向前移动，接着咚的一声掉进前室的地板上。

埃米尼的心脏好像停止了跳动，等待阴间的恶魔向他迎面扑来。不料他闻到的却是香柏和香料的扑鼻芳香，听到的是永恒的宁静。他怀着诚惶诚恐的心情向前挪动，脑袋冲前，进入墓室。室内死一般的寂静，黑得伸手不见五指。埃米尼回头望望隧道，透过一丝惨淡微弱的月光，只见凯米斯正在往里爬，像个瞎子似的摸索着，把油灯递给埃米尼。

"我可以进去吗?"凯米斯把灯和火绒递过去之后,对着黑暗中问道。

"还不行,"埃米尼答道,一面忙着点灯,"你回去告诉伊拉门和阿马西斯,再过半个小时我们就开始重新封闭隧道。"

凯米斯嘴里嘟囔着,像螃蟹似的顺着隧道往回爬。

打火石上迸出一颗火星,点燃了火绒。埃米尼利索地把火绒凑到油灯灯芯上。火光顿时亮了起来,刺破黑暗,就好像一股暖流突然涌进一间寒冷的屋子。

埃米尼吓呆了,两条腿几乎不听使唤了。在闪闪烁烁、半明半暗的灯光下,他瞧见了一个神灵的面孔,那是死神阿姆努特。埃米尼双手颤抖,油灯摇摇晃晃。他趔趄着退到墙边。可是死神并没有动弹。灯光在他金灿灿的头顶上闪耀着,照出了用象牙制作的牙齿和修长优雅的身躯。埃米尼这才意识到他看到的是一张灵床。此外,还有两个神道,一个长着牛头,一个长着狮子头。右侧靠墙处,有两尊跟真人一样大小的少年国王图坦卡蒙的雕像,守卫着墓室入口。早在雕匠室里,埃米尼就曾见过雕刻中的塞提一世的类似镀金雕像。

埃米尼小心翼翼地绕过落在门槛上的一只枯萎的花环。他快步走去,顺手分开了两个镀金神龛,然后诚惶诚恐地拉开门栓,从台座上搬下了两尊金雕像。一尊是上埃及秃鹫女神内克贝特的精致雕像,另一尊是伊希斯[①]的雕像。两尊雕像上都没有图坦卡蒙的名字,这一点

[①] 伊希斯,古代埃及司生育和繁殖的女神。

至关重要。

埃米尼拿来木槌和凿子,钻到阿姆努特灵床底下,很快就凿了一个进配室的洞。根据阿门内姆赫希布所绘的图示,他要取的另外两尊雕像装在配室的一只箱子里。尽管他心里有一种凶多吉少的预感,埃米尼还是把油灯举在头前,爬了进去。使他感到宽慰的是,配室里没有令人惊恐的东西。四壁是凿得有些粗糙的岩石。根据箱盖上的优美图像,埃米尼一眼就认出了他要找的箱子。那上面是一幅浮雕,刻着一位年轻王后向图坦卡蒙法老奉献荷花、纸草和罂粟花束。不过,有个问题。箱盖锁得非常巧妙,没法打开。埃米尼把油灯小心地放在一只棕红色杉木柜上,细心地察看着箱子。后面隧道里发生的勾当,他一点也不知道。

凯米斯已经爬到隧道口了,后面紧跟着伊拉门。阿马西斯是个膀大腰粗的努比亚人,要从这狭窄的通道里爬进来太费劲了,因而还远远落在后面。另外两个人已经能望见埃米尼的影子,在前室的地板和墙上怪里怪气地晃来晃去。凯米斯长着一口烂牙,嘴里叼着匕首,脑袋冲前钻出隧道,进入前室。接着又一声不吭地拉起伊拉门,站在自己身边。两个人就这样等着,连口气都不敢透。过了一会儿,随着松散的石子发出一阵轻微的嘎啦声,阿马西斯终于也钻进了墓室。这三个庄稼汉看着周围的金银财宝,简直无法置信。顿时,恐惧的心理变成了贪婪的奢望。这一辈子还没见过如此令人惊奇的财宝,现在就等着他们拿啦。三个人就像一群饿得发慌的俄国狼,忽地扑向安放得井井有条的随葬品。塞得满满的箱柜给一个个撬开,东西倾箱倒出;家具和战车上的金饰也给揭了下来。

埃米尼听见刚才石子的嘎啦声时，心都要蹦到嗓子眼了。他起先以为自己被人抓住了，后来听见同伙激动的喊叫声，才明白是怎么回事。真是一场噩梦。

"不行，不行！"他喊罢，一把抓起油灯，从洞口钻进了前室，"住手。以众神的名义，住手！"他的声音在小小的墓室里回荡着，三个盗贼一时惊得不知所措。随即，凯米斯挥起了牛角柄匕首。阿马西斯见此，不禁笑了起来。这是奸笑，油灯的亮光在他的大板牙上闪烁着。

埃米尼也说不上昏厥了多长时间。醒过来之后，噩梦又像浪潮似的向他袭来。开始，他只听见低沉的说话声。从墓壁的一条裂口里，射进一缕金黄色的灯光。为了减轻疼痛，他慢慢转过头，朝墓室里望去。他看见凯米斯蹲在两尊涂有沥青的图坦卡蒙雕像之间的身影。那几个庄稼汉正在亵渎神圣不可侵犯的圣堂。

埃米尼悄悄活动了一下手脚。左臂和左手因为给别在身子底下，压麻木了。不过，除此之外，他感觉良好。他必须找人帮忙。他在核计到隧道口的距离。近倒很近，但要静悄悄地爬过去可不容易。埃米尼立起脚，蜷伏着身子，好让突突抽痛的脑袋平静下来。突然，凯米斯转过身来，手里擎着一尊何露斯①的小金像。他看见了埃米尼，一时惊呆了。随后，他大吼一声，跳到前室中央，朝头晕眼花的石匠扑去。

埃米尼不顾疼痛，一头扎进隧道，让泥灰边沿刮破了胸部和腹

---

① 何露斯，古埃及的太阳神，形象为鹰或鹰头人。

部。凯米斯行动神速,一把抓住了埃米尼的脚脖子。他鼓起勇气,呼喊阿马西斯来帮忙。埃米尼在隧道里就地一滚,用另一只脚狠命踢去,正好踢在凯米斯的脸颊骨上。凯米斯一松手,埃米尼就顺着隧道向前爬去,石灰石碎片在身上割了许多口子,他也顾不上了。他来到空气干燥的夜色之中,撒腿朝通往底比斯大道旁的墓地看守所跑去。

图坦卡蒙墓里,随即出现一片惊慌。三个盗贼知道,尽管他们才走进一座金圣殿,然而要想逃走就得马上离开。阿马西斯步履蹒跚、恋恋不舍地从墓室里走出来,怀里抱着满满一大堆金雕像。凯米斯将一把纯金戒指包在一块破布里,不想匆忙中掉在布满碎石的地板上。他们发狂似的把赃物倒进芦苇筐里。伊拉门放下油灯,把筐子推进隧道,跟着就爬了进去。凯米斯和阿马西斯跟在后面,竟把一只莲花形雪花石膏杯子丢在门槛上。一爬出坟墓,他们就朝南与墓地看守所相反的方向逃去。阿马西斯带的赃物太重了,为了腾出右手,他把一只蓝色彩釉陶杯藏到一块岩石下面,接着追上了另外两个人。他们穿过通往哈特谢普苏特①神庙的大道,掉头朝墓地工人村跑去。一穿出山谷就往西拐,进入了无边无际的利比亚大沙漠。他们溜之大吉了,而且发了财,发了大财。

埃米尼从未受过刑,不过他有时也曾胡思乱想过,不知道自己能不能受得了。结果他倒真受不了。刚开始还顶得住,但转眼间就痛得吃不消了。原先只跟他说,要让他尝尝棍子的滋味。他不知道这是什

---

① 哈特谢普苏特,古埃及第十八王朝女王(公元前1503—前1482年)。

么意思。后来，四个强壮的墓地看守把他按倒在一张低矮的桌子上，抓住他的四肢，第五个看守开始无情地抽打他的脚底。

"别打了，我全招！"埃米尼气喘吁吁地说。可是，他早已和盘托出，招过五十遍了。他宁愿自己昏死过去，但又死不了。他感到两只脚像是给人按在白热炽烈的炭火上，烧着了似的。正午的太阳火辣辣的，更使他疼痛难熬。埃米尼像一条挨宰的狂犬一样嚎叫着。他想去咬那条抓住他右腕的手臂，但有人拉着他的头发，把他拽了回来。

最后，眼看埃米尼要发疯了，墓地看守长马雅亲王漫不经心地摆了摆他那指甲修得很齐整的手，示意别打了。拿棍子的看守，又揍了埃米尼一记，然后才停下手来。马雅亲王一面嗅着他惯闻的荷花香味，一面转身对着两位客人：西底比斯市长内布迈纳克特和塞提法老一世陛下的筑陵监工兼主建筑师内内夫塔。他们谁也没有吱声，于是马雅又转身对着埃米尼。他已经给放开了，正仰卧在地上，脚上还觉得火辣辣的。

"再说一遍，石匠，你怎么知道图坦卡蒙法老墓室通道的？"

埃米尼给拉起来坐着，恍恍惚惚见到面前有三位老爷。后来渐渐看清楚了，认出了赫赫有名的建筑师内内夫塔。

"是我祖父，"埃米尼艰难地说道，"他把墓图交给了我父亲，我父亲又交给了我。"

"你祖父是给图坦卡蒙法老修墓的石匠？"

"是的。"埃米尼应道。他接着又分辩说，他只是想弄些钱给双亲的遗体涂抹香油。他祈求饶恕，一再说他一见同伙亵渎陵墓，就投案自首了。

内内夫塔看着远处一只雄鹰在蓝天上盘旋。他对审讯有点心不在焉了。这个盗墓贼使他感到烦恼。他千方百计要保全塞提一世陛下的永世冥宫，现在很可能毁于一旦，一想到这里，他不禁大为震惊。蓦地，他打断了埃米尼的话头。

"你是不是给塞提一世法老修墓的石匠？"

埃米尼点点头，他乞求饶恕的话刚说了一半。他惧怕内内夫塔。谁都惧怕他。

"你认为我们正在修建的陵墓也会被盗吗？"

"不管什么陵墓，只要没人看守，都会被盗。"

内内夫塔怒不可遏。他费了好大劲，才克制住没去亲手揍这个叫他深恶痛绝的畜生。埃米尼看出他憎恶自己，便朝拷打他的看守那里退缩。

"你说说看，我们怎样才能保全法老和他的财宝？"内内夫塔最后问道。他强按住满腔怒火，声音都在颤抖。

埃米尼不知道说什么是好。他低头忍受着沉寂。他只能说老实话。"保护法老是办不到的，"他终于说，"过去是这样，将来也是这样。总会有人盗墓。"

内内夫塔从椅子上一跃而起，反手揍了一下埃米尼，动作之敏捷跟他肥胖的身躯很不相称。"你这个畜生，竟敢对法老出言不逊！"内内夫塔举手又要揍埃米尼，不想刚才那一下子揍痛了手，就没再打下去。他用手整了整亚麻布长袍，接着说："你不是盗墓老手吗，怎么也会遭到如此惨败？"

"我不是盗墓老手。我要真是老手，事先就该料到图坦卡蒙法老的金银财宝会使我的庄稼汉帮手眼红。他们贪得无厌，简直发了疯。"

尽管阳光很亮，内内夫塔的瞳孔却突然放大，脸部松懈无力。变化如此明显，就连昏昏欲睡的内布迈纳克特也察觉到了。他刚从碗里抓起一颗枣子，抬手准备往张开的嘴里送，却蓦然停住了。

"阁下怎么了？"内布迈纳克特往前凑了凑，想仔细看看内内夫塔的脸。

内内夫塔思潮奔腾，但脸上并没流露出来。埃米尼的话使他恍然大悟，脸纹中透出一丝笑容。他转向桌子，激动地对马雅说："图坦卡蒙法老的墓重新封上了吗？"

"当然，"马雅说，"马上封上了。"

"重新挖开。"内内夫塔说，一面又转身对着埃米尼。

"重新挖开？"马雅惊讶地问道。内布迈纳克特手里的枣子掉了下来。

"不错。我要亲自到那可怜的墓里去。这个石匠的话启示了我，使我想起了伟大的伊姆霍特普[①]。现在我知道如何永远保全塞提一世法老的金银财宝啦。我以前怎么就没有想到呢？"

埃米尼心里头一次泛起了一线希望。不料内内夫塔猛一转身面对囚徒时，脸上的笑容顿时消失了。他的瞳孔又收缩了，脸色阴沉得宛如夏天的风暴。

"你的话很有用，"内内夫塔说，"可是无法赎回你的弥天大罪。你要受审，我是原告。你要被依法处死。当着你乡里的面，把你用钉子活活钉死，尸体喂鬣狗。"

[①] 伊姆霍特普，古埃及第三王朝法老，也是埃及天文学和建筑学的奠基人。

内内夫塔示意,让给他抬轿子的把椅子搬过来,一面转身面对其他几个贵族:"你们今天给法老立了一功。"

"这是我的夙愿,阁下,"马雅答道,"可我还是不明白。"

"不用你明白。我今天得到的启示将成为宇宙间亘古的绝密,永远不会有人知道。"

一九二二年十一月二十六日
图坦卡蒙墓　国王谷底比斯墓地

激动很有感染力。撒哈拉沙漠上空纵然万里无云,骄阳如火,人们还是无法镇静下来。农工们加快速度,将碎石灰石一筐接一筐地从图坦卡蒙墓入口处往外运。他们顺着一条走廊,挖到了离头道门三十英尺①的二道门。这道门封闭有三千年了。里面有些什么?会不会跟其他在古代就被盗过的墓一样空空如也?谁也说不上。

戴着头巾的工头萨瓦特·拉曼爬了十六级台阶,来到地面上,脸上粘着一层像面粉似的尘土。他提起长袍,大步流星地向大帐篷走去。在骄阳似火的山谷里,这是唯一的纳凉处。

"报告阁下,入口通道里的碎石已经清理完毕,"拉曼说着,微微鞠了个躬,"二道门现在完全露出来了。"

霍华德·卡特在喝柠檬水,抬眼从帽檐底下斜视了一下拉曼。尽管热气蒸腾,他还是坚持戴着黑色的汉堡帽。"很好,拉曼。等尘埃

---

① 1英尺约为0.3米。

平息下来，我们就去检查。"

"恭候阁下吩咐。"拉曼转身退了下去。

"你真沉得住气啊，霍华德。"卡那封爵士说。他的全名是乔奇·爱德华·斯坦厄普·莫利纽克斯·赫伯特。"二道门里面的情况你一无所知，怎么还能坐得住喝完这杯柠檬水呢？"卡那封笑笑，同时向他女儿伊夫琳·赫伯特小姐眨了眨眼睛，"贝尔佐尼发现塞提一世陵墓以后，使用了攻城槌，现在我明白为什么啦。"

"我的方法跟贝尔佐尼的迥然不同，"卡特分辩说，"贝尔佐尼的方法除了石棺外，只能发现一座空墓，也是理所当然的。"卡特的视线情不自禁地移向就近的塞提一世墓口，"卡那封，我真说不上我们在这儿能找到些什么。我看我们不该太激动。这究竟是不是座坟墓，我还没有把握呢。这种设计并不是第十八王朝法老的典型设计。很可能只是个地窖，用来储存图坦卡蒙从阿肯太顿那儿得来的财物。另外，盗墓贼已经抢先下过手了，不是一次而是两次。我只是希望这座墓在古代就给盗了，但有人觉得它很重要，便又把墓门封死了。所以，我真的不知道能发现些什么。"

卡特保持着英国人的自持，两眼扫视着满目荒凉的国王谷。但他心里却有些发慌。他活了四十九岁，还从来没有这样激动过。挖掘了一年半，还是一无所得。挖出来的沙石足有二十万吨，统统过了筛，结果全是白费劲。现在刚挖了五天就突然有所发现，真叫人兴奋不已。他搅着杯里的柠檬水，尽力不去想它，也不抱任何希望。他们在等待。全世界都在等待。

较大的尘粒在通道斜坡上落了薄薄的一层。这伙人进去时，尽量轻手轻脚的，以免扬起尘土。卡特打头，接着是卡那封，然后是他女儿，最后是卡特的助手卡伦德。拉曼递给卡特一根撬杠，在墓口等着。卡伦德拿着一只大电筒和几支蜡烛。

"我说过，我们不是第一个挖开这座坟墓的，"卡特说罢，忐忑不安地指着左上角，"这扇门有人进去过，然后在那块小地方重新封住了。"接着，他又在门中间画了一个较大的圆区。"这块地方大得多，也有人进去过。真奇怪。"卡那封爵士弯下身去看国王的墓印，上面刻着一匹豺狼和九个被捆绑着的囚徒。

"石门底部有几个图坦卡蒙的原始玺印。"卡特接着说。电筒射出的光束透过仍然悬浮在空中的尘土，照亮了泥灰上的古代玺印。

"现在，让我们看看门后面有些什么东西吧。"卡特说得很冷静，就好似建议大家喝茶一样。但是，他的胸口却郁闷得慌，胃溃疡更痛了。两手直冒汗，不是因为热，而是因为说不出的紧张。卡特拿起撬杠，身子颤抖了一下，然后在古代的泥灰上试挖了几下，大大小小的泥灰块雨点似的洒落在他两脚周围。身上一使劲，心里被压抑的情感也发泄出来了，于是他挖得一下比一下带劲。冷不防撬杠凿通了泥灰，卡特打了个趔趄，身子撞到门上。从小洞里涌出一股暖空气。卡特摸到火柴，点亮了一支蜡烛，凑到洞口。这是一种试探有没有氧气的原始方法。蜡烛还在燃烧。

谁也不敢作声。卡特把蜡烛递给卡伦德，继续用撬杠挖着。他小心翼翼地扩大洞口，让泥灰和石块落到通道里，而别掉进前面的墓室中。卡特又拿过蜡烛，伸进洞里。蜡烛燃烧得很旺。随后，他把头凑到洞口，两眼在黑暗中凝视。

一瞬间，时间似乎停滞了。而当卡特的眼睛一适应这黑暗的光线，三千年的岁月便一闪而过。黑暗处显露出阿姆努特的金色头像，咧开的嘴里露着象牙牙齿。还有一些镀金怪兽也若隐若现，摇曳的烛光，把它们的怪影投射到墓壁上。

"你见到什么没有？"卡那封激动地问道。

"看见了，都是奇珍异宝。"卡特终于答道，他的声音第一次流露出情感。接着，他用电筒代替蜡烛，好让身后的人看看墓室里令人难以置信的珍宝。金头像是三张灵床的一部分。卡特把电筒往左面一照，只见一些镶金嵌银的古代战车乱七八糟地堆放在墓室的一角。他再把电光移回到右边，不禁纳闷起来：墓室怎么会如此杂乱无章？所有东西并不像规定的那样放得井然有序，而倒像是信手乱扔的。就在右方，有两尊跟真人一样大小的图坦卡蒙雕像，身穿百褶叠金短裙，脚蹬金凉鞋，手持锤矛与权杖。

两尊雕像之间，另有一道封闭的石门。

卡特从洞口闪开，好让其他人饱饱眼福。他真想像贝尔佐尼那样，破门而入。不料，他却平静地宣布，当天剩下的时间都用来拍照封闭的石门。那显然是一间前室，明天上午再进去。

一九二二年十一月二十七日

卡特花了三个多小时，才卸下通往前室的古石门。在这过程中，拉曼和其他几个农民给他做帮手。卡伦德架设了临时电线，把通道照得通明。工程快结束时，卡那封爵士和伊夫琳小姐才进入通道。最后几筐泥灰和石块给运了出去。进入墓室的时刻来到了。大家鸦雀无声。外面的入口处，来自世界各地报界的数以百计的记者都在紧张地等待着，想早些看上一眼。

霎时间，卡特犹豫了一下。作为一个科学家，他对墓内的任何细枝末节都深感兴趣；作为一个凡人，他为自己闯入死者的圣地，而感到犯难；作为一个探险家，他又为自己有所发现，而觉得心情振奋。不过，他毕竟是个地地道道的英国人，稍微整了整领结，便跨过门槛，目光直盯着下面的珍宝。

他一声不吭地指了指门槛上一只漂亮的用半透明雪花石膏刻制的莲花形杯子，让卡那封别踩着了。随后，卡特便朝封闭的石门走去，只见石门两边各有一尊跟真人一样大小的图坦卡蒙雕像。他开始察看玺印。他发现这道门在古代也给盗墓贼打开过，然后又重新封闭起来，心里不觉凉了半截。

卡那封跨进前室。面前有这么多宝贝，到处乱扔，美不胜收，真叫他眼花缭乱。他女儿想进门，他转身去搀她，恰在这时，发现雪花石膏杯子右方，有一卷纸草书靠墙立着。左边有一只枯萎的花环，就好像图坦卡蒙的葬礼昨天才举行似的。花环旁边有一盏熏黑了的油灯。伊夫琳小姐走了进来，搀着她父亲的手，后面跟着卡伦德。拉曼往里面探了探身子，一见没有空地方，就没进去。

"真遗憾，停放棺材的墓室也有人进去过，然后又封了起来。"卡特指着面前的石门说道。卡那封、伊夫琳小姐和卡伦德小心翼翼地向考古学家凑拢，眼睛顺着他指的方向看去。此时，拉曼跨进了前室。

"不过，说来也怪，"卡特接着说，"只进去过一次，不像前室，被人进去过两次。所以，盗墓贼可能没碰木乃伊。"卡特一转身见到了拉曼，"拉曼，我没有允许你进前室啊！"

"请阁下原谅。我寻思也许我能帮个忙什么的。"

"不错，你能帮忙，你在外面看着，不经我亲自批准，谁也不准进入这座墓室。"

"是，阁下。"拉曼悄悄地退了出去。

"霍华德，"卡那封说，"毫无疑问，拉曼跟我们一样，被这次发现迷住了。也许你该宽宏大量一点。"

"会让那些工人们进来看看这座墓室的，不过得规定个时间，"卡特说，"我刚才说，木乃伊可能原封未动，理由想必是，盗墓贼窃取圣物时，冷不防有人来抓他们。这些无价之宝被四处乱扔，真是神秘莫测，令人不解。看上去，盗墓贼走了之后，有人花了点时间重新整理了一下，但又来不及把所有的东西都放回原来位置。这是为什么？"

卡那封耸了耸肩膀。

"看看门槛上那只漂亮杯子，"卡特接着说，"为什么没有放回原地呢？那座金神龛的门还半开着。显然有一尊雕像给盗走了，但为什么连门都不关呢？"卡特退到门口，"还有这盏普普通通的油灯，为什么留在墓里呢？大家听着，我们最好还是把墓室内每件东西的位置仔细地记录下来。这些蛛丝马迹能给我们些启发。真是咄咄怪事。"

卡那封知道卡特很紧张，就循着他朋友的敏锐目光，向墓室四下看去。确实，把一盏油灯留在墓室里，太令人惊奇了。东西放得这么杂乱，也很出人意料。但是这些东西太美了，卡那封无暇顾及别的事情。他看着随手扔在门槛上的半透明雪花石膏杯子，真想捡起来拿在手里。太美了，真叫人动心。突然，他察觉到杯子跟枯花环和油灯之间的位置有些细微的变化。他正想开口，墓室里响起了卡特激动的声音。

"还有一个墓室。你们大家快来看。"卡特蹲着身子，拿手电朝一张灵床下面照去。卡那封、伊夫琳小姐和卡伦德也赶忙凑过来。瞧，电筒的光圈照出了另一个墓室，里面堆满了金银珠宝。跟前室一样，这个墓室的珍宝也被撒得乱七八糟。不过眼下这些埃及学家被这次发现搞得惊愕不已，哪里还顾得上去思考三千年前发生了什么事。

后来，正当准备好要探索奥秘时，卡那封因血液中毒而一病不起。一九二三年四月五日凌晨两点，也就是图坦卡蒙墓打开后不到二十个星期，在一次全开罗莫名其妙的五分钟停电事故中，卡那封爵士死去了。据称，他的病是给昆虫叮咬后引起的，但是有人对此提出异议。

随后几个月，另外四个与挖掘陵墓有关的人员也都相继神秘地死去。其中一个是在自己游艇的甲板上失踪的，而游艇就停泊在风平浪静的尼罗河上。人们对古代盗墓案的兴趣逐渐淡薄，重新推崇起古埃及人的神秘术来。"法老的诅咒"这个幽灵又从远古的阴影中爬了出来。《纽约时报》有感于此，对这些人的死亡写道："这是一起神秘莫测的案件，用怀疑论来解释也太容易了。"恐惧开始渗入科学界。世上巧合的事情也实在太多了。

第一天

开罗　下午三点

　　艾丽卡·巴伦的反应纯粹是条件反射。背部和大腿的肌肉一收缩，她就直起身子，猛地把脸转向那个骚扰者。她本来弯着腰在端详一只雕花黄铜碗，突然有一只手伸到她两腿之间，隔着裤子抓了她一把。虽说离开希尔顿酒店以来，一直有很多人用色迷迷的眼神瞅着她，甚至还有人说些不堪入耳的下流话，但没想到会有人抓她一把。真叫人吃惊。这种事在哪里都会叫人吃惊，但是在开罗，而且是在她到达的第一天，就尤其糟糕。

　　这个冒失鬼大约十五岁，轻浮地一笑，露出两排整齐的黄牙，他那只闯祸的手还在伸着。

　　艾丽卡顾不上自己的帆布手提包，挥起左手把男孩的胳膊打到一边。接着，出乎对方和她自己的意料，她攥紧右拳，使足全身力气，照准那张嬉戏的面孔猛击过去。

　　这一拳真够吓人的，简直像日本的空手道，打得那个惊愕的孩子猛地一退，咚的一声撞在铜器铺前那张摇摇欲坠的桌子上。桌子腿使劲一晃，桌上的铜器哗地撒到鹅卵石街道上。另一个男孩提着吊在三脚架上的金属托盘去送咖啡和饮料，不想在满街滚动的铜器上绊了一下，也摔倒了，这就更加乱了套。

艾丽卡站在那儿，吓呆了。在拥挤的开罗集市上，她是孤立无援的。她抓紧手里的提包，不敢相信自己竟然动手打了人。她吓得直打哆嗦，心想周围的人一定会冲她扑来。不料，四周却迸发出一阵压抑不住的笑声。就连铜器铺掌柜也不顾自己的铜器还在街上旋转，一个劲地捧腹哈哈大笑，那个男孩从满地的铜器堆里站起身，手捂着脸，苦笑着。

"Maareish。"那个掌柜的说。后来艾丽卡才知道，这是"真没治"或"没关系"的意思。老板装着发怒的样子，挥舞着尖头锤把孩子撵跑了。接着，对艾丽卡微微一笑，便伏身去捡地上的铜器。

艾丽卡继续朝前走，刚才的事还在使她心里怦怦直跳。看来，对开罗和现代埃及，要学的事还多着呢。她是个埃及学家，可遗憾的是，埃及学只研究埃及的古代文明，不研究它的现代文明。她擅长新王国的象形文字，对一九八〇年的开罗却一窍不通。她到开罗才二十四小时，她的感官可真吃尽了苦头。首先是气味：令人恶心的羊膻味似乎充斥着城市的每个角落。其次是噪声：汽车喇叭声此起彼伏，响个不停，再加上无数手提收音机放着阿拉伯乐曲，声音很不和谐。最后是垃圾、尘土和沙子，这些东西就好像中世纪青铜屋顶上的绿锈一样覆盖着这座城市，使之越发显得贫困不堪。

与小男孩的纠葛，使艾丽卡失去了信心。在她看来，所有头戴无沿便帽、身穿阿拉伯飘逸长袍的男人不笑则已，一笑准带着淫秽的念头。这比罗马还糟糕。十几岁的毛孩子盯着她不放，一面咯咯傻笑，一面用杂牌的英语、法语、阿拉伯语向她发问。开罗充满了异国情调，这比她原先想象的还厉害。就连街上的路牌，也都是用莫名其妙的花体阿拉伯文写成的。艾丽卡转过脸顺着麦斯基大街朝尼罗河望去，不由想回到西市区。也许，她坚持一个人来埃及的想法本身就是荒唐可笑的。跟她相爱了三年的理查德·哈维，甚至她的母亲贾尼斯，都是这么说的。她又回过头来，朝这座中世纪城市的闹市区望去。街道变得狭窄，人群拥挤不堪。

"Baksheesh[①]，"一个不到六岁的小女孩说道，"买上学用的铅笔。"后半句是用英语说的，吐音清脆，极其清晰。

艾丽卡低头看那孩子，只见她头发上覆盖着一层尘土，和街道上的尘土一模一样。她穿着一条破破烂烂的橘黄色裙子，脚上没有鞋子。艾丽卡俯身对她笑笑，突然，倒抽了一口气。原来女孩的眼睫毛上聚集了无数只亮晶晶的温室苍蝇。小姑娘也不去轰它们。她只管站在那里，眼睛一眨不眨，伸着一只手。艾丽卡一时呆若木鸡。

"Safer[②]。"一位身穿白色制服的警察挤过马路，朝艾丽卡走来。他佩着一枚蓝色徽章，上面用粗体字写着"旅游警察"。小姑娘赶紧钻进人群，跟在后面嬉戏的男孩也一哄而散。"我能为您效劳吗？"他用清晰的英国腔问道，"您像是迷了路。"

"我在找汗哈利里集市。"艾丽卡说。

"Tout a droite[③]。"警察说着向前做了个手势。接着，他用手掌敲敲前额。"对不起。我是热昏头了，把语言都搞混了。用英语说，是

---

① 阿拉伯语（英语译音），（给点）小费。
② 阿拉伯语（英语译音），滚开。
③ 法语，向右拐。

一直向前走。这是麦斯基大街。前面穿过塞德港大街的干道,左手就是汗哈利里集市。祝愿你买到好东西。但记住要讨价还价。在埃及,这是一种乐趣。"

艾丽卡谢过他,然后向人群里挤去。警察一走,那帮嬉戏的男孩又奇迹般地出现了,无数街头小贩追着她兜售商品。她走过一家露天肉铺,里面挂着一长排刚宰好的羔羊。除了头部以外,皮都被剥掉了。上面还打着代表政府的粉红色墨印。羊是倒挂着的,睁着眼睛,视而不见,吓得艾丽卡直往后缩。内脏的臭味熏得她差点把午饭吐出来。这股恶臭很快便与附近水果车上发出的芒果的腐烂味,以及街上新鲜的驴粪味,混杂在一起。再往前走几步,又闻到了草药、香料的浓烈气味和刚煮好的阿拉伯咖啡的芳香。

熙熙攘攘的狭窄街道上,只见尘土飞扬,遮天蔽日,晴朗的天空显得一片灰白,只剩下一丝渺茫的微蓝。街道两旁,黄沙色的建筑物都关上了百叶窗,挡住午后的暑气。

艾丽卡朝集市深处走去,听着古老的木头车轮在鹅卵石上隆隆作响,觉得自己回到了中世纪的开罗。她还感到了生活的混乱、贫穷和艰难。面对这充满活力的原始沃土,面对这西方文化掩饰下的无所不包的奥秘,她感到既畏惧又激动。生活是赤贫的,但是人类的情感又减轻了生活的痛苦;人们对命运逆来顺受,甚至还要强作笑颜。

"能给支烟吗?"一个十来岁的男孩问道。他穿着灰衬衫,裤子十分宽大。有个伙伴从后面推了一把,他一个踉跄冲到艾丽卡跟前。"能给支烟吗?"他又问了一句,随即跳起了阿拉伯快步舞,做出假装抽香烟的夸张噱头动作。一个裁缝一面忙着用装满炭火的熨斗熨衣服,一面乐得咧嘴直笑。一长溜男人嘴里抽着刻有复杂图案的水烟袋,眼睛却直勾勾地盯着艾丽卡,一眨也不眨。

艾丽卡后悔不该穿这么一身洋里洋气的服装。一看她那条布裤和那件简单的针织衬衫,就知道她是个外国游客。艾丽卡也曾见过别的妇女穿西装,但穿的都是裙子,而不是裤子。集市上的大多数妇女仍然穿着传统的黑色长袍。艾丽卡的体型跟当地妇女也不一样。她虽然比自己所希望的重了几磅[①],但还是比埃及妇女苗条得多。她的面容比集市上那些圆鼓鼓、胖墩墩的脸蛋柔嫩多了。她长着一双灰绿色的大眼睛,披着一头栗色浓发。那张嘴更是巧夺天工,下唇比较丰满,看上去略有点努嘴的样子。她知道自己努嘴时很漂亮。她一努嘴,男人就会有反应。

艾丽卡在熙熙攘攘的集市上十分谨慎地走着,后悔自己不该打扮得那样漂亮。她这一身装束表明,她不受当地道德观念的保护。更为麻烦的是,她孑然一身。男人们盯着她看,她最能激起他们想入非非。

艾丽卡把提包往身边拉了拉,匆匆往前走去。街道又狭窄起来,形成一条条杂乱无章的小巷。巷里拥挤不堪,人们从事着形形色色的制造业,经营着各种各样的买卖。头顶,楼与楼之间悬挂着地毯和布幔,遮住了整个市场。虽然阳光给挡住了,但也增添了喧闹和尘土。看着周围千变万化的面孔,艾丽卡又犹豫不决起来。庄稼汉个个粗手大脚、宽嘴厚唇,身穿传统长袍,头戴无沿便帽。贝都因人是纯阿拉伯人,五官清秀,体魄瘦长而结实。努比亚人都是些黑黝黝的彪形大

---

① 1磅约为0.45千克。

汉，往往袒露着上身。

簇拥的人流裹着艾丽卡，把她拥到汗哈利里集市深处。她发现自己夹在五花八门的人群中间。有人在她背上扭了一把，她回过头来，也说不准是谁干的。现在有五六个男孩总盯着她。她像是一只被追猎的小兔。

艾丽卡来集市的目标是金匠铺，想买些礼物。可是，她的决心动摇了，特别是当有人用肮脏的手指去捋她头发的时候，她更想打退堂鼓。她受不了啦，想回旅馆去。她喜爱埃及，因为它是个文明古国，有古老的艺术、无数的奥秘。而现在一下扎进埃及的现代城市，她却有些招架不住。她想去看看古迹，譬如像塞加拉。但她最想去上埃及，到乡下去。那才是她梦寐以求的。

到下一个街角，她往右拐，绕过了一头半死不活的毛驴。毛驴一动不动，也没有人理会这头可怜的牲畜。从希尔顿酒店出来之前，艾丽卡看过开罗地图。她想，她要是继续往东南方向走，就能到达爱资哈尔清真寺前的广场。有一帮顾客正围着芦苇筐里一些骨瘦如柴的鸽子讨价还价。艾丽卡从中挤了过去，拔腿小跑起来。前面出现了清真寺的尖塔和洒满阳光的广场。

艾丽卡突然收住脚步。那个跟她讨过烟、现在还紧追不舍的男孩，嘭的一声撞到她身上，不过他赶紧往后一蹦，没引起她的注意。艾丽卡两眼盯着一家橱窗。只见前面有一只浅底陶瓮。这是古埃及的一件珍品，在贫困不堪的现代埃及大放异彩。陶瓮边缘有个小缺口，其他地方毫无损伤。就连用来悬挂陶瓮的小土眼也完好无缺。艾丽卡知道集市上赝品泛滥，而且为了吸引游客，标价都很高。但这只陶瓮显然是真货，她不禁大吃一惊。一般的赝品上都雕有木乃伊像。这是新王朝前埃及制陶业的一件奇珍异宝，可与她现在的工作单位、波士顿美术博物馆里的珍品相媲美。这件陶瓮若是真品，那就有六千多年的历史了。

艾丽卡往巷子里退了退，抬头观看橱窗上面新漆的招牌。上面一行是龙飞凤舞的阿拉伯文，下面用法文写着"阿卜杜勒古玩店"。橱窗左边门上，挂着一张排得很紧、串得很密的珠帘。艾丽卡身后那些捣蛋鬼中，有一个把她的提包猛然一拽，她便就势走进店里。

她一走进去，数以百计的彩珠子就发出了噼里啪啦的清脆响声。店面很小，大约十英尺宽，二十英尺长，凉爽得出奇。四壁抹了灰泥后又做了粉刷，地板上铺着好几层破旧的东方地毯。一张L形玻璃顶柜台几乎把店堂全给占了。

没人上前应酬她。艾丽卡向上拉了拉提包背带，俯身仔细端详刚才隔窗观看的奇异陶瓮。陶瓮是淡黄色的，上面画着精致的图案，颜色介于棕红和洋红之间。瓮里塞满了揉成一团团的阿拉伯报纸。

店堂后面棕红色的厚帷幔撩开了，店老板阿卜杜勒·哈姆迪走了出来，移步踱到柜台跟前。艾丽卡朝他看了一眼，心里顿时松快下来。他大约有六十五岁，举止文雅，仪态和悦。

"我对这只陶瓮很感兴趣，"她说，"可以让我仔细看看吗？"

"当然可以。"阿卜杜勒说着从柜台后面走出来。他拿起陶瓮，不以为然地放到艾丽卡颤抖的手里。"你可以拿到柜台上来看。"他打开一盏没有灯罩的电灯。

艾丽卡谨慎地把陶瓮放在柜台上，从肩膀上摘下提包。然后再拿起陶瓮,用指尖慢慢转动,察看着上面的装饰画。除了纯装饰图案外,还有跳舞者、羚羊和画得很粗糙的小船。"这要多少钱?"艾丽卡非常仔细地看着那些画。

"二百英镑。"阿卜杜勒压低嗓门说,就好像是什么秘密似的。他眼里闪闪发光。

"二百英镑!"艾丽卡重复了一遍,一面在盘算合多少美元。大约三百美元。她决定跟他讨价还价,一面设法判断陶瓮是不是赝品。"我只能出一百英镑。"

"最少也得一百八。"阿卜杜勒说,听话音像是蚀了大本似的。

"我加到一百二。"艾丽卡说,一面继续研究花纹。

"好吧,因为你是……"他停顿了一下,碰碰她的手臂。她也不在意。"你是美国人?"

"是的。"

"好。我喜欢美国人,远远胜过俄国人。我对你特别优惠。就亏本卖了吧。我等钱花,因为这店是新开张的。一百六十镑卖给你。"阿卜杜勒伸过手去,把陶瓮从艾丽卡手里接过来放在桌上,"这是我最好的一件珍品。要价说死了。"

艾丽卡看着阿卜杜勒。他长着庄稼人的粗眉大眼。穿一套西服,旧上衣里面穿着件棕色长袍。

艾丽卡把陶瓮翻过来,看着底上的螺旋形图案,一面拿略带湿气的大拇指轻轻揩擦带色的图案。一些赭色颜料给擦掉了。这时艾丽卡才知道,陶瓮是赝品。做工非常精致,但肯定不是古董。

艾丽卡感到很扫兴,便把陶瓮放到柜台上,拿起提包。"非常感谢。"她说道,也不朝阿卜杜勒看一眼。

"我还有些别的货。"阿卜杜勒说罢,打开靠墙的一个大木柜。他凭着东方人的敏感,觉得艾丽卡起先兴致勃勃,而凭借同样的敏感,他又察觉到她的突然变化。他有些纳闷,但又不想轻易失去一位买主。"也许你会喜欢这一件。"他从柜子里拿出一件类似的陶器,放在柜台上。

这个老头看上去挺慈祥的,艾丽卡不想同他挑破,说他想蒙骗她。她勉勉强强地拿起第二只陶瓮。这一只比第一只还椭圆,底座也更窄。图案都是左转螺旋。

"这类陶器我有不少。"阿卜杜勒说着又拿出五只。

乘他转过身时,艾丽卡舔了舔食指,在第二只陶瓮的图案上擦了擦。颜料没掉。

"这个卖多少钱?"艾丽卡尽量不露声色地问道。可以想象,她手里的这件陶瓮该有六千年历史了。

"根据工艺和完好程度,价钱都不一样,"阿卜杜勒拐弯抹角地说,"干吗不都看看,挑一只中意的,然后再讲价钱。"

艾丽卡一只只仔细地看着,从七只陶瓮中挑出两只可靠性比较大的古董。"我喜欢这两只。"她说道,一面又觉得信心十足了。她的埃及学知识终于有了实际价值。她真希望理查德也在场。

阿卜杜勒看看两只陶瓮,然后望望艾丽卡。"这两只并不是最漂亮的。你为什么偏偏要选这两只?"

艾丽卡看着阿卜杜勒,犹豫了一下。接着,她用轻蔑的口吻说:"因为其他的都是赝品。"

阿卜杜勒脸上毫无表情。慢慢地，他的眼里露出了闪光，嘴角浮出了笑容。最后他放声大笑，眼泪都挤出来了。艾丽卡自己也忍不住大笑起来。

"请问……"阿卜杜勒说话有些困难，他要止住笑，才能接着说下去，"请问，你怎么知道这些是赝品？"他指着艾丽卡放在一边的陶瓷。

"最容易不过了。图案上的颜料粘得不牢，用湿指头一擦就掉了。古董就不会这样。"

阿卜杜勒弄湿手指，去擦那油彩。手指沾上了赭色颜料。"你说得一点不错。"他在两件古董上也试了试，"骗人骗己，生活就是如此。"

"这两件真古董陶瓷要多少钱？"

"都是非卖品。也许有一天会卖。可现在不卖。"

柜台玻璃板下面贴着一份像是官方文件，上面盖着文物部的大印。阿卜杜勒古玩店是一家有执照的古玩店。执照边上有一张印刷通知，说顾客如有要求，应出具古董保单。"顾客要保单时，你怎么办呢？"艾丽卡问道。

"我给。对游客来说，有没有保单无所谓。他们买到纪念品就很高兴，从来不去检验。"

"你也不亏心？"

"我才不呢。对有钱人来说，为人公正是可有可无的东西。买卖人总是设法以最高的价格把商品卖出去。为自己，也为家里人。来这里的游客要买纪念品。他们要是想买真古董，就得懂行。这是他们的事情。你怎么会懂得古代陶器的着色呢？"

"我是埃及学家。"

"你是埃及学家！真主保佑！你这样漂亮的姑娘为什么要当埃及学家？嗐，阿卜杜勒·哈姆迪跟不上这个时代了。我的确是老了。这么说，你以前来过埃及？"

"没有。这是第一次。我早就想来，但花销实在太大。长期以来，我是梦寐以求啊。"

"好啊，祝你不虚此行。你打算去上埃及？去卢克索？"

"当然要去。"

"我可以把我儿子古玩店的地址告诉你。"

"好让他卖些赝品陶器给我吗？"艾丽卡微笑着说。

"说哪里话。他可以给你看些好玩意儿。我也有些好东西。你看这个怎么样？"阿卜杜勒从柜子里拎出一尊木乃伊像，放在柜台上。这是一只木雕，外面糊着泥灰，色调十分雅观。前面写着一行象形文字。

"是件赝品。"艾丽卡马上说道。

"不对。"阿卜杜勒惊愕地说。

"象形文字不是真的。什么意思也没有。只是一行毫无意义的符号。"

"你还懂神秘文字？"

"这是我的专业，特别是新王朝以后的象形文字。"

阿卜杜勒把雕像转过来，看看象形文字。"这件东西，我花了不少钱。我肯定这是真品。"

"或许雕像是真的，但上面的文字可不是真的。也许，字是后加的,好使这东西更值钱。"艾丽卡想擦掉雕像上的黑颜色,"颜料粘得很牢。"

"对啦,让我再给你看样东西。"阿卜杜勒把手伸进带玻璃顶的柜子里,取出一只小硬纸匣,揭掉盖子,选了几只刻有圣甲虫的护身符,在柜台上排成一溜,然后用食指朝艾丽卡推过去一个。

她捡起来察看着。这是用多孔材料制作的,顶上精致地刻着一个古埃及人所崇拜的粪金龟子。翻过来,艾丽卡惊奇地发现塞提一世法老的铭名图案。这种象形文字雕刻真是美不胜收。

"真是稀世珍品。"艾丽卡说,一面把护身符放到柜台上。

"这么说你要买这件古董啦?"

"当然要买。多少钱?"

"送给你。算是礼物。"

"我不能接受这件礼物。你为什么要送我礼物呢?"

"这是阿拉伯的风俗。不过跟你说实话,这不是真古董。"

艾丽卡吃了一惊,把护身符举到灯光下看。她没有改变原先的印象。"我看这是真的。"

"不。我知道这不是真的,因为是我儿子做的。"

"真了不起啊。"艾丽卡说罢,又看了看象形文字。

"我儿子很了不起。这些象形文字是他从一件真品上临摹下来的。"

"这是什么东西做的?"

"古人的骨头。在卢克索和阿斯旺的古代公墓里有好多大地窖,里面尽是散了架的木乃伊。我儿子就用这些骨头雕刻圣甲虫护身符。

为了使雕刻面看上去很陈旧，就把护身符给火鸡吃。从火鸡肚里拉出来后，看上去就有年头了。"

艾丽卡咽了口唾沫。霎时间，一想到护身符从火鸡肚里拉出来，真有些恶心。但是理智上的兴致很快战胜了生理上的反感，于是她把护身符拿在手里翻来覆去地察看。"我承认，我受过骗，而且以后还会受骗。"

"不要烦恼。有几个护身符已送到巴黎。那些博物馆馆长自以为什么都懂，对护身符做了测定。"

"也许是用碳测法来测定年代的。"艾丽卡脱口插了一句。

"不管用什么方法，反正他们宣称护身符是真古董。很明显，那骨头是古代的。现在，我儿子做的护身符在世界各博物馆里都有。"

艾丽卡禁不住冷冷一笑。她知道，她在跟一位行家打交道。

"我叫阿卜杜勒·哈姆迪，就叫我阿卜杜勒好了。你叫什么名字？"

"喔，对不起。我叫艾丽卡·巴伦。"她一面说一面把护身符放在柜台上。

"艾丽卡，能不能请你跟我喝一杯薄荷茶？"

阿卜杜勒把其他几件东西都放回原处，然后拉开棕红色的帷幔。艾丽卡倒挺喜欢跟阿卜杜勒聊聊，不过她还是犹豫了一阵，然后才拿起提包，朝拉开的帷幔走去。后屋跟前屋差不多大小，但似乎没有门窗。四壁和地板上都铺着东方地毯，看上去像一座帐篷。房间中央有几张坐垫、一张矮桌和一只水烟袋。

"请稍等一下。"阿卜杜勒说。接着就放下帷幔走了出去，剩下艾丽卡一人在屋里，直盯着几件用布遮得严严实实的大东西发愣。前屋门口传来珠帘噼里啪啦的碰击声，还有阿卜杜勒压低嗓门叫人送茶的呼喊声。

"请坐，"阿卜杜勒回来后，边说边指着地板上的大坐垫，"我难得有机会招待像你这样漂亮、这样知识渊博的姑娘。请问，亲爱的，你是美国什么地方人？"

"我是俄亥俄州托莱多人，"艾丽卡有些局促不安地说，"现在住在波士顿，确切些说，住在坎布里奇，紧挨着波士顿。"艾丽卡的眼睛慢慢环视着这个小房间。房间中央亮着一盏白炽吊灯，使深红色的东方地毯显得极其艳丽柔和，宛若红色的天鹅绒。

"波士顿，好啊。波士顿一定很美。那儿我有位朋友。我们偶尔通通信。实际上，我儿子替我代笔。我不会用英文写信。这儿有他一封来信。"阿卜杜勒在坐垫旁边一只小箱子里翻着，找出一封用打字机打的信，收信人及其地址是：埃及卢克索阿卜杜勒·哈姆迪。"也许你认识他？"

"波士顿是座很大的城市……"艾丽卡刚开口，一眼瞥见了写信人的姓名：赫伯特·洛厄里博士，她的顶头上司。"你认识洛厄里博士？"她满腹狐疑地问道。

"我跟他见过两次面，偶尔通通信。大约一年前，他对我的一尊拉美西斯二世头像发生了浓厚兴趣。此人很了不起，很聪明。"

"是这样。"艾丽卡说，她觉得奇怪，阿卜杜勒竟然会跟赫伯特·洛厄里博士这样一位知名人物通信。他是波士顿美术博物馆近东研究室主任。这就使艾丽卡大为放心了。

阿卜杜勒好像看透了艾丽卡的心思，从他那只小杉木匣里又拿出几封信。这些信是卢浮宫①的杜布伊斯和大英博物馆的考尔菲尔德写来的。

外屋的珠帘响了。阿卜杜勒退后几步拉开帷幔，用阿拉伯语说了几句话。一个年轻的茶房穿着件原先是白色的长袍，光着脚，悄悄地进屋里。他端着一只托盘，托盘也是吊在三脚架上。他一声不响地把裹着金属套的玻璃杯放在水烟袋旁边，头也不抬一下。阿卜杜勒往茶房的托盘上丢了几个硬币，掀起帷幔让他走出去。然后他转过身来，向艾丽卡笑笑，一面搅动自己的茶水。

"我喝这茶没事吧？"艾丽卡用手摸着茶杯问道。

"没事？"阿卜杜勒感到奇怪。

"人们一再告诫我，在埃及喝水要留神。"

"啊，你是说会不会坏肚子。绝对没事。茶馆里的水总是开的。请用吧。我们这一带天热地干。跟朋友一起品品茶，喝喝咖啡，是阿拉伯人的风俗。"

他们默默地呷着茶。艾丽卡惊喜地发现，茶味醇厚，咕噜一口下去，觉得十分清新可口。

"请问，艾丽卡……"阿卜杜勒打破了沉默，他把她名字的发音说得很怪，重音落在第二个音节上，"当然，要是你不反对我提问的话。请问你为什么要当埃及学家？"

艾丽卡低头看着茶。薄荷的碎片在热水中缓缓旋动。对于这个

---

① 法国巴黎的古代皇宫，18世纪改为艺术博物馆。

问题，她已经习以为常了。她不知听过多少次了。特别是她母亲，眼见一个"应有尽有"的漂亮犹太姑娘放着教育学不学，偏要去搞埃及学，简直不可思议。她母亲力图想改变她的主意，先是客客气气地跟她谈（"我的朋友们会怎么想呢？"），接着是激烈的争论（"你永远养不活你自己的！"），最后则威胁要撤销对她的经济资助。这一切都无济于事。艾丽卡继续学习埃及学。她母亲的反对可能是部分原因，但主要还是因为她酷爱埃及学。

她没有考虑大学毕业后会找到什么样的工作，这是事实。后来，当大多数同学找不到工作，而一时又渺渺无期的情况下，她却"侥幸"地被波士顿美术博物馆雇用了，这也是事实。尽管如此，她还是热爱研究古代埃及。使她为之神往的，是一种邈邈神秘之感，再加上已经发现的惊人财富和宝贵资料。她特别喜欢那些爱情诗歌。这些诗歌使古人活灵活现起来。通过这些诗歌，艾丽卡可以体会到贯通几千年的思想情感，因而降低了时间的意义，使她怀疑社会是否真的有所发展。

艾丽卡抬头看着阿卜杜勒，最后说："我学埃及学，是因为它使我着迷。我还是个小姑娘的时候，我们全家去纽约市旅行。我唯一记得的事情，是在大都会博物馆里看到一具木乃伊。后来进了大学，我选修了一门古代史。我非常喜欢研究古代文化。"艾丽卡耸耸肩膀，笑了笑。她知道自己永远也无法做出全面的解释。

"真怪，"阿卜杜勒说，"对我来说，这是一种营生，比在田里卖苦力要强些。但是对你来说……"他耸耸肩膀，"只要你高兴，那就好啊。你今年多大，亲爱的？"

"二十八。"

"你丈夫呢？他在哪儿？"

艾丽卡笑笑。她知道，这个老头一点也不懂得她为什么在笑。不知不觉地，环绕着理查德的一系列复杂问题，在她脑海里翻腾起来，就像打开了防洪闸似的。她真想把自己的问题向这位富有同情心的陌生人说说，但是又忍住了。她到埃及是为了逃避现实，是为了应用她的埃及学知识。"我还没结婚，"她最后说，"你感兴趣吗，阿卜杜勒？"脸上又恢复了笑容。

"我，感兴趣吗？我是永远感兴趣的。"阿卜杜勒哈哈一笑，"伊斯兰教允许信徒娶四个老婆。可是对我来说，我只有一个老婆，我受用不起四倍于此的欢乐。你二十八岁还没结婚，世道真是怪。"

艾丽卡看着阿卜杜勒喝茶，心想这段插曲还挺有意思。她要记在心里。

"阿卜杜勒，我给你拍张照行吗？"

"很高兴。"

阿卜杜勒正襟危坐在坐垫上，用手整整夹克衫。艾丽卡拿出小巧的宝丽来照相机，安上闪光灯。闪光灯唰的一下把房间照得雪亮，紧接着，照相机吐出一张还没有显影的照片。

"啊，假如俄国人的火箭像你的相机一样灵就好了，"阿卜杜勒轻松地说道，"你是光顾本店最漂亮、最年轻的埃及学家，我想给你看件十分奇异的东西。"

阿卜杜勒慢慢立起身来。艾丽卡瞧瞧那张照片，显影情况良好。

"算你幸运，能看见这件珍品，亲爱的。"阿卜杜勒说着，便小心翼翼地把一件高约六英尺的物体上的罩布揭掉。

艾丽卡抬头一看，不禁倒吸了一口气。"天哪。"她疑惑地说道。立在她面前的，是一尊跟真人一样大小的雕像。她赶忙立起身，好仔细看看。阿卜杜勒自豪地往后一退，就像一位艺术家在为自己的毕生杰作剪彩似的。雕像的面孔是用金箔制作的，使人联想起图坦卡蒙的面具，不过工艺更加精湛。

"这是塞提一世法老。"阿卜杜勒说。他放下罩布，坐下来，让艾丽卡尽情欣赏。

"我从来没有见过比这更美的雕像。"艾丽卡轻声说道，一面凝视着那副肃穆、安详的面孔。眼睛是用雪花石膏制作的，镶着绿色长晶石。眉毛则用半透明的肉红玉髓做成。古埃及的传统头饰是用黄金打的，嵌着几条琉璃带。颈上挂着丰富多彩的胸饰，拼成秃鹰的模样，代表埃及女神内克贝特。项圈也是金制的，上面镶着数以百计的绿松石、碧玉和天青石。钩形鼻子和眼睛用黑曜岩做成。腰带上佩带着一把金鞘短剑，剑柄工艺精巧，镶着宝石。左手前伸，握着嵌满钻石的权杖。这一切如此令人眼花缭乱，艾丽卡无法不为之倾倒。这可不是赝品，而是价值连城的珍宝。确实，它身上哪一颗宝石都是无价之宝。雕像立在红彤彤、暖烘烘的东方地毯上，只觉金光闪闪，像钻石一样纯净明澈。艾丽卡绕着雕像缓缓转着，过了好一阵子才说出话来。

"这是从哪里搞来的？我从未见过这种稀世之宝。"

"从利比亚沙漠下面挖出来的，我们的珍宝都藏在那里，"阿卜杜勒说，语气像一位自豪的父亲一样轻柔，"在这里只停放几个小时，随后再运走。我就捉摸你想看看。"

"喔，阿卜杜勒。实在太美了，简直无法形容。真的。"艾丽卡又回到雕像正前方，这才注意到刻在底座上的象形文字。顿时，她认出了塞提一世法老的名字，刻在铭名图案里。接着，又看到一个铭名图案，里面刻着另外一个名字。也许，这是塞提一世的别名。艾丽卡把它译出来。奇怪，是图坦卡蒙的名字。简直不可思议。塞提一世是一位声威显赫的法老，在微不足道的少年国王图坦卡蒙之后，统治了约五十年。这两位法老不属同一朝代，而且来自两个不同的家族。艾丽卡以为自己一定弄错了，便又检查了一遍，发现没有错，象形文字里就是有两个名字。

外屋的珠帘发出一阵噼啪声，阿卜杜勒忽地站起身来。"艾丽卡，请原谅，我得小心才是。"一面把那块黑布又蒙到神奇的雕像上。艾丽卡好似被人从一场没有做完的美梦中唤醒。面前出现了一个没形没状的怪体。"我去接待一下顾客。马上回来。请用茶……也许你想再要一点？"

"不要了，谢谢你。"艾丽卡说。她想再看看雕像，不想多喝茶。

阿卜杜勒蹑手蹑脚走到帷幔跟前，小心翼翼地向外窥视着。艾丽卡拿起已经显好影的照片。照片拍得很好，只是阿卜杜勒的脑袋没有照全。要是阿卜杜勒同意的话，她想给雕像拍一张。

看来，外面的顾客不是很急，因为阿卜杜勒放下帷幔，又回到了杉木箱跟前。艾丽卡坐到坐垫上。

"你有埃及的旅游指南吗？"阿卜杜勒轻声问道。

"有的，"艾丽卡说，"我有一本内格尔的旅游指南。"

"我有一本更好的，"阿卜杜勒说着从来往信件里抽出一本有年头的小书,"这是一本《贝德克尔旅游指南》,一九二九年的版本。是游览埃及古迹最好的旅游指南。你在我国逗留期间,要是能用这一本,那我太高兴了。这本远远胜过内格尔的旅游手册。"

"你太客气了,"艾丽卡说着接过书,"我一定好好保管,谢谢。"

"能为你旅途增添乐趣,我感到不胜荣幸,"阿卜杜勒边说边朝帷幔走去,到了跟前又踌躇了一下,"你离埃及的时候,要是还给我有困难,就还给另一个人,扉页上有他的姓名和地址。我经常东奔西走,到时候也许不在开罗。"他笑了笑,穿过帷幔走进前屋。帷幔又嚓的一声拉上了。

艾丽卡随手翻阅着旅游指南,发现插图和折页地图多得出奇。被贝德克尔推崇备至的关于卡纳克神庙的那部分描写,几乎长达四十页,写得精彩极了。下一章,一开始是哈特谢普苏特女王神庙里的一系列青铜雕刻,随后是长篇的说明。艾丽卡特别喜欢阅读这些章节。她把刚才给阿卜杜勒拍摄的照片夹进书里,一来做个记号,二来把照片保存好。然后把书放进提包。

她独自待在屋内,注意力又回到那尊神奇的塞提一世雕像上。她完全可以走过去,拉起蒙布,看看那行奇怪的象形文字。这么做是否有些背信弃义?她觉得是有那么一点。她刚想再拿出旅游指南看看,却听见前屋低沉的说话声发生了明显的变化。声音并没有提高,但听起来气冲冲的。开始,她以为是在讨价还价。随后,玻璃板的碎裂声,打破了灯光暗淡的室内的寂静,接着有人尖叫一声,立即又给喧住了。顿时,艾丽卡心里产生一股恐惧之感,太阳穴跟着怦怦直跳。只听有个人又说话了,声音更低,更气势汹汹。

艾丽卡静悄悄地走到帷幔前,像阿卜杜勒几分钟前一样,拉开一点,往外窥视。首先映入眼帘的是一个阿拉伯人的背影。他穿着一件又脏又破的长袍,站在门口,撩起珠帘,显然是在监视着不让有人闯进来。接着,艾丽卡朝左边一看,差一点叫出声来。只见阿卜杜勒正仰面朝天地被另一个穿着褴褛邋遢长袍的阿拉伯人往柜台上拽,柜台上的玻璃早被打碎。阿卜杜勒面前站着第三个阿拉伯人。他身穿一件干干净净的棕白条纹相间的长袍,头戴白色头巾,手里挥舞着寒光闪闪的短弯刀。弯刀的刀刃像剃刀一样锋利,让头顶上的灯光一照射,只见亮锃锃的,往眼前一比画,阿卜杜勒吓得面色如土。

艾丽卡还没来得及放下帷幔躲过这触目惊心的场面,只见阿卜杜勒的脑袋给猛地往后一拉,弯刀在脖子根上一抹,割断了软组织,一直割到脊骨。接着,从割断的气管里发出扑哧一声,殷红的鲜血溅了一地。

艾丽卡吓得两腿发软,扑地跪到地上,幸亏帷幔较厚,挡住了响声。她惊恐地环视了一下房间,想找个地方藏起来。躲到柜子里!时间来不及了。她撑起身来,钻进最后一个柜子和墙壁之间的角落里。这里哪是藏身之地啊!充其量只能遮住她自己的视线,就好像小孩在黑暗中蒙住自己的眼睛一样。不过,那个长着鹰钩鼻子、按住阿卜杜勒脑袋的男人的面孔,却在她心里留下了不可磨灭的印象。凶恶的黑眼珠,八字胡下嗷嗷吼叫的嘴巴,尖利的金牙,总在她脑海里浮现。

外屋又是一阵骚动,有些像是挪动家具的声音,随即鸦雀无声,静得怕人。时间过得真慢,令人难熬。接着,她听见声音越来越近。那些人正走进后屋。她几乎停止了呼吸,浑身毛发直竖。阿拉伯人就在她背后讲话。她能感觉出这些人就在近前，听得到他们来回走动的声音。走着走着，砰的一声。有人用阿拉伯语骂了几句。后来，脚步声走远了，前门的珠帘又响起熟悉的噼啪声。

艾丽卡喘了口气，但仍然紧贴着墙角，就好像站在万丈深渊的峭壁上似的。时间过得很慢，她不知道自己等了十分钟，还是十五分钟。她默默地从一数到五十。还是没有动静。她慢慢转过头，从角落里退出一点。屋里空空荡荡，她的提包原封未动地放在地毯上，那杯茶也搁在那里。但是那尊优美的塞提一世雕像却不翼而飞！

外屋珠帘又噼里啪啦地响了，艾丽卡打了个寒战，惶恐地转身往墙角奔去，一脚踩到没喝完的茶水杯上。玻璃杯碰倒了，滚出了铁架。地毯吸收了茶水，垫住杯子没出声音。后来，茶杯撞到桌子，发出低沉的响声。艾丽卡又紧贴在角落里。只听帷幔给人猛地拉开。她虽然闭着眼睛，还是能感到屋里的天然光线。随后，光线消失了。屋里只剩下她，还有个别的什么人。又听到几下低沉响声，脚步声越来越近。她再次屏住了呼吸。

突然，一只手像铁钳似的抓住了她的左臂，一把将她从角落里拉出来，她一个踉跄冲到屋子中间。

波士顿　上午八点

闹钟的响声把理查德·哈维从睡梦中惊醒，使他认识到又一天来到了。整个晚上，他一阵阵地辗转反侧。他记得最后一次看时钟是清晨近五点的时候。头一天，他在办公室里约见了二十七位病人，眼下觉得自己好像被压垮了似的。

"天哪。"他气冲冲地说道，一边朝闹钟顶上敲了一拳。这一拳力量很大，不仅把止闹钮打下去了，而且把塑料面也敲了出来。过去也出过这种岔子，不过钟面很容易就能装好。这也象征着他最近一段的生活。事情都乱了套，他感到很不习惯。

他把两腿滑下床沿，坐起来，看着闹钟。他没去收拾闹钟，而是俯下身去，猛地拔掉了电插头。电闹钟微弱的咝咝声停止了。秒针也不动了。闹钟旁边放着一张艾丽卡蹬着滑雪板的照片。她面无笑容地盯着照相机，努着丰满的下嘴唇，理查德看着觉得既可恨又迷恋。他伸过手去，把照片翻转过去，不再受它诱惑。像艾丽卡这样漂亮的姑娘怎么会爱上已经死亡了三千多年的文明呢？不过，他还是很思念她。她才走了两个晚上。还有四个星期，怎么熬呢？

理查德站起来，光着身子朝洗澡间走去。他今年三十四岁，身体十分健壮。他一直是个运动员，即使在医学院里也没停止运动。如今开业行医已有三年，还经常坚持打网球。他身高六英尺，躯干修长，肌肉发达。艾丽卡对他说过，他连屁股都是轮廓分明的。

他从洗澡间走进厨房，把水放到炉子上烧，倒了一杯果子汁。接着又回到起居室，打开俯视路易斯堡广场的百叶窗。十月中旬的阳光透过金黄色的榆树叶，驱走了空气中的寒意。理查德懒洋洋地笑了笑，眼角的皱纹变得更深，脸上的酒窝显得更清晰。他是个逗人喜欢的美男子，方方的脸蛋略带着点顽皮，蜜色的头发长得十分浓密，蓝色的眼睛深凹着，总是亮晶晶的。

"去埃及。天哪，真像去月球！"理查德对着美丽的早晨，凄然地说道,"她干吗非去埃及不可?"

他按照长期养成的习惯,很快便冲好淋浴,刮过胡子,穿上衣服,吃完早饭。唯一打破常规的是穿袜子。他没有干净袜子,只得从篮子里找了一双穿上。这一天的日子可不好过啊。艾丽卡的形象一直萦绕在他的脑际。最后,迫不得已,他便给艾丽卡住在托莱多的母亲打了个电话。他跟她很合得来。现在才八点半,他知道她不会去上班。

寒暄了几句之后,理查德便言归正传。

"你有艾丽卡的消息吗?"

"我的上帝,理查德,她才走了一天。"

"是啊。我只是想,也许你会有消息。我真为她担心。我不明白是怎么回事。本来倒挺好的,不想一谈起结婚的事,就崩了。"

"这件事你一年前就该谈了。"

"一年前可没法谈,我才开始行医呢。"

"你当然可以谈。只是你当时不想谈,事情就这么简单。你要是现在为她担心,当初就该设法阻止她去埃及。"

"我阻止了。"

"你要是阻止了,理查德,她眼下该在波士顿。"

"贾尼斯,我真阻止过了。我跟她说,她要是去埃及的话,不知道我们的关系会出现什么情况。那就会不一样。"

"她怎么说的?"

"她说对不起,去埃及对她很重要。"

"那是她一时任性,理查德。过一阵子就好了。你尽管放心好啦。"

"你说得很对,贾尼斯。至少我希望如此。你要是有她的消息,请告诉我。"

理查德挂上电话,觉得心里并不比刚才好受。事实上,他感到有些惶恐,好像艾丽卡要把他甩掉似的。他一时冲动给环球航空公司打了个电话,查对一下去开罗的班机,好像这样做可以使他跟艾丽卡的关系更亲密一些似的。可是事实并非如此,反而误了上班时间。一想到艾丽卡玩得痛痛快快的,而自己却忧心忡忡,他不由得憋了一肚子气。但又有什么办法呢?

开罗　下午三点三十分

艾丽卡好半天说不出话来。她抬起眼睛,满以为会看到阿拉伯杀人凶手,不料面前站着一个欧洲人,穿着一身讲究的三件套哔叽西服。他们面面相觑。也不知待了多长时间。两人都有些慌张,不过,艾丽卡还惊恐不已。于是,伊冯·朱利恩·德玛尔让花了一刻钟的时间,才使艾丽卡相信他并无恶意。即使这样,艾丽卡还是说不出话来,她颤抖得太厉害了。最后,她费了很大的劲儿,才向伊冯说明,阿卜杜勒就在外屋,不知是死是活。伊冯说,他进来时店里空无一人。后来,他硬是吆喝着艾丽卡坐下后,才同意到外屋看看。不一会儿,他就回来了。

"店里没有人,"伊冯说,"地板上只有一些碎玻璃和一摊血迹,没有尸体。"

"我要离开这儿。"艾丽卡说。这是她说出的第一句完整的话。

"当然可以，"伊冯安慰说，"不过你先告诉我出了什么事。"

"我要去找警察。"艾丽卡接着说。她不禁又颤抖起来。她一闭上眼睛，就看见短刀抹进阿卜杜勒咽喉的情景。"我看见有人给杀害了。就在刚才。太可怕了。我甚至连伤害人的事儿都没见过。我要去找警察。"

等头脑慢慢清醒过来，艾丽卡抬眼看着面前这个人。他又高又瘦，年近四十，清癯的面孔晒得黝黑。他脸上有一股了不起的神情，而那凹陷的眼窝和深蓝的眼睛，使他显得尤为神气。更重要的是，艾丽卡见过衣衫褴褛的阿拉伯人之后，再看看衣冠楚楚的伊冯，心里不觉消除了疑虑。

"我真倒霉，亲眼看见一个人给谋杀了，"她终于说道，"我从帷幔缝里往外张望，看见三个人。一个在门口，一个抓住那个老头，另一个……"艾丽卡有些说不下去了，"另一个用刀割断老头的喉咙。"

"我懂了，"伊冯若有所思地说，"这三个人是什么打扮？"

"我看你不一定懂了，"艾丽卡提高嗓子说，"他们什么打扮？我不是在谈论抢钱包的。我是在跟你说，我看见一个人给谋杀了。谋杀了！"

"我相信你的话。这些人是阿拉伯人，还是欧洲人？"

"阿拉伯人，穿着长袍。两个人脏得要命，另一个人看上去倒挺像样。天哪，想想看，我是来这儿度假的。"艾丽卡摇摇头，一面想立起身来。

"你能认出他们吗？"伊冯平静地问道。他把手搭在艾丽卡肩膀上，一是让她放心，二是让她坐着别动。

"我说不上。事情发生得太快了。也许那个拿刀子的,我认得出来。我也说不准。门口那个人的面孔,我始终没有看见。"艾丽卡抬起手来,颤抖得那么厉害,自己也感到吃惊,"这些事连我自己也不敢相信。我在跟店老板阿卜杜勒聊天。事实上,我们聊了好一阵子,一边还喝着茶。他很机灵,待人诚恳。天哪……"艾丽卡拿手捋了捋头发。"你说外面没有尸体?"艾丽卡用手指指帷幔外面,"刚才真的有人被杀。"

"我相信你的话。"伊冯说。他的手还依然搭在艾丽卡的肩上。说来也怪,她感到心里踏实多了。

"他们为什么把尸体也带走了?"艾丽卡问道。

"也带走了,你这是什么意思?"

"他们带走了一尊雕像,就从这儿,"艾丽卡用手指着说,"这是古埃及一位法老的神奇雕像——"

"塞提一世,"伊冯打断了她的话头,"这老头子疯了,敢把塞提一世雕像放在这儿!"伊冯不敢相信,眼珠骨碌碌直转。

"你知道这尊雕像?"艾丽卡问道。

"知道。其实,我是特意来跟阿卜杜勒商谈此事的。事情发生多久了?"

"我也说不准,也就是十五到二十分钟吧。你刚才进来时,我还以为你是杀人凶手,又回来了呢。"

"Merde[①]。"伊冯说着从艾丽卡身边走开,在屋里踱起步来。他

[①] 原文为法语粗俗语,相当于"妈的,见鬼"。

脱下哔叽上衣，放在一只坐垫上。"好闷热呀。"他停下脚步，转向艾丽卡，"你真看见雕像了？"

"是的，真看见了。美极了，是我见过的最迷人的雕像。就连图坦卡蒙的稀世珍宝也望尘莫及。它表明，新王国的工艺到第十九王朝达到了登峰造极的高度。"

"第十九王朝？你怎么懂这个？"

"我是埃及学家。"艾丽卡说道。她觉得镇静了一些。

"埃及学家？你的样子不像埃及学家。"

"那么埃及学家该是个什么样子？"艾丽卡有些生气地问道。

"好了，就算我猜想不到吧，"伊冯说，"是不是因为你是埃及学家，哈姆迪就给你看了雕像？"

"我想是吧。"

"即使如此，也太蠢了。蠢透了。我真不懂他为什么要冒这种风险。你知道这尊雕像的价值吗？"伊冯几乎有些发怒地问道。

"无价之宝，"艾丽卡应道，"所以更该去报警。那尊雕像是埃及的国宝。作为埃及学家，我知道有倒卖古董的黑市，但没想到会倒卖这样的无价之宝。必须采取行动！"

"必须采取行动！"伊冯发出一阵冷笑，"美国人的伪善面孔。最大的古董市场是美国。没有买主，就不会有黑市。归根结底，买主是罪魁祸首。"

"美国人的伪善面孔！"艾丽卡愤愤地说，"法国人怎么样？卢浮宫里摆满了无价之宝，基本上都是盗窃来的，像黄道十二宫图就是从丹德拉神庙偷走的。这些你是知道的，怎么还能说出这种话？现在人们千里迢迢来到埃及,只能看到黄道十二宫图的石膏模型。"

"那是为了安全起见,才把黄道碑起走了。"伊冯说。

"得了吧,伊冯。你可以想出一个比这更好的借口。这话过去还有几分道理,今天就站不住脚了。"艾丽卡简直不敢相信,她已经完全恢复常态,可以进行毫无意义的辩论了。她还注意到,伊冯极其迷人,她在设法诱发他的感情。

"好吧,"伊冯冷冷地说,"我们在原则上是一致的。必须控制住黑市。但是在方式方法上有不同意见。比方说,我不主张马上去报警。"

艾丽卡大为震惊。

"这么说你不同意啦?"伊冯问道。

"我也说不上。"艾丽卡结结巴巴地说。她给人一眼就看透了,真有点沮丧。

"我知道你是一片好心。让我跟你说说你的处境。我不想摆出一副保护人的架势,只想采取实事求是的态度。这里是开罗,不是纽约,不是巴黎,也不是罗马。我这么说是因为与埃及相比,甚至意大利也算管理得相当卓有成效,这就很说明问题。在开罗,官僚主义泛滥成灾。东方人的舞弊行贿已经司空见惯,而不是个别现象。你若是去报案,会成为主要嫌疑。到头来,你得坐牢,或者至少给软禁起来。一年半载过去了,甚至连有关文件还没填写呢。日子真够你受的。"伊冯顿了一下,"我这话你懂吗?跟你说这些,都是为你好。"

"你是什么人?"艾丽卡问道,一面伸手到提包里掏烟。其实,她并没有烟瘾。只是理查德讨厌她抽烟,她为了表示不买账,就在机场的免税商店买了一包烟。眼下，只觉双手闲得慌，就想摸支烟抽抽。伊冯见她在提包里摸来摸去，就掏出一只金烟盒，打开递了过去。艾丽卡不好意思地拿了一支。伊冯用迪昂牌金壳打火机给她把烟点着，然后自己也拿了一支。他们默默地抽了一阵。艾丽卡光往外吐烟，并不往里吸。

"我是你们国家称之为爱管闲事的人，"伊冯说着拢了拢本来就光溜溜的深棕色头发，"看到古董和考古遗址被毁灭，我深感痛心，便决定出来干预干预。了解到塞提一世雕像的下落，这是最大的……也就是你们所说的……"伊冯想找个合适的字眼。

艾丽卡想提示一下，说了声"发现"。

伊冯摇摇头，一面用手画了个圈，鼓励艾丽卡再提示。艾丽卡耸了耸肩膀，又说了声"突破"。

"为了解开一件奥秘，"伊冯说，"需要有点……"

"线索。"艾丽卡说。

"啊，线索。对了。这是最大的线索。可是眼下又说不上了。这尊雕像也许永远无影无踪了。你若是能认出杀人凶手，倒会有所帮助。但是在开罗这里，这也很困难。不过你要是去报案，那就根本不可能了。"

"你最初是怎么知道有这座雕像的？"

"从阿卜杜勒那儿知道的。我敢肯定，除了我之外，他还给许多人写过信。"伊冯说着环视了一下屋子，"我尽快来到这里。实际上，我到开罗才几个小时。"他走到一只大木柜跟前，把门拉开。只见里面装满了小玩意儿。"要是能找到他的来往信件，倒可能会有所帮助。"伊冯说罢,随手捡起一个木雕木乃伊小人,"这些玩意儿大都是赝品。"他加了一句。

"那只箱子里有些信件。"艾丽卡用手指着说。

伊冯朝艾丽卡指的箱子走去,把箱子打开。

"太好了,"伊冯喜出望外地说道,"也许信里有些内容能帮我们的忙。不过,我要弄清楚,这里会不会还藏有别的来往信件。"他走到帷幔跟前,伸手拉开,一道阳光射进屋里。"拉乌尔。"伊冯大声喊道。前门的珠帘啪嗒响了一下。伊冯撩开帷幔,拉乌尔走了进来。

拉乌尔比伊冯年轻,二十八九岁,橄榄色的皮肤,黑头发,无忧无虑,神气十足,颇有男子气概。看见他,艾丽卡不由想起了让-保尔·贝尔蒙多[①]。

伊冯介绍了一下,说拉乌尔是法国南部人,虽然英语说得很流利,但乡音较重,不太好懂。拉乌尔握了握艾丽卡的手,爽朗地笑笑。接着,两人也不理会艾丽卡,用法语快速交谈起来,随后便在店里进行搜索,看看是否还有其他材料。

"只要几分钟就行了,艾丽卡。"伊冯一边说,一边仔细地检查着一只立柜。

艾丽卡坐到屋子中央的一只大垫子上。经过这场虚惊,她神经有点麻木了。她知道搜查屋子是非法的,但也不去过问,只是漠然地看着这两个人。他们搜完了柜子,就开始扯墙上的壁毯。

两人忙碌的时候,显示出很大的差别。不光是外貌不同,举动也

[①] 法国著名男影星。

不大一样。拉乌尔干脆利落，往往硬拼力气。伊冯则小心翼翼，深思熟虑。拉乌尔忙个不停，常常猫着腰，脑袋耷拉在宽阔的肩膀之间。伊冯站得笔直，看东西总要欣欣然地离开一点距离。他挽着袖子，露出光滑的前臂，两只手越发显得小巧玲珑。突然，艾丽卡发现了伊冯的不同凡响之处。他带有十九世纪贵族那种养尊处优、娇生惯养的神态。一股温文尔雅的神气像神像头上的光环一样，萦绕在他的头顶。

艾丽卡的脉搏还在剧烈跳动。她骤然觉得坐立不安，便站起身来，走到帷幔跟前。她想透口气，可是，尽管伊冯已经告诉她外屋没有尸体，她还是不敢出去看看。最后，她终于伸出手，拉开了帷幔。

艾丽卡尖叫一声。原来她一拉开帷幔，只见离她二英尺的地方，有一张面孔忽地转过来瞅着她。紧接着，那人显然像艾丽卡一样给吓坏了，哗啦一声，抱在怀里的陶器全都摔到了地上。

拉乌尔反应敏捷，一把推开艾丽卡，冲进了前屋。伊冯紧跟着。那个小偷给地上的陶器绊了一跤，正跌跌撞撞地朝门口逃去。可是拉乌尔灵活得像只猫，他使出日本的空手道，对着小偷两肩之间猛击过去，把他打翻在地。他一翻身，原来是个十二岁左右的男孩。

伊冯望了一眼，然后回到艾丽卡面前。

"你没事吧？"他温柔地问道。

艾丽卡摇摇头。"我不习惯这种事。"她的手仍然抓着帷幔，耷拉着脑袋。

"看看这个男孩，"伊冯说，"我要知道他是不是那三个人中的一个。"他用手搂着她，但她不无礼貌地把他推开了。

"我没事。"她说。她知道自己有些反常。原先压抑在心里的恐惧，刚才却一股脑儿爆发出来。

她深深地吸了口气，走过去低头看看那个瑟瑟发抖的男孩。

"不是的。"她简单地说。

伊冯用阿拉伯语向那个男孩厉声说了几句，只见他匆忙站起，夺门而去，搞得珠帘噼里啪啦地荡来荡去。"这个地方太穷了，使有些人变得像秃鹰一样贪婪，哪里一出事准能嗅到。"

"我要走了，"艾丽卡尽量平静地说，"我也说不上要去哪里，只是要离开这儿。我仍然认为应该去报警。"

伊冯伸出手，搭在艾丽卡肩上，像个长辈似的说道："可以去报警，但不要把你自己牵连进去。主意你自己拿。但是请相信我，我并非无知妄说。埃及的监狱与土耳其的不相上下。"

艾丽卡端量了一下伊冯专注的目光，然后垂眼望着自己还在颤抖的双手。开罗的贫困和极度混乱，她已经目睹过了，伊冯的话不无道理。"我要回旅馆去。"

"好的，"伊冯说，"请允许我俩送你回去，艾丽卡。我去拿一下我们刚找到的信件。一会儿就来。"两人便消失在帷幔后面。

艾丽卡走到砸碎的柜台跟前，凝视着混合在一起的碎玻璃和干血污。她感到一阵恶心，好不容易才抑制下去。侥幸的是，她很快找到了她要找的东西——阿卜杜勒送给她的赝品护身符，就是他儿子精雕细刻的那一只。她把护身符揣进口袋，同时用脚尖轻轻碰碰地板上的碎陶器片。那两件真古董也葬身在碎片堆里。它们经历了六千年的沧桑，如今却做了无谓的牺牲，被一个十二岁的小偷摔在这家可怜的古董店的地板上。看着这堆烂摊子，她简直要吐。她又转眼盯着血污，后来闭上眼皮才没让泪水流下来。一个机灵人由于贪财,反误了性命。艾丽卡想回忆一下那个持刀人的模样,却想不起来。只记得他面部轮廓鲜明,典型的贝都因人长相,肤色像擦得锃亮的青铜。但是具体模样,怎么也想象不出。她又睁开眼睛,环视一下店堂。她满腔怒火,把涌进眼眶的泪水又挤了回去,她要为阿卜杜勒·哈姆迪报案,让杀人凶手归案伏法。可是伊冯关于开罗警察局的告诫无疑也是对的。要是见到杀人犯也没有把握辨认出来,那就不值得冒险去警察局报案。

艾丽卡俯身捡起一块较大的碎陶片。她通晓过去,脑海里不由自主地又浮现出嵌着雪花石膏和长晶石眼睛的塞提雕像。在她看来,毫无疑问必须找回雕像。她从没想到这么珍贵的文物会卷进黑市。

艾丽卡走到帷幔那儿,伸手拉开,只见伊冯和拉乌尔正在卷地毯。伊冯抬头看看,示意再过一会儿就完了。艾丽卡瞧着他们忙碌。显然,伊冯是想采取点行动来打击黑市。法国人过去做了大量工作,阻止有人掠夺埃及的财宝,至少阻止掠夺那些还没运到卢浮宫的财宝。如果不去报案有助于追回雕像,那也许是再好不过。艾丽卡决定跟伊冯一起干,她觉得自己的想法在一定程度上是合情合理的。

伊冯留下拉乌尔把地毯摆回原处,自己带着艾丽卡离开了阿卜杜勒古玩店。和伊冯一起穿过汗哈利里市场,跟她刚才独自进来时的情形,大不一样。没有人来打扰她。伊冯滔滔不绝地谈论着市场和开罗的情况,像是要把艾丽卡的思绪从前一个小时发生的事件中拨引开似的。显然,他很熟悉这座城市的历史。他已经解掉了领带,敞着衬衣领口。

"来一个奈费尔提蒂[①]的青铜头像怎么样?"他问道,手里举着从货郎车上拿起的一件丑陋的旅游纪念品。

"不要!"艾丽卡惶恐地说。她不禁想起那个冒失鬼对她耍流氓的情景。

"你一定得要一个。"伊冯说,一面开始用阿拉伯语还起价来。艾丽卡出来阻挠,伊冯还是买了下来,郑重其事地递给她。"一件心爱的埃及纪念品。依我看,唯一的问题是,这些玩意儿是在捷克斯洛伐克制作的。"

艾丽卡笑笑,接住了小头像。透过酷暑、尘埃和贫穷,艾丽卡感到了开罗的魅力。她稍微松快了一点。

他们穿过狭窄的小巷,来到阳光明媚的爱资哈尔广场。汽车喇叭发出不和谐的响声,交通堵塞住了。伊冯转向右边,指着一幢富有异国情调的建筑物,上面有一座方形尖塔和五个葱头形角塔。接着,他又领她转过身。广场左侧,车水马龙和露天市场几乎挡住了著名的爱资哈尔清真寺的大门。他们朝清真寺走去。越往前走,精致的大门看得越清楚。大门由两道拱门组成,上面装饰着错综复杂的阿拉伯图案。这是艾丽卡来到埃及之后,走近的第一个中世纪穆斯林建筑物。说真的,她对伊斯兰教了解不多,因此觉得这些建筑物更有异国情调。伊冯知道她兴致勃勃,就指点着各种各样的尖塔,特别是那些带有圆顶和宝石装饰的尖塔。他滔滔不绝地讲解着清真寺的历史,包括哪些苏丹修建了哪些清真寺。

[①] 奈费尔提蒂,公元前14世纪埃及王后,支持其丈夫阿克那顿进行宗教改革,以其半身彩色石灰石雕像而闻名于世。

艾丽卡想集中精力倾听伊冯讲解，可又无法集中。建筑物前面就是个热闹的市场，人山人海。此外，她思想老开小差，老是想到阿卜杜勒和他猝然惨死的情景。伊冯换了个话题，艾丽卡却毫无反应。他只好再说一遍："这是我的车。我送你回旅馆好吗？"这是一辆埃及造的菲亚特黑色轿车，还比较新，只是布满了坑坑疤疤。"这不是雪铁龙，但还挺不错。"

霎时间，艾丽卡有些茫然不知所措。她没料到会有一辆私人汽车。来辆出租汽车就不错了。她喜欢伊冯，但毕竟是异乡异客，萍水相逢啊！她心里这么想，眼里便流露出来。

"请理解我的心情，"伊冯说，"你遇上了倒霉的事儿。令人高兴的是，我也碰巧赶上了，不过早到二十分钟就好了。我只是想帮帮你的忙。开罗这个地方不好对付，再加上你刚才碰上那种事，真使你手足无措。这个时候，你是叫不到出租汽车的。出租汽车也实在太少了。让我送你回旅馆去吧。"

"拉乌尔怎么办呢？"艾丽卡含糊其词地说。

伊冯伸进钥匙，打开车后门。他没有催逼艾丽卡上车，只是走到一个戴头巾的阿拉伯人跟前，这人显然是看车的。伊冯说了几句阿拉伯语，然后在他伸开的手掌里放了几枚硬币。接着，他打开司机座旁的车门，钻了进去，探过身来对艾丽卡笑笑。在午后的阳光下，他的蓝眼睛温柔如水。"别为拉乌尔担心。他会照顾自己的。我担心的是你。你既然有胆量独自在开罗闯来闯去，就不该在意让我送你回酒店。你要是不在意的话，就请告诉我你在哪里下榻，我好在大厅里恭候你。对这座塞提一世雕像，我不准备撒手不管，你也许能帮帮忙。"

伊冯忙着系好安全带。艾丽卡瞧瞧广场，叹了口气，然后钻进汽车。"希尔顿酒店。"她说。

这一路可并不轻松。在开出路边之前，伊冯先戴上了小山羊皮手套，慢条斯理地把手指一个个地套上。汽车一挂挡，就嗖地冲了出去。车轮呜呜直叫，转眼挤进车水马龙之中。由于交通秩序混乱，赶忙又来了个急刹车，艾丽卡硬顶住才没冲到前面。就这样，汽车忽动忽停，搞得艾丽卡前冲后仰。在她看来，他们的汽车常常与别的汽车、卡车、驴车，甚至建筑物擦肩而过，真是千钧一发，险象环生。伊冯双手握紧驾驶盘，好像在开赛车似的，吓得路上的牲口和行人四处逃窜。他固执放肆，但对别人的行为却不恼怒。如果有辆汽车或畜力车在前面磨蹭挡道，他也满不在乎，只是耐心等待，一出现空当，就直冲过去。

他们离开喧闹的市中心，朝西南方向开去，途中经过古城墙和雄伟的萨拉丁城堡的废墟。城堡内矗立着穆罕默德·阿里清真寺的圆顶和尖塔，耀武扬威地显示着伊斯兰教的世俗权威。他们来到尼罗河畔，罗达岛北端。向右一拐，驶上了那条沿大河东岸伸展的宽阔大街。在午后阳光的照耀下，河水碧波粼粼，凉气宜人，与炎热邋遢的商业区形成了鲜明的对照，使人感到心旷神怡。艾丽卡头一天初次看见尼罗河时，感触比较深的是它的悠久历史，是它发源于遥远的赤道非洲。今天她才真正理解：没有这条河流，就没有开罗，没有埃及整个国家。令人窒息的尘土和炎热显示着沙漠的淫威，像瘟疫一样，始终威逼着开罗的后门。

伊冯把车径直开到希尔顿酒店正门前。他把钥匙留在车上，将戴着头巾的门房轰到人行道上,然后彬彬有礼地把艾丽卡搀出车。艾丽卡刚目睹了惨不忍睹的场面,想不到会遇到这般殷勤,不由得喜笑吟吟。她是个美国人,很少见到如此堂堂的男子汉竟然这么注重小节,谦恭有礼。这是欧洲人的独特气质,艾丽卡尽管已经累得筋疲力尽,还是情不自禁地被迷住了。

"你要是想回房间梳洗一番再谈的话,我可以等你。"他们走进忙碌的前厅时,伊冯说道。下午的国际班机已经到达了。

"我想先喝一杯。"艾丽卡毫不犹豫地说道。

备有鸡尾酒的休息室里还有空调设备,温度十分宜人,走进去犹如滑入清澈的水池子。他们坐到屋角的一个小隔间,要了酒。酒送来后,艾丽卡举起那冰冷的伏特加奎宁水玻璃杯,放在脸上贴了一会儿,凉快凉快。

望着伊冯静静地呷着佩诺茴香酒,艾丽卡不由发现:他适应环境的能力还真强。他在汗哈利里集市上跟在希尔顿酒店里一样怡然自得。总是那样信心十足,善于控制自己。再仔细打量一下他的衣服,艾丽卡发现裁剪得非常考究,合身得体。与伊冯的优雅打扮相对照,理查德总是一成不变地穿着一身布鲁克斯兄弟服装店的服装,真使她觉得好笑。不过她知道,理查德是不讲究衣着的,这样比较未免有些不公平。

艾丽卡喝了一口酒,感到轻松了一些。接着又呷了一口,一大口,先深深地吸了口气,然后才咽下酒。"天哪,真是一场奇遇!"她说,一面用手托着头,揉着太阳穴。伊冯还是不吭声。过了几分钟,她坐起身子,挺直肩膀。"对这座塞提雕像,你打算怎么办?"

"我要设法找到它,"伊冯说,"我一定要找到它,不能叫它跑出埃及。阿卜杜勒·哈姆迪有没有跟你说过雕像要送到什么地方?说过没有?"

"他只是说,在店里存放几个小时,很快就运走。没说别的。"

"大约一年前,发现一尊类似的雕像,后来……"

"类似的,你这是什么意思?"艾丽卡激动地问道。

"是一尊镀金的塞提一世雕像。"伊冯说。

"你亲眼看见了,伊冯?"

"没有。我要是看见了,这尊雕像今天就不会在休斯敦啦。那是一位石油大王通过瑞士一家银行购买的。我追查过,可是瑞士银行不肯合作。结果不了了之。"

"你是否知道,休斯敦那尊雕像底座上刻有象形文字?"

伊冯摇摇头,一面点燃一支高卢斯牌香烟。"我一点也不知道。你为什么问这个问题?"

"因为我见到的那尊雕像底座上刻有象形文字,"艾丽卡说。一扯起这个话题,她顿时兴奋起来,"我发觉上面有两个法老的名字。塞提一世和图坦卡蒙!"

伊冯猛吸了一口烟,疑惑地瞅着艾丽卡。薄薄的嘴唇抿得很紧,烟从鼻孔里喷出。

"我是研究象形文字的。"艾丽卡分辩说。

"塞提和图坦卡蒙的名字刻在同一座雕像上,不可能。"伊冯断然地说。

"是很奇怪,不过我确信没有看错。可惜,我来不及译出其余的文字。我起初以为，雕像是赝品。"

"不是赝品，"伊冯说，"要是赝品，哈姆迪不会被杀害。你会不会把图坦卡蒙的名字看错了？"

"绝对不会。"艾丽卡说。她从提包里取出钢笔，在鸡尾酒餐巾纸上画出图坦卡蒙的加冕名字，神气十足地推到伊冯面前。"这就是我见到的刻在雕像底座上的名字。"

伊冯瞧着图，默默地抽着烟，沉思着。艾丽卡一个劲地盯着他。

"他们为什么要杀死老头呢？"她终于说道，"这似乎没有必要。假如他们要雕像，拿走不就得了。哈姆迪孤零零一个人嘛。"

"我也搞不懂。"伊冯直言不讳地说，一面从图坦卡蒙的名字图上抬起眼睛，"也许这跟法老的诅咒有关。"他笑了笑，"大约一年前，我查出了一条路线，知道埃及古董是怎样运给贝鲁特一个中间人的。他是通过去麦加朝圣的埃及人那里弄到手的。我跟这个人一接头，他就给杀害了。我在琢磨，这是否跟我有关。"

"你认为他是因为跟阿卜杜勒·哈姆迪同样的理由而被杀害的吗？"

"不。实际上，他是在基督教徒和伊斯兰教徒混战时，中弹而死的。可是，这件事正好发生在我去找他的时候。"

"毫无意义的悲剧。"艾丽卡沉痛地说道，一面又想起了阿卜杜勒。

"确实如此。但是你得记住，哈姆迪绝不是无辜的旁观者，他知道其中的利害关系。那尊雕像是无价之宝。在这个贫穷的世界里，有钱就能移山倒海。正因为如此，你要是去报案，就非出错不可。无论在什么情况下，你也很难找到一个可以信赖的人。一见到这么一笔不义之财，连警察也不会廉洁奉公的。"

"我不知道该怎么办才好,"艾丽卡说,"你有什么打算,伊冯?"

他又抽了一口高卢斯牌香烟,一面拿眼扫视着装饰俗气的休息大厅。"很有可能从哈姆迪的来往信件中找到些线索。材料不多,但总是个开端。我要查明是谁杀害了他。"他回头看着艾丽卡,面部的表情更加严肃,"最后,我很可能需要你辨认一下凶手。你肯吗?"

"当然肯,只要我能认出来,"艾丽卡说,"我真的没有好好看看那些杀人凶手,不过倒是很愿意帮忙。"艾丽卡回味了一下自己说的话,觉得很陈腐无力。可伊冯似乎并没在意。他反倒伸过手来,轻轻抓住了她的手腕。

"我非常高兴,"他热情地说,"现在我该告辞了。我住在子午线宾馆,八〇〇号套间。宾馆在罗达岛上。"伊冯停顿了一下,仍然轻轻地握着艾丽卡的手腕,"你要是今晚愿意跟我共进晚餐,我将不胜荣幸。今天,开罗一定给你留下了可怕的印象。我想让你看看它的另一番天地。"

这突如其来的邀请使艾丽卡感到很荣幸。伊冯极其英俊动人,天下的女人就是千里挑一,也会乐意和他一起进餐的。不过,显而易见,他是醉翁之意不在酒,真正感兴趣的是那座雕像。而她自己呢,心里却有些慌乱。

"谢谢你,伊冯,不过我累坏了。高速飞行引起的不舒服,现在还没恢复。昨晚又没睡好。改天晚上吧。"

"我们可以早些吃。十点钟送你回来。今天经历了这种事,我看你还是不要一个人待在酒店里为好。"

艾丽卡看看表,还不到六点。十点钟不算太晚,何况她总得吃晚饭嘛。

"你要是不嫌麻烦，十点钟能送我回来的话，我可以跟你共进晚餐。"

伊冯紧紧握了握她的手腕，然后松开了。"Entendu①。"他一边说，一边示意要账单。

波士顿　上午十一点

理查德·哈维低头望着亨利埃塔·奥尔森肥鼓鼓的腹部。上下两块布单被拉开了一点，露出了胆囊部位。身体的其他部位倒还遮着，以保护她的尊严。

"奥尔森太太，请指一指哪里觉得痛？"理查德说。

一只手从布单下面伸了出来。亨利埃塔用食指按在肚子上，就在右侧肋骨下面。

"后面这儿也痛，大夫。"亨利埃塔说着往右边侧过身去，用手指戳着后背中间。"就在这儿。"亨利埃塔说，一面拿手指捅了捅理查德的肾脏部位。

理查德的眼珠转了两下。这只有他的办公室护士南希·雅各布斯看得见。她摇了摇头，觉得理查德对病人特别简慢无礼。

理查德抬头看看钟。他知道，午饭前还要看三个病人。他已经当了三年内科医生，干得极其出色，他也很喜欢自己的工作，但有时候也确实有点烦人。来看病的百分之九十都跟吸烟和肥胖症有关。这样

---

① 原文为法语，即"一言为定"。

一来，离他实习阶段所要达到的知识水平，往往有很大差距。现在，比这个问题更让人头疼的，是他和艾丽卡的关系。在这种情况下，要他把精力集中到诸如亨利埃塔胆囊之类的问题上，简直是不可能的。

有人在急促敲门，门诊接待员萨利·马林斯基把脑袋探了进来。"大夫，你的电话接通了。"理查德脸上露出了喜色。原来，他曾让萨利给艾丽卡的母亲贾尼斯·巴伦打个电话。

"对不起，奥尔森太太，"理查德说，"我得去接电话，马上回来。"他示意南希留在那儿。

理查德关上他办公室的门，拾起话筒，揿了揿接线按钮。

"喂，贾尼斯。"

"理查德，艾丽卡还没来信。"

"多谢你了。我知道她还没来信，我之所以给你打电话，是想告诉你，我真的要发疯了。我想问问你，我该怎么办？"

"理查德，我看你目前别无选择，只有等艾丽卡回来。"

"你说，她去干吗呢？"理查德问道。

"我压根儿不知道。埃及学那玩意儿，打她宣布要主修那天起，我就一窍不通。要是她父亲没死的话，也许能劝得她幡然醒悟。"

理查德停了一会儿，然后说："我的意思是说，我很高兴她有所爱好，但是爱好不该影响一生的前途。"

"我也是这样想的，理查德。"

又停了一会儿，理查德心不在焉地玩弄着桌上的办公用品。他有个问题想问问贾尼斯，但不敢说。

"你看我到埃及去一趟怎么样？"他终于说道。

一阵沉默。

"贾尼斯?"理查德说。他怀疑电话是否中断了。

"去埃及！理查德，你不能撇下你的工作不管啊。"

"是不太好办。不过要是非去不可，我还是走得开。我可以找人代班。"

"唔……也许是个好主意。不过也难说。艾丽卡总是很有主见。你跟她说过你要去？"

"没有，从未谈过。我想，她总以为我眼下走不开。"

"也许你一去，她会看出你一片真心。"贾尼斯体贴地说。

"看出我一片真心！天哪，她知道，牛顿①的那幢房子，我已经付了定金。"

"理查德，艾丽卡也许并不把这事放在心上。我总认为，问题在于你办事太拖拉。所以，去埃及或许是个好主意。"

"我真不知道怎么办好。谢谢，贾尼斯。"

理查德放好听筒，瞧瞧登记本上下午来就诊的病人名单，这一天真够漫长的。

开罗 晚上九点十分

两名殷勤的侍者来收拾盘子，艾丽卡将身子往后一靠。伊冯对他们十分简慢无礼，弄得艾丽卡都有些发窘。不过，伊冯显然是让精明

---

① 波士顿郊区小城。

能干的服务员侍候惯了,认为跟这些人说话越少越好。伊冯非常在行地叫了几个具有地方风味的菜,菜里放了许多香料,两人照着烛光,吃了一顿丰盛的晚餐。饭店取名"贝洛山赌场",虽然挺有浪漫色彩,但是并不名副其实。饭店位于穆卡塔姆山顶。艾丽卡坐在阳台上,朝东望,只见阿拉伯山脉峰峦起伏,蜿蜒穿过阿拉伯半岛,一直延伸到中国;向北看,尼罗河成扇形展开,在三角洲分成一条条支流,滚滚流入地中海;往南看,源自非洲心脏的大河,宛若一条平展发亮的巨蟒。但是最引人入胜的景色还是在西面,一座座尖塔、圆顶刺破开罗上空的雾霭,昂首挺立。夜幕正在降临,银灰色的天空出现繁星点点,与山下的万家灯火交相辉映。艾丽卡沉醉于天方夜谭的意境之中。开罗的异国情趣、旖旎风光和神秘莫测,顿时使她忘记了白天的倒霉遭遇。

"开罗充满了非凡而可悲的魅力。"伊冯说。他的脸隐没在阴影里。后来一吸烟,烟头发出火红的亮光,照出了他那轮廓清晰的面孔。"开罗的历史令人难以置信。腐败堕落,凶狠残暴,光怪陆离,荒诞不经,简直不可思议。"

"现在有很大变化吗?"艾丽卡问道,又想起了阿卜杜勒·哈姆迪。

"比人们想象的要小。腐化堕落成为一种生活方式。贫穷依然如故。"

"贿赂呢?"艾丽卡问道。

"毫无改变。"伊冯说,一面小心翼翼地往烟灰缸上磕着烟灰。

艾丽卡呷了口酒。"我给你说服了,不去报案了。我确实不知道能不能认出杀害哈姆迪先生的凶手。我最怕陷进亚洲人阴谋诡计的泥坑而不能自拔。"

"你这样做再明智不过了。真的。"

"可我心里还不踏实，总觉得自己逃避了做人的职责。我是说，眼见有人被杀害，却放任不管。你是否认为我不去报案有助于你打击黑市？"

"的确如此。如果当局抢在我前头找到塞提雕像的下落，我就没有希望打进黑市市场了。"伊冯又伸过手去，捏捏她的手，让她放心。

"你寻找雕像的时候，能不能设法找到杀害阿卜杜勒·哈姆迪的凶手？"

"当然可以。不过你别误会。我的主旨是找到雕像，控制黑市。我不会傻痴痴地认为，我能改变埃及的道德观念。不过，我若是真的找到杀人凶手，就一定报告当局。这样会帮助减轻你的内疚了吧？"

"是的。"艾丽卡说。

山脚下灯火辉煌，把城堡照得一片通明。看着这座城堡，艾丽卡觉得心醉神迷，脑海里不禁浮现出十字军的形象。

"今天下午你说的一件事使我感到很吃惊，"艾丽卡转回身对伊冯说，"你提到了'法老的诅咒'。你肯定不会相信这种胡说八道。"

伊冯微微一笑。不过，他直等到侍者端上香喷喷的阿拉伯咖啡之后，才开口说话。"法老的诅咒！不瞒你说，我并不完全排斥这种想法。古埃及人在保存尸体上作了很大努力。他们以崇信鬼神而著称，也是研制各种毒药的行家。于是……"伊冯呷了口咖啡，"接触过法老陵墓珍宝的人们中，许多都莫名其妙地死去了。这是毫无疑问的。"

"科学界对此大为怀疑。"

"当然，新闻界抢先做了一些言过其实的报道，但是，在发掘图坦卡蒙墓的过程中，有些人死得很蹊跷，首先便是卡那封爵士之死。这里面一定有些文章。什么文章，我不知道。我之所以提到法老的诅咒，是因为两个商人，照你的说法是两个很好的'线索'，就在我跟他们见面之前给杀害了。巧合吗？也许是。"

喝完咖啡，他们便沿着山脊，漫步来到一座极美的清真寺废墟。两人默默不语。遗迹之美，使他们肃然起敬。伊冯伸出手去，帮她爬过几块大岩石，进入清真寺内。这座曾经壮观一时的建筑物，如今只剩下一些巍巍高耸的断壁残垣。天上，暗蓝色的夜空中，银河在闪烁。对艾丽卡来说，埃及的魔力已成为历史。眼下，在黑乎乎的中世纪废墟中，她又感到了这种魔力。

在乘车回去的途中，伊冯伸出胳膊搂住她，一面还是平心静气地谈论着清真寺。他信守诺言，将近十点钟的时候，把她送到希尔顿酒店大门口。乘电梯上楼时，艾丽卡觉得自己有点神魂颠倒了。伊冯真是个富有魅力、引人着魔的男人。

她来到自己的房间，插进钥匙，打开房门，拧开电灯，把提包扔在过道的行李架上。随后关上门，插上双保险锁。空调开在最高一档。她不想在人工制冷的房间里睡觉，就朝阳台附近的开关处走去，好把空调关掉。

走到一半，她站住了，差一点惊叫起来。原来在屋角的安乐椅上坐着一个人，既不动弹，也不吭声。他长着一张典型的贝都因人脸型，却穿着一身讲究的灰绸西服，白衬衫，黑领带。他正襟危坐，一动不动，目光咄咄逼人，吓得艾丽卡呆若木鸡。他宛如一尊可怕的青铜雕像。艾丽卡在家里曾经设想过，假如有人企图对她强行非礼，她要奋力反抗，可是现在，她却一动不动，噤若寒蝉，耷拉着两臂。

"我叫艾哈迈德·哈赞。"那人终于说道，声音低沉流畅，"阿拉伯埃及共和国公共文物部部长。冒昧前来打扰，十分抱歉。不过，这也是没有办法。"他把手伸进上衣口袋，掏出一只黑色皮夹。他打开皮夹，放在手上伸出来。"我的证件，请过目。"

艾丽卡脸色刷地变白了。她本想去报案的。她也知道早该去报。现在可好，出大乱子了。她为什么要听伊冯的话呢？那人咄咄逼人的目光仍然使她呆若木鸡，瞠目结舌。

"恐怕你得跟我走一趟，艾丽卡·巴伦。"艾哈迈德说着，立起身来朝她走去。艾丽卡从没见过这样敏锐的眼睛。客观地说，他的面孔就像奥马尔·沙里夫的一样漂亮。那双眼睛配在这样一副面孔上，真使她既想看，又害怕。

艾丽卡结结巴巴，语无伦次，最后好不容易避开了他的目光。她额上渗出了冷汗，腋下也感到湿漉漉的。她以前从未跟官方发生过纠葛，因此，现在感到焦灼不安。她木然地穿上一件毛线衫，拿起手提包。

艾哈迈德一声不响地打开门，来到走廊上，表情依然是那样全神贯注，毫无变化。艾丽卡随他一起穿过休息大厅时，眼前浮现出潮湿阴森的牢房。突然间，波士顿似乎遥不可及了。

到了希尔顿酒店大门口，艾哈迈德摆摆手，一辆黑色轿车驶了过来。他打开后门，示意艾丽卡进去。她赶忙钻了进去，希望通过积极合作，来弥补没有报告阿卜杜勒被害的过错。汽车开走后，艾哈迈德还是咄咄逼人地保持着沉默，不时拿直勾勾的目光凝视她。

艾丽卡心急火燎，又胡思乱想起来。她想起美国大使馆和领事馆。是否应该要求打个电话？要是打，又说些什么？从车窗往外看去，虽然大河看上去像一潭黑漆漆的死水，但是开罗仍然车来人往，生机盎然。

"你要把我带到哪里？"艾丽卡问道。这声音，连她自己听上去也觉得奇怪。

艾哈迈德没有马上回答。艾丽卡正要再问，他答话了："到公共文物部，我的办公室。路程不远。"

果然，黑轿车驶离大街不久，便开到一幢竖着圆柱的政府办公楼前，停在一块半圆形的混凝土路面上。他们走上台阶，一个值夜班的门卫打开很有气派的大门。

他们接着向前走去，走了足有跟希尔顿驱车来这里差不多的时间。他们不知道穿过了多少空空荡荡的走廊，只听见皮鞋在肮脏的大理石地板上发出沉闷的声音。走廊错综复杂，越走越深，直通进一片迷宫式的庞杂官僚机构。最后，他们终于来到了要去的办公室。艾哈迈德打开门，领着她穿过一间前室，里面摆满了金属办公桌和古式打字机，过了前室，走进一间宽敞的办公室。艾哈迈德指着一把椅子，让艾丽卡坐下。椅子对着一张旧桃花心木办公桌，桌上几支削得很尖的铅笔和一只崭新的绿色吸墨滚子，摆得整整齐齐。艾哈迈德脱去绸子上衣，还是一言不发。

艾丽卡觉得自己像头困兽。她原以为会被带进一间屋子，指控人高堂满座，让她例行一道道官场手续，如按手印之类。她没有带护照，预料这会招来麻烦。原来在酒店登记时，护照给留下了，说是要盖章，二十四小时后才能发还。不过，这间空屋子更使她心惊胆战。有谁会知道她的下落呢？她想起了理查德和母亲，不知道能不能给他们打个长途电话。

她紧张地环视了一下办公室，陈设简朴，极其整洁。墙上挂着一些考古遗址的镶框照片，还有一张图坦卡蒙入葬时脸部模型的现代招贴画。右边墙上挂着两幅大地图。一幅是埃及地图，好些地方揿着红头小图钉。另一幅是底比斯墓地地图，一座座陵墓都用马耳他十字标了出来。

艾丽卡咬咬嘴唇，以掩饰自己的焦灼不安，然后回头瞧瞧艾哈迈德。她惊讶地发现，他正在忙着摆弄电炉。

"你要不要喝杯茶？"他回过头来问道。

"不，谢谢你。"艾丽卡说。竟有此咄咄怪事，她真有些傻眼了。不过，她渐渐领悟到，她的结论下得太武断。谢天谢地，在阿拉伯人启齿之前，她没有贸然自供。

艾哈迈德给自己倒了杯茶，拿到办公桌上，放进两块方糖，慢慢地搅动着，一面又拿咄咄逼人的目光盯着艾丽卡。她连忙垂下眼睛，避开他的目光，头也不抬地说道："我想知道你为什么把我带到这间办公室来？"

艾哈迈德没有回答。艾丽卡抬起头来，想看看他是否听见了她的话。他们的目光一接触，艾哈迈德的声音就像鞭子似的向她抽来。

"我要知道你在埃及搞些什么名堂。"他简直是在嚎叫。

艾丽卡没料到他会如此勃然大怒,便结结巴巴地说:"我是……我来这儿……我是埃及学家。"

"你是犹太人,是不是?"艾哈迈德厉声问道。

艾丽卡是个机灵人,知道艾哈迈德想打她个措手不及,不过她不知道自己能不能顶住。"是的。"她简单地说道。

"我要知道你来埃及有何贵干?"艾哈迈德又提起嗓门,重新说了一遍。

"我来这儿……"艾丽卡辩解说。

"我要知道你此行的目的,以及你为谁工作。"

"我没有为谁工作,我此行也没有目的。"艾丽卡忐忑不安地说道。

"你此行没有目的,你以为我会相信你吗?"艾哈迈德用挖苦的口气说道,"算了吧,艾丽卡·巴伦。"他微微一笑,牙齿被黝黑的面孔一衬托,显得格外洁白。

"目的当然有,"艾丽卡说,声音有些变,"我是说,我不是抱着不可告人的目的来这里的。"一想起和理查德的复杂关系,她的声音又低了下来。

"并不令人信服,"艾哈迈德说,"一点也不令人信服。"

"很遗憾,"艾丽卡说,"我是个埃及学家,研究了八年古埃及。如今在一家博物馆的埃及学部工作。一直想来埃及。几年前就打算来,不料父亲去世,没能来成。直到今年,我才如愿以偿。我做了些安排,想在这里干点工作,但主要是度假。"

"什么样的工作?"

"我计划在上埃及对新王国的象形文字搞点现场翻译。"

"你不是来这儿买古董的?"

"天哪,不。"艾丽卡说。

"你和伊冯·朱利恩·德玛尔让认识多久了?"他探过身来,直盯住艾丽卡的眼睛看着。

"今天初次见面。"艾丽卡脱口而出。

"怎么见面的?"

艾丽卡的脉搏加剧了跳动,额头又渗出了汗珠。艾哈迈德究竟知不知道这起谋杀案呢?片刻之前,她会说他并不知道,现在就很难说了。"我们是在集市上碰上的。"艾丽卡结结巴巴地说,连气也不敢喘。

"你知不知道,德玛尔让先生一直在购买埃及的珍贵国宝?"

艾丽卡不禁松了口气,心想可别流露出来。显然,艾哈迈德并不知道谋杀的事。"不,"她说,"我不知道。"

"你知不知道,"艾哈迈德接着说,"我们所面临的取缔古董黑市的问题有多么严重?"他立起身来,走到埃及地图跟前。

"知道一点。"艾丽卡说。艾哈迈德东拉西扯的,真把她搞糊涂了。她甚至连艾哈迈德为什么把她带到他的办公室,还不知道。

"情况非常严重,"艾哈迈德说,"就以一九七四年那起具有毁灭性的盗窃案为例,丹德拉神庙有十块象形文字浮雕石板被盗走。真是悲剧,国耻!"艾哈迈德拿食指按着地图上一只红头图钉,图钉揿在丹德拉神庙的位置上。"这一定有内线。但案件一直没破。在埃及,人穷志短啊。"艾哈迈德的声音逐渐低了下来。他紧绷着脸,觉得自己应该承担义务。接着,他又小心翼翼地用食指点点其他红头图钉。

"这里每只图钉都标示着一起重大的古董盗窃案。我要是有足够的人手,有钱给墓地看守以像样的工资,就不会束手无策。"艾哈迈德与其说是说给艾丽卡听,不如说是在自言自语。他转身一见艾丽卡在他办公室里,不免有些吃惊。"德玛尔让先生在埃及搞些什么名堂?"他问道,火气又冒出来了。

"我不知道。"艾丽卡说。她想起了塞提雕像和阿卜杜勒·哈姆迪。她知道,只要一说起雕像,就得谈到谋杀案。

"他在这儿要待多久?"

"我一点也不知道。我今天才见到这个人。"

"可你今晚跟他吃晚饭去了。"

"是的。"艾丽卡被动地说。

艾哈迈德走回到办公桌前,往前探着身子,凶狠狠地盯着艾丽卡的灰绿色眼睛。她感到他的目光咄咄逼人,本想来个以眼还眼,但又怒视不起来。她的确更有信心了,知道艾哈迈德感兴趣的是伊冯,而不是她,不过还是有些胆怯。况且,她撒了谎。她知道,伊冯是为雕像来埃及的。

"吃饭的时候,你对德玛尔让先生有何了解?"

"他是个讨人喜欢的人。"艾丽卡含糊其词地说。

艾哈迈德用手猛拍一下桌子,把几支尖头铅笔都震飞了,艾丽卡也吓得往后直退。

"我对他的人品不感兴趣,"艾哈迈德慢吞吞地说道,"我要知道伊冯·德玛尔让为什么来埃及。"

"那你怎么不去问他呢?"艾丽卡终于说道,"我只不过跟他吃了一顿饭。"

"你经常跟刚结识的男人一起吃饭吗?"艾哈迈德问道。

艾丽卡仔细打量着艾哈迈德的面孔。这个问题使她感到惊讶。不过,什么事情没使她感到惊讶呢?他的语调中流露出一种失望的情绪,但艾丽卡知道这是荒唐的。

"我非常难得跟陌生人一起吃饭,"她带着蔑视的口气说道,"不过跟伊冯·德玛尔让在一起,一会儿就感到无拘无束了。我觉得他很讨人喜欢。"

艾哈迈德走到挂衣服的地方,细心地穿好上衣。他把剩下的茶水一饮而尽。然后回头望着艾丽卡。"为了你好,我要你别把这次谈话声张出去。现在我送你回酒店。"

艾丽卡更加困惑不解了。望着他俯身捡起从桌上掉下的铅笔,她突然觉得内疚起来。显然,艾哈迈德是真心实意地想遏制古董黑市,而她却隐瞒消息。然而,跟艾哈迈德打交道也真叫人胆战心惊。正如伊冯告诫她的那样,艾哈迈德与她了解的美国官员大相径庭。她决定让他送她回酒店,不再说话。不管怎么说,以后如有必要,她可以随时跟他联系。

开罗　晚上十一点十五分

伊冯·朱利恩·德玛尔让穿着一件迪奥[①]式红色丝织晨衣,腰

[①] 克里斯蒂昂·迪奥尔(1905—1957),法国服装设计师。

间松松地系着腰带，露出大半个长满银色汗毛的胸脯。八〇〇号套间所有的玻璃移门都敞开着，沙漠里吹来的习习凉风从房间里瑟瑟而过。宽敞的阳台上安放着一张桌子。伊冯从坐着的地方，越过尼罗河向北望去，可以看到三角洲。在尼罗河和三角洲之间，吉齐拉岛若隐若现，岛上矗立着又细又高的瞭望台。往右岸看去，可以见到希尔顿酒店。伊冯一直在念念不忘艾丽卡。她跟他所结识的女人大不相同。她热衷于埃及学，这既使他感到震惊，又使他为之倾倒。她关于事业的谈话使他迷惑不解。过了一会儿，他耸了耸肩膀，从他最熟悉的角度，对她评头品足起来。在他最近接触的女人中，艾丽卡并不是最漂亮的，可她身上却富有一股微妙而强烈的诱惑力。

伊冯把公文包放在桌子中间，包里装满了他和拉乌尔从阿卜杜勒·哈姆迪古玩店里找到的大量信件。拉乌尔躺在一张长沙发上，正在重新查阅伊冯已经仔细看过的信件。

"噢！"伊冯突然说道，一面啪地用手拍了一下正在阅读的信，"斯特凡诺斯·马科里斯。哈姆迪居然还跟马科里斯通信！就是雅典的那个旅游代理人。"

"也许他就是我们要找的人，"拉乌尔带着期望的口气说，"你认为牵涉到什么恐吓吗？"

伊冯继续读着信。

过了几分钟，他抬起头来。"看不出有什么恐吓。他只是说对这件事很感兴趣，愿意达成某种协议，但是没有说什么事。"

"可能指的就是塞提雕像。"拉乌尔说。

"可能。但是我的直觉告诉我，并非如此。哈姆迪认识马科里斯，如果事情只牵涉到雕像，他可以直截了当地说嘛。一定还有别的事情。哈姆迪准是恐吓他了。"

"如果是这样，哈姆迪也真不傻。"

"他是个头号大傻瓜，"伊冯说，"要不怎么送了命？"

"马科里斯同我们那个遇难的贝鲁特熟人也有书信来往。"

伊冯抬起头。他已经忘记了马科里斯与贝鲁特那个人有联系这件事。"我看我们应该从马科里斯身上开刀。我们知道，他是贩卖埃及古董的。你去看看，能不能给雅典打个长途电话？"

拉乌尔从沙发上立起身，与宾馆电话员进行联系。过了一会儿，他说："今晚的电话闲得出奇，电话员说的。要打长途，没有问题。在埃及，这是奇迹。"

"很好，"伊冯说着伸手合上了公文包，"哈姆迪与世界上所有的大博物馆都有通信联系，但是马科里斯还靠得住。我们唯一的希望所在，是艾丽卡·巴伦。"

"我看她帮不了多大忙。"拉乌尔说。

"我有个主意。"伊冯说罢点燃了一支烟，"参与谋杀的三个人中，艾丽卡确确实实地看到了两张面孔。"

"也许是吧，不过我看，她不见得认得出来。"

"是的。不过，我看没有关系，只要杀人凶手认为她能认出来，就行。"

"我不懂你的意思。"拉乌尔说。

"我们能不能让开罗的犯罪集团知道艾丽卡目睹了谋杀案，而且能一眼就认出杀人凶手呢？"

"啊,"拉乌尔说,脸上露出恍然大悟的神气,"我明白你的意思了。拿艾丽卡·巴伦当诱饵,把杀人凶手引出来。"

"一点也不错。警察对哈姆迪一案无法追究。文物部没听到塞提雕像的下落也不会贸然行动,所以艾哈迈德·哈赞不会插手。他可能是让我们感到棘手的唯一官员。"

"有一个重要问题。"拉乌尔一本正经地说。

"什么问题?"伊冯问道,随即又抽了口烟。

"这样干很危险。这很可能意味着判处艾丽卡·巴伦小姐死刑。他们肯定会杀死她的。"

"不能找人保护她吗?"伊冯问道,一面想起了艾丽卡的纤细腰身、温柔多情和朴实动人。

"可以嘛,只要能找到合适的人选。"

"你是不是想到了哈利法?"

"是的。"

"他专门惹是生非。"

"是的,不过他最合适,你若是想保护这个姑娘,又要抓到杀人凶手,就得启用哈利法。真正的问题,是他要价太高。实在太高。"

"这倒不在乎。我需要那尊雕像,雕像是我的关键所在。事实上,到了这个节骨眼,我看也只好这么办了。阿卜杜勒·哈姆迪的信件我都翻遍了。遗憾的是,关于黑市,几乎只字未提。"

"你原先真以为能找到些线索吗?"

"我看你问得过分了一些。从哈姆迪在信里跟我说的话来看,我觉得有可能。不过,还是去找哈利法吧。让他明天一早就开始跟踪艾丽卡·巴伦。另外，我自己还想跟她谈谈。她说不定没向我和盘托出。"

拉乌尔凝视着伊冯，满腹狐疑地笑了笑。

"好啦，"伊冯说，"我也瞒不过你。我觉得这个女人身上有一股很强的魅力。"

雅典　晚上十一点四十五分

斯特凡诺斯·马科里斯抬起手，伸到肩膀后面，关掉了灯。房间沐浴在柔和的淡蓝色月光中。几扇落地长窗通向阳台，月光就打窗子外面泻入。

"雅典真是个富有浪漫色彩的城市。"德博拉·格雷厄姆说道，一面从斯特凡诺斯的怀里挣脱开来。她的眼睛在半明半暗的光线下闪闪发亮。她被周围的气氛陶醉了，也被附近桌上那瓶已经喝空的狄美思狄克酒陶醉了。一头金发笔直地洒落在两只肩膀上。她卖弄风骚地扭了一下头，就势把头发拢到耳朵背后。衬衣的纽扣没有扣，只见胸脯一片雪白，和身上被地中海太阳晒得黝黑的皮肤形成了鲜明的对照。

"一点不错，"斯特凡诺斯说，"所以我愿意住在雅典。雅典是情人的乐园。"有一个晚上，斯特凡诺斯听见另一个姑娘这么说过。当时他就想，他也要用用这个字眼。斯特凡诺斯的衬衫也敞开着，不过他是一贯敞着的。宽阔的胸膛上长满了黑乎乎的茸毛，把脖子上那一枚金链银圈衬托得格外美丽。

斯特凡诺斯迫不及待地想把德博拉按到床上。有人对他说过，澳大利亚的姑娘不好对付,可他并不在乎。凭着风流的环境和他高明的手腕,特别是这后一手,他不怕对方不就范。

"谢谢你邀请我到这儿来,斯特凡诺斯。"德博拉诚挚地说道。

"我也很高兴。"斯特凡诺斯笑盈盈地说。

"我到阳台上去待一会儿,可以吗?"

"当然可以。"斯特凡诺斯说道,心里却在暗暗叫苦,尽耽搁时间。

德博拉拢了衬衣,蹦蹦跳跳地朝落地长窗奔去。

斯特凡诺斯瞅着她的屁股裹着褪了色的牛仔裤,一起一伏地摆动着。他估摸她大约十九岁。"可别迷了路啊。"他喊道。

"斯特凡诺斯,这阳台才三英尺宽呢。"

"噢,挖苦话你一听就听出来了。"斯特凡诺斯说道。霎时间,他产生了一丝疑虑:德博拉是否会满足他的欲望?他不耐烦地点燃一支烟,吸了一口,向天花板使劲吹去。

"斯特凡诺斯,快出来,告诉我那是什么地方。"

"天啊。"斯特凡诺斯自言自语地说。他磨磨蹭蹭站起身来到阳台上。德博拉尽量往前探着身子,指着下面的欧蒙大街。

"我见到的是不是宪法广场?"

"不错。"

"那是帕特农神庙的一角。"德博拉说道,一面向相反的方向指去。

"你说对了。"

"噢,斯特凡诺斯,真美啊。"德博拉仰起脸瞅着他,伸出胳膊搂住他的脖子，仔细打量着他那宽宽的面孔。从他在普拉卡角拦住她那刻起，德博拉就被他的相貌迷住了。他脸上有很深的笑纹，看上去显得很有个性。还有那满脸大胡子，德博拉觉得极有男子气概。

她答应到这个陌生人的房间里来，现在还有些害怕，然而一想到这是雅典，不是悉尼，心里也就坦然了。何况，恐惧更增添了气氛。她已经急不可耐了。

"你是干什么的，斯特凡诺斯？"她问道。斯特凡诺斯没有马上回答，这就使她更急于得到答复。

"这有什么关系吗？"

"我只是好奇。你不一定非告诉我不可。"

"我开了一家旅行社，取名'爱琴海假日'旅行社。附带搞点走私。但主要是追逐女人。"

"喔，斯特凡诺斯，你正经一点。"

"我说的是正经话。我的旅游事业办得相当不错，还到埃及搞些走私，运进机器零件，运出古董。不过，我刚才说过，主要是追逐女人。这种事，我永远也不会厌倦。"

德博拉凝视着斯特凡诺斯的黑眼珠。说也奇怪，他承认自己追逐女人，反而使她更加兴奋不已，按捺不住了。她忽地扑到他的怀里。

快半夜了。床头的电话铃声骤然大作。斯特凡诺斯拧开灯，看看钟。一定出了事。

"你来接。"斯特凡诺斯命令说。

德博拉诧异地望望他，但立即拿起话筒。她用英语说了声"喂"，随即想把话筒递给斯特凡诺斯，说是国际长途电话。斯特凡诺斯示意让她拿着话筒,轻声对她说,问问是谁打来的。德博拉恭顺地听着,问是谁来的电话,然后用手捂住话筒。

"开罗来的,一位名叫伊冯·朱利恩·德玛尔让的先生。"

斯特凡诺斯劈手夺过话筒,本来嬉皮笑脸的面孔顿时变得一本正经。德博拉缩回身来,一面抓东西遮掩裸体。这时再瞧瞧斯特凡诺斯的脸色,方知自己看错了人。她想穿好衣服,但斯特凡诺斯正好坐在她的裤子上。

"你不会深更半夜来电话跟我聊天吧?"斯特凡诺斯说,毫不掩饰心头的恼火。

"你说得很对,斯特凡诺斯,"伊冯心平气和地说,"我要向你打听一下阿卜杜勒·哈姆迪。你认识他吗?"

"我当然认识这个狗杂种。他怎么啦?"

"你跟他做过生意吗?"

"这是个人私事,伊冯。你到底什么意思?"

"哈姆迪今天被人谋杀了。"

"真是不幸,"斯特凡诺斯用挖苦的口吻说道,"可这跟我有何相干?"

德博拉还是想抽走裤子。她战战兢兢地将一只手搭在他的背上,用另一只手去抽。斯特凡诺斯知道她在扰乱他,但不知道她在搞什么名堂。他一记反掌猛击出去,打得她从床那边滚了下去。她两手哆哆嗦嗦的,把找到的几件衣服先穿上了。

"你知不知道是谁杀死了哈姆迪?"伊冯问道。

"有好多人都希望那个狗杂种死掉,"斯特凡诺斯愤然地说,"我也在内。"

"他是不是敲诈过你?"

"你听着,德玛尔让,对于这种问题,我一概不作回答。我是说,这关我什么事。"

"我愿意跟你交换情报。我知道一点你感兴趣的事情。"

"说说看。"

"哈姆迪有一尊塞提一世雕像,同休斯敦的那尊一模一样。"

斯特凡诺斯脸上顿时变红了。"天啊!"他大叫一声,跳了起来,忘了自己还光着身子。德博拉一瞧机会来了,赶忙抢走裤子。最后穿着停当后,她畏畏缩缩地坐到床另一头,背对着墙。

"他怎么会搞到一尊塞提雕像?"斯特凡诺斯问道,极力压抑着自己的怒火。

"不知道。"伊冯说。

"官方得到风声没有?"

"还没有。巧得很,他刚被害我就到了现场。我找到了哈姆迪的全部文件和信件,包括你写给他的最后一封信。"

"你打算怎么处理这封信?"

"眼下不打算处理。"

"信里有没有简要提到黑市?他是不是想来个大兜底啊?"

"唔,这么说,他的确想敲你竹杠啰,"伊冯扬扬得意地说,"告诉你吧,他没有。没有搞大兜底,是你杀死了他吧,斯特凡诺斯?"

"要真是我干的,你认为我会告诉你吗,德玛尔让?实际一点嘛。"

"我只是随便问问。其实,我们倒有个可靠的线索。有一位老练的目击者,就在现场目睹了这起谋杀案。"

斯特凡诺斯走到门口,目光穿过起居室,朝阳台望去,一面动着脑筋。"这个见证人能认出凶手吗?"

"绝对能。真是无巧不成书,此人是个才华出众的女性,还是个埃及学家。名叫艾丽卡·巴伦,住在希尔顿。"

斯特凡诺斯挂断了电话,马上又拨了个市内电话。接通之前,他烦躁不安地轻轻敲打着电话。"伊万杰洛斯,收拾行装,明天早上去开罗。"没等伊万杰洛斯回答,他就挂上了电话。"见鬼。"他冲着黑夜喊了一声。恰在这时,他瞧见了德博拉,一时有点慌神,他忘了她还在场。"滚出去!"他嚷道。德博拉匆匆站起,冲出房间。在澳大利亚时,她就听说过,在希腊放荡不羁是危险的、难以捉摸的。果然如此。

开罗　午夜十二点

希尔顿酒店。艾丽卡走出烟雾弥漫的酒吧厅,步入休息大厅,让明亮的灯光刺得直眨眼睛。与艾哈迈德的一番折腾,再加上那阴森森的政府大厦,搞得她心神不宁,便决定去喝一杯。本想借酒松松神,不料走进酒吧厅却发现失策了。她没法安安静静地喝上一杯。几个美国建筑师正感到穷极无聊,都想拿她开开心。谁也不肯相信她想独自清静一会儿。所以,她一喝完酒就出来了。

艾丽卡站在休息大厅边缘,觉得威士忌的酒劲涌了上来。她停了一阵,想让心情平静下来。很遗憾,喝酒并未解除她的烦恼,反而使之变本加厉了。酒吧厅那些男人贼溜溜的目光,激起了她的初期妄想症。她怀疑是否有人在跟踪她,便抬眼将华丽的休息大厅慢慢扫视了一圈。有张沙发上,坐着个欧洲人,戴着眼镜像是读报,但显然在透过眼镜上缘窥视她。一个蓄着络腮胡子、穿着飘曳长袍的阿拉伯人立在珠宝橱柜跟前,也目不转睛地盯着她,乌黑的眼珠一眨不眨。还有一个身材高大的黑人,样子就像乌干达总统伊迪·阿明,立在服务台前冲着她笑。

艾丽卡摇摇头。她知道自己快要筋疲力尽,支撑不住了。深更半夜的,即使在波士顿独自徘徊,也会有人盯着她瞧的。她深深吸了口气,朝一排电梯走去。

走到房门口时,艾丽卡记忆犹新地想起了在自己房间见到艾哈迈德的可怕情景。她推开房门,脉搏加快了跳动。她战战兢兢地打开电灯,艾哈迈德坐过的那张椅子空着。接着到洗澡间去看了看,也是空的。最后去插门时,发现过道上有只信封。

是希尔顿酒店的信封。她一面朝阳台走去,一面打开信封,字条上写道:伊冯·朱利恩·德玛尔让先生来过电话,请回电,不管时间多晚。下面是一个印花方块,后面写着"紧急"二字。

呼吸着夜间清爽的空气,艾丽卡感到轻松起来。眼前的壮丽景色使她心旷神怡。她以前从未到过沙漠,眼下见到地平线上的星星和头顶上的一样繁多,不禁大吃一惊。近在眼前,尼罗河像一条黑色缎带伸向远方,宛如宽阔公路上湿漉漉的黑色人行道。远处,神秘的狮身人面像被灯光照得通明,静悄悄地守卫着亘古之谜。就在神秘的巨像旁，神话般的金字塔直插云霄。它们尽管历史悠久，但清晰的几何图形却表明，它们还属于未来，因而把时间翻了个个儿。往左看去，可以看见罗达岛，犹如一艘远洋轮停泊在尼罗河上。岛的近端，只见子午线宾馆灯火辉煌，艾丽卡不由得又想起了伊冯。她把那张字条又看了一遍，心想伊冯会不会知道艾哈迈德的来访。她还思谋：如果他还不知道，要不要告诉他呢？不过，她极不愿意跟当局发生什么瓜葛。在她看来，要是将艾哈迈德来访的情况告诉伊冯，就有可能把自己牵扯进去。如果艾哈迈德和伊冯之间有些什么纠葛，那是他们的事情，伊冯会对付的。

艾丽卡坐在床沿上，拿起电话，要接子午线宾馆八〇〇号房间。她用头和肩膀夹住话筒，一面脱掉衬衫。空气凉爽宜人。电话等了近十五分钟才接通。她早就听说在埃及打电话很伤脑筋，现在才有所领教。

"喂？"是拉乌尔的声音。

"喂，我是艾丽卡·巴伦。找伊冯说话。"

"请等等。"

一片沉静。艾丽卡脱掉鞋，只见脚背上蒙着一层开罗的尘土。

"晚上好。"伊冯高兴地说。

"你好，伊冯。我收到一张便条，要我给你打电话，上面还有'紧急'的字样。"

"噢，我只是想尽快跟你谈谈，没有什么急事。今晚我过得太愉快了，要谢谢你。"

"你说得太客气了。"艾丽卡略有些激动地说。

"事实上,我觉得你今晚太美了,很想再见到你。"

"真的吗?"艾丽卡不假思索地问道。

"确实如此。事实上,要是明天早晨能跟你共进早餐,我将太荣幸了。子午线宾馆的鸡蛋做得相当出色。"

"谢谢,伊冯。"艾丽卡说。她很喜欢和伊冯交往,但又不想把在埃及的时光耗费在谈情说爱上。她来这里,是为了亲眼看看自己多年的研究对象,她不想分散精力。更为重要的是,她还没有打定主意,她究竟应该对那尊神奇的塞提一世雕像承担什么义务。

"我可以让拉乌尔去接你,时间随你便。"伊冯说,打断了她的思绪。

"谢谢你,伊冯,可是我累坏了,说不准什么时候起床。"

"明白了。你醒来再给我打电话吧。"

"伊冯,今晚我过得很愉快,特别是出了下午这事之后。不过我想自己安排点时间,去观光一下。"

"我乐意陪你多看看开罗。"伊冯固执地说。

艾丽卡不想跟伊冯一起去。她对埃及充满了个人爱好,别人是不能分享的。"伊冯,还是共进晚餐吧?这对我最合适。"

"白天也可以吃饭嘛。不过我懂了,艾丽卡。吃晚饭也好。我急切地盼望着。定个时间,就九点吧。"

艾丽卡客气地说了声再见,然后挂上电话。伊冯这样死皮赖脸,真叫她感到惊讶。今天晚上,她并不觉得自己很美。她站起身来,照照镜子。她今年二十八岁,有人说她看上去不到这个岁数。上次过生日时,她的眼角不可思议地出现了纤细的皱纹,眼下她又注意到了这些皱纹。接着,她又发现脸上刚长出一个小丘疹。"该死。"说着便去挤那丘疹,但挤不出。艾丽卡瞧瞧自己,再琢磨琢磨男人,不知道他们到底喜欢自己些什么。

她解下胸罩,脱掉裙子。淋浴水不热,就拧开等着,一面照着浴室的镜子。她侧过头,用手摸摸脸上的小疙瘩,心想要不要涂一涂。接着,往后退了退,全面打量一下自己的体型,觉得相当满意,不过还需要加强点运动。突然间,她觉得非常孤寂。她想起了自己任性离开的波士顿生活。问题是不少,但跑到埃及也许不是个办法。她想起了理查德。她连淋浴龙头也没关,就回到卧室,望着电话。感情一冲动,便给理查德·哈维打电话。使她感到失望的是,电话员说至少要两个小时,或许更长时间,才能接通。艾丽卡抱怨了几句。电话员说,她应当高兴才是,因为线路还不是太忙。通常,在开罗打长途需要等好几天;往市内打倒比较容易。艾丽卡谢过电话员,挂上电话。瞅着沉默的电话机,她突然觉得感情冲动不已。她忍住情不自禁流出的眼泪,知道自己太疲惫了,无法再思考问题,得先睡一会儿。

开罗　午夜十二点三十分

艾哈迈德乘车穿过七二六大桥,朝吉齐拉岛驶去时,眼睛一直盯着尼罗河上的灯光倒影。司机不停地按着喇叭,艾哈迈德也不去管他。开罗的司机认为,不停地按喇叭跟操纵驾驶盘一样重要。

"早晨八点来接我。"艾哈迈德说罢走出汽车。这里是他的家门口,就在扎马利克区伊斯梅尔·穆罕默德大街。司机点点头,立即将汽车掉转身，消失在夜色之中。

艾哈迈德步履缓慢地走进空荡荡的开罗公寓。他更喜爱上埃及老家卢克索靠着尼罗河的那幢小房子，一有机会就回去看看。不过，身为公共文物部部长，他又经常被拴在开罗，讨厌也没有用。埃及官僚机构庞大，引起了种种不良后果，对此，谁也没有艾哈迈德更了解。为了促进教育，每个大学毕业生都保证能在政府里找到工作。结果造成人浮于事。在这种制度下，人们普遍感到惶恐不安，大多数人整天在谋划如何保住自己的职位。要是没有沙特阿拉伯的资助，整个臃肿的机构就会毁于一旦。

一想起这些事，艾哈迈德就垂头丧气。为了爬到今天这个职位，他牺牲了一切。他从一开始就想控制文物部。现在得手了，却发现部里工作混乱，办事不力。想改组吧，迄今又阻力重重。

艾哈迈德坐在他的埃及洛可可式长躺椅上，从公文包里抽出几份备忘录。先看了看标题：《卢克索墓地（包括国王谷）安全措施修改方案》、《图坦卡蒙珍宝地下防空贮藏室》。他打开第一份材料，因为他特别感兴趣。最近，他对卢克索墓地的治安工作进行了彻底整顿。这是他上任后最优先考虑的问题。

艾哈迈德把第一段读了两遍以后，才发现自己心不在焉。他一直想着艾丽卡·巴伦那张精雕细琢的面孔。在她房里头一次见到她时，他就对她的美貌感到惊羡不绝。讯问时，他本想先发制人，搞她个张皇失措，不料他自己从一开始就失去了镇静。他在哈佛大学待了三年，爱上过一位姑娘。这位姑娘与艾丽卡相比，容貌虽然不尽相同，举止却十分相像。这是艾哈迈德唯一的一次恋爱经历，回忆起来，心头不免隐隐作痛。后来去牛津大学，离别的痛苦依旧萦绕心头。当时，他知道此生断难重逢，真是痛不欲生。这段经历对他产生了很大影响。自那以后，他就再也不跟女人纠缠，以期完成家族赋予他的重任。

艾哈迈德将头靠在墙上，心里想象着那位拉德克利夫姑娘帕梅拉·纳尔逊的姿容。透过扑朔迷离的十四年，他又清清楚楚地看见了她。突然，他想起一个星期日早晨醒来的时刻，他们用热恋驱除了波士顿的严寒。他还记得，他就喜欢观看她娇憨的睡态，一面用手轻轻抚摸她的额头和脸蛋，最后她醒来了，嫣然一笑。

艾哈迈德吃力地站起身来，走进厨房。他忙着煮茶，想摆脱艾丽卡唤起的回忆。他动身去美国，好像就在昨天。父母亲把他送到机场，叮嘱来，鼓励去，不知道儿子还有些畏惧。对于一个上埃及男孩来说，美国是令人神往的。可是到了波士顿，却孤寂得要命。至少在遇见帕梅拉之前是如此，以后的日子便令人陶醉了。一面与帕梅拉形影不离，一面如饥似渴地读书，三年学完了哈佛大学的课程。

艾哈迈德端着茶回到起居室，坐到硬得像石板的长躺椅上。绷紧的肚里一喝进热茶，觉得舒服了不少。他仔细想了想，才知道艾丽卡怎么会使他想起帕梅拉来。艾丽卡像帕梅拉一样聪慧大方，而帕梅拉正是用这些气质掩饰了她内在的风流。艾哈迈德恰恰爱上了这位内在风流的姑娘。他静静地坐着，只有餐具架上的大理石钟发出嘀嗒嘀嗒的响声。

他蓦地睁开眼睛，微笑着的萨达特肖像抹去了他幸福的回忆。现实是无情的，艾哈迈德叹了口气。接着又自我嘲笑。如此这般地沉湎往事，在他并非寻常。他知道，他对文物部和家族都负有责任，不允许他那样多愁善感。好不容易才爬到目前这个位置，现在眼看就要大功告成了。

艾哈迈德拿起有关国王谷的备忘录，想再看看。但魂不守舍，总是想着艾丽卡·巴伦。他想起讯问她时，她是那样坦率。他知道，这不是软弱无能，而是敏感的表现。与此同时，他确信艾丽卡并不了解内幕。

突然，艾哈迈德想起了最早报告伊冯·德玛尔让和艾丽卡一起吃饭的那位助手的汇报。他说德玛尔让把她带到了"贝洛山赌场"饭店，那里的环境很有浪漫气息。

艾哈迈德站起身，在屋里踱起步来。不知道为什么，他感到很恼火。德玛尔让在埃及搞什么名堂？想再买些古董？他前几次来埃及，艾哈迈德都未能对他严加监视。现在或许有办法啦。如果艾丽卡与德玛尔让的关系发展下去，他可以通过艾丽卡盯住他。

他拿起话筒给他的副手扎吉·里亚德打了个电话，命令他派人一天二十四小时地跟踪艾丽卡·巴伦，明天早晨就开始。他还告诉里亚德，让跟踪的人直接向他汇报。"我要知道她去什么地方，跟谁见面。一切的一切。"

开罗　凌晨二点四十五分

一阵生疏的刺耳响声，惊得艾丽卡忽地爬起，直挺挺地坐在那里。起初，她不清楚这是何处，只听见刷刷的流水声，而她身上只穿着内裤。粗硬刺耳的声音又响了起来，她这才知道自己住在酒店里，眼下是电话铃在响。流水声是淋浴龙头发出的，水还在流。原来，她倒在床罩上睡着了，屋里的灯全都开着。

她拿起电话听筒，头脑还是迷迷糊糊的。电话员说，她往美国打的电话接通了。她先听到从远方传来几声呼唤，接着电话便无声无息了。她喊了几次，然后耸耸肩膀，挂上电话，走进浴室关掉淋浴龙头。她随意往镜子里一瞅，心里不觉大为不安。她看上去糟糕透了。两眼通红，眼睑浮肿，颏上的丘疹已经化脓。

电话铃又响了，她跑回卧室，抓起话筒。

"我很高兴接到你的电话。一路顺利吧？"听声音，理查德确实很高兴。

"太可怕了。"艾丽卡说。

"可怕？出什么事啦？"理查德顿时紧张起来，"你还好吧？"

"我还好。只是事情有些出乎意料。"艾丽卡说。话刚开口，就觉察到理查德的婆婆妈妈劲儿又来了，于是心想：给他打电话很可能是个错误。但是既然找他了，就跟他说了雕像、凶杀、她的恐惧，还有伊冯和艾哈迈德。

"天哪！"理查德说，显然给吓呆了，"艾丽卡，我要你立即回国，乘下一趟班机！"他顿了一下，"艾丽卡，你听见没有？"

艾丽卡往后拢了拢头发。理查德的命令起了反作用。他没有资格向她发号施令，不管出于什么动机。

"我还不准备离开埃及。"她平心静气地说。

"你看，艾丽卡，你已经表明了你的观点。别再硬撑下去了，特别是你如果有危险的话。"

"我没有危险,"艾丽卡淡淡地说,"你指我什么观点?"

"你要独立。我了解你。别再继续演戏了。"

"理查德,我看你并不了解我。事情没有那么简单。我不是演戏。古埃及对我意义重大。我从小就梦想要来看金字塔。正因为我一心向往,才来到这儿。"

"唉,我觉得你太傻。"

"坦率地说,隔着大西洋在电话里谈这些怕不合适吧。你总是忘记:我不仅是个女人,而且是个埃及学家。为了得到学位,我攻读了八年时间。我对自己的工作抱有极其浓厚的兴趣。这工作对我很重要。"艾丽卡觉得火气又上来了。

"难道比我俩的关系还重要?"理查德问道,语气有些伤心,也有些气愤。

"和医学对你一样重要。"

"医学与埃及学迥然不同。"

"当然不同,但是你忘记了,你可以献身于医学,别人同样可以献身于埃及学。这个问题我现在不想多说了。我也不回波士顿。还没到时候。"

"那我就到埃及来啦。"理查德显得气量很大似的说道。

"不行!"艾丽卡断然说道。

"不行?"

"就是这话——不行。请你不要来埃及。你若是真想为我做点事的话,那就给我的上司赫伯特·洛厄里博士打个电话,叫他尽快给我来个电话。显而易见，往埃及打电话比埃及往外打容易得多。"

"我很乐意给洛厄里打电话，不过你真的不要我去你那儿吗？"理查德问道，对她的断然拒绝感到愕然。

"是真的。"艾丽卡说道。接着，她也没说声再见，就挂断了电话。

凌晨刚过四点，电话铃又响了。跟前一次不同，艾丽卡这次没有大吃一惊。不过，她害怕是理查德打回来的，便让电话铃响了几次也不去接，一面盘算着说些什么。不想打电话来的不是理查德，而是赫伯特·洛厄里博士。

"艾丽卡，你好啊？"

"很好，洛厄里博士。还不错。"

"大约一个小时以前，理查德来电话，情绪好像很低落，他说你要我给你打电话。"

"是的，洛厄里博士。我跟你解释一下，"艾丽卡说着坐起身来，好清醒清醒，"我想告诉你一件令人震惊的事情，听人说往开罗打电话比开罗往外打容易。理查德有没有跟你说起我在这里第一天的情况？"

"没有。他说你遇到了些麻烦。就这些。"

"岂止是麻烦。"艾丽卡说。她很快地把白天的事情向洛厄里博士叙说了一遍。接着又凭着记忆，把塞提一世雕像做了一番详尽的描绘。

"简直难以相信，"艾丽卡说完后，洛厄里博士说道，"说真的，我见过休斯敦的那尊雕像。买雕像的是个富豪，他请大都会博物馆的伦纳德和我乘坐他的波音七〇七，飞到波士顿去鉴定。我们两个人一致认为，这是埃及发现的最精致的雕像。据我看，很可能是从阿拜多斯或卢克索出土的。完好状况令人吃惊，很难相信已经埋了三千年。不管怎样，听你说的，好像跟那尊是一对。"

"休斯敦的那尊底座上是否刻有象形文字？"艾丽卡问。

"有，确实有，"洛厄里博士说，"刻着一些非常典型的宗教戒条。另外，底座上还刻着一些非常奇怪的象形文字。"

"我见到的那尊也是如此。"艾丽卡激动地说。

"那句话很难翻译，"洛厄里说，"大意是'愿塞提一世永远安息，他在图坦卡蒙之后执政'。"

"太奇妙了，"艾丽卡说，"我见到的那尊也刻有塞提一世和图坦卡蒙的名字。肯定没错，真是不可思议。"

"是的，出现图坦卡蒙的名字，真有点不可思议。事实上，我和伦纳德见到时，曾怀疑这尊雕像是不是真品。但毫无疑问是真的。你有没有注意用的是塞提一世的哪个名字？"

"我想是与奥西里斯神①相关的那个名字，"艾丽卡说，"等一等，我可以确切地告诉你。"艾丽卡突然记起阿卜杜勒·哈姆迪送给她的护身符，就朝搭在椅背上的裤子跑去。护身符还在口袋里。

"不错，是奥西里斯这个名字。因为我记得，那名字与我在一枚十分精巧的赝品护身符上见到的名字一模一样。洛厄里博士，你能不

---

① 奥西里斯（Osiris），古埃及的冥神和鬼判。

能搞到一张休斯敦雕像上象形文字的照片,给我寄来?"

"那不成问题。我记得那个人,他叫杰弗里·赖斯。他要是听说还有一尊雕像跟他的那尊一样,一定会很感兴趣。我想,他念你提供这条消息,是会积极合作的。"

"不幸的是,"艾丽卡说,"人们不能在发掘现场对雕像进行研究。"

"确实如此,"洛厄里博士说,"这就是黑市带来的实际问题。那些猎宝者销毁了大量资料。"

"我早就听说过黑市,但一直不知道它有这么厉害,我真想跟他们斗一斗。"

"这是个了不起的目标。但风险太大,是玩命的事,可惜阿卜杜勒·哈姆迪发现得太迟了。"

艾丽卡谢谢洛厄里博士打来电话,并且告诉他,她马上要去卢克索,进行她的翻译工作。洛厄里博士关照她多加小心,好好玩玩。

艾丽卡挂上电话,沉醉于激动之中。她回想起当初为什么要研究埃及。她重新爬上床,心里觉得又恢复了刚来埃及时的那股子热情。

第二天

开罗　早晨七点五十五分

　　开罗醒得很早。东方还没放亮，就有许多驴车打邻近村里赶来，满载着农产品，成群结队地往城里奔去。只听木头轮子咕咕隆隆，牲口挽套吱吱嘎嘎，嘚嘚奔跑的羊群发出叮叮当当的铃声。当太阳照亮地平线时，五花八门的机动车又加入了畜力车的行列。面包店开张了，空中飘散着烤面包的扑鼻芳香。到七点钟，出租汽车像虫蚁般涌现，喇叭声开始了。人们走上街头，气温渐渐上升。

　　艾丽卡没有关上阳台门。霎时间，从解放大桥和希尔顿酒店前沿河的库尔尼什-尼罗大街上传来车水马龙的嘈杂声，把她吵醒了。她翻了个身，看看灰蓝色的晨空，自我感觉比预料的好得多。她瞧瞧手表，感到奇怪，怎么没有多睡一会儿，时间还不到八点呢。

　　艾丽卡一骨碌从床上坐起来。赝品护身符还放在电话旁边的桌上。她拿起来捏了捏，好像要试试它是不是真的。睡了一夜，头天发生的事情犹如一场梦魇。

　　艾丽卡在屋里要了早餐，接着便开始计划一天的活动。她决定先去埃及博物馆，看几件古王国的展品，然后再奔古王国门努菲叶的都城墓地塞加拉。游客一般喜欢直奔吉萨金字塔，她不想随大流。

早餐很简单:果汁、香瓜、夹蜜新鲜糕点、阿拉伯甜咖啡。她就在阳台上进餐,颇感雅致壮观。远处,金字塔在阳光下闪闪发光;近处,尼罗河悄然流过,艾丽卡感到心旷神怡。

她又倒了一杯咖啡,然后取出内格尔的埃及指南,翻到塞加拉那一章。古迹太多了,一天是看不过来的,她决定好好计划一下。突然,她想起阿卜杜勒·哈姆迪送给她的旅游指南还塞在帆布提包底下。她小心翼翼地翻开快要脱落的封面,注视着扉页上的姓名地址:解放大街一百八十号,纳赛夫·马尔默德。顿时,她想起了阿卜杜勒·哈姆迪可怕而应验的遗言:"我经常东奔西走。你离开埃及时,我也许不在开罗。"她摇摇头,觉得老头说对了。她翻到塞加拉这一章,拿旧的贝德克尔指南和新的内格尔指南进行比较。

头顶上,一只黑鹰在空中翱翔,猛然一个俯冲,直向一只过街耗子扑去。

九层楼底下,哈利法·哈利勒坐在一辆租来的埃及菲亚特小汽车里,这时正伸手去揿点烟按钮。他耐心地等着,忽的一下,火着了。他往后一靠,怡然自得地点着烟,深深地吸了一口。他是个瘦削强健的男人,长着一只大鹰钩鼻子,嘴角似乎永远带着冷笑。他行动拘谨而洒脱,就像丛林中的山猫。抬头一望九三二号房间的阳台,就能看见他的跟踪目标。借助他的高倍数望远镜,可以清清楚楚地看见艾丽卡,欣赏欣赏她的两条大腿。他觉得太妙了,庆幸自己捞到这么个美差。艾丽卡朝他的方向挪了挪腿,他得意地咧嘴笑了。这一笑更使人觉得面目可憎,原来他有只上门牙断裂了,变得很尖。他习惯穿一套黑西服,系根黑领带,许多人觉得他看上去像个吸血鬼。

哈利法是个极其走运的兵痞,在动荡不安的中东还从没失业过。他生于大马士革,从小在孤儿院里长大。后来在伊拉克受过突击队训练,但由于不合群而被淘汰。他没有良心可言,是个嗜杀成性的刽子手,只要有钱,什么都干。照看一位美貌的美国女游客,与给土耳其库尔德人偷运AK冲锋枪挣一样多的钱,一想到这里,哈利法不禁开心地笑了。

哈利法扫视了一下艾丽卡附近的阳台,没有发现可疑的迹象。法国人给他的命令很简单:保护艾丽卡·巴伦免遭暗害,并抓住凶手。他将望远镜从希尔顿移开,慢慢地扫视着尼罗河岸的人们。他知道,要是有人用强力步枪来个远射,那可不好抵挡。看来,没有形迹可疑的人。他习惯性地用手拍拍挂在左胁的那支斯特契金半自动手枪,看看在不在。这可是他的宝贝疙瘩,是在叙利亚为以色列谍报局干掉一个克格勃时缴获的。

哈利法又回过来观看艾丽卡,他简直难以相信,有人竟想杀害这么水灵的姑娘。她就像一只待人采摘的蜜桃。他怀疑伊冯的动机是不是仅限于做买卖。

突然,姑娘站起身来,收拾好书,走进房间,看不见了。哈利法把望远镜拉下来,冲着希尔顿大门口望去。像往常一样,门口停着一长列出租汽车。一派清晨的忙碌景象。

贾迈勒·易卜拉欣正在稀里哗啦地翻阅《金字塔报》,想把第一版折起来。他坐在一辆全天包用的出租汽车后座上,车子就停在大门对面的车道上。门房开始不准，后来看见贾迈勒亮出文物部的证件，只好放任不管。贾迈勒身旁座位上，摆着一张艾丽卡·巴伦的大幅照片，是根据她护照上的照片放大的。每当有妇女从酒店出来，贾迈勒就要将她的面孔与照片对照一番。

贾迈勒今年二十八岁，身高五英尺四英寸①多一点，略有些发福。他已经成婚，有两个孩子，小的一岁，大的三岁。那年春天，他毕业于开罗大学公共事务管理系，就在接受博士学位之前被文物部雇用了。七月中旬开始工作，但事情并不像他想象的那么顺利。这个部门机构庞大，唯一的任务就是打杂。现在又叫他跟踪艾丽卡，汇报她的行踪。一见两个妇女走出来，钻进一辆出租汽车，贾迈勒赶紧拿起艾丽卡的照片。他从未跟踪过任何人，觉得这种差事有失身份，但是又没法拒绝不干，特别是他要向部长艾哈迈德·哈赞直接汇报。他对文物部有许多设想，现在也许有机会说给部长听听了。

艾丽卡料想塞加拉一定很热，便明智地穿了一件薄薄的米色短袖布衫，裤子颜色稍深一些，剪裁得比较宽大，腰部系有松紧带。提包里放着宝丽来照相机、手电筒和那本一九二九年版的贝德克尔旅游指南。经过仔细比较之后，她取得了与阿卜杜勒·哈姆迪一致的看法：贝德克尔指南比内格尔指南好得多。

她到服务台取回了护照，不用说，一定记录过了。他们还向她介绍了当天的导游安瓦尔·塞里姆。艾丽卡本来不想要导游，可是酒店

---

① 1英寸约为2.5厘米。

建议她带一个。因为头一天尝过被人纠缠的苦头，她最后还是让步了，同意付给导游七埃镑、出租汽车司机十埃镑。安瓦尔·塞里姆是个瘦子，四十五六岁，灰上衣的翻领上别着一枚金属徽章，上面印着一一三号，证明他是政府批准的向导。

"我有个极妙的参观计划，"塞里姆说，他喜欢在一句话说到一半时，装出一副笑容可掬的神态，"首先，趁上午凉快的时候，先去看大金字塔。然后……"

"谢谢你。"艾丽卡打断了他的话头。她往后退了退。塞里姆的牙齿长得参差不齐，嘴里一股臭味，即使犀牛冲来，也要被熏跑。"我已经把日程安排好了。先去埃及博物馆看看，时间不长，然后去萨卡拉。"

"萨卡拉中午可热啦。"塞里姆分辩说。他的嘴角露出一丝冷笑，脸上的皮肤因为长年累月受埃及太阳曝晒而绷得紧紧的。

"我知道会很热，"艾丽卡正言厉色地说，不想跟他再啰唆，"可我就想这么安排。"

塞里姆不动声色地给她打开出租汽车的车门。这辆老爷车是事先为她预备的。司机很年轻，胡子拉碴的，有三天没刮了。

当他们的汽车离开旅馆去博物馆时，哈利法把望远镜放到汽车地板上。他等艾丽卡的汽车开进大街，然后才发动机器，一面在想能不能设法了解一下导游和司机的情况。他挂挡时，发现另一辆出租汽车也从希尔顿开出，紧咬住艾丽卡的那辆。到了第一个交叉路口，两辆车都向右拐去。

艾丽卡一出现，贾迈勒不用看照片，便认出来了。他匆匆忙忙地在报纸边缘记下导游的号码：一一三，然后告诉司机盯上艾丽卡的出租汽车。

车到了埃及博物馆，塞里姆把艾丽卡从车里搀扶出来，汽车开到一棵榕树树荫下等候。贾迈勒让司机把车停在附近一棵树下，眼睛能够看到艾丽卡的汽车。他打开报纸，接着阅读那篇阐述萨达特西岸提议的长篇文章。

哈利法把车停在博物馆围墙外面，故意打贾迈勒的汽车旁边走过，想看看认不认识那人。结果不认识。在哈利法看来，贾迈勒形迹十分可疑。但他还是遵照命令，跟在艾丽卡和导游后面，走进了博物馆。

艾丽卡怀着激动的心情，走进这座享有盛名的博物馆。可是，尽管她知识渊博，兴趣盎然，她却无法克服馆里令人窒息的气氛。那些无价之宝放在这尘土弥漫的屋里，就跟放在亨廷登大街波士顿博物馆里一样，真有些格格不入。一尊尊神秘的雕像，一张张冷漠的面孔，看上去都死气沉沉，并无永垂不朽之感。看守人员都穿着白色制服，戴着黑色贝雷帽，令人想起了殖民地时代。扎着茅草扫帚的扫除机，只是把灰尘从一个房间扫到另个房间，根本没有把灰尘扫掉。真正忙碌的是那些修缮工。他们站在用绳子圈起来的一块块小地方，或是涂灰泥，或是干些简单的木工活，所用的工具与古埃及壁画上画着的十分相似。

艾丽卡想抛开周围的环境，集中精力看看那些比较有名的展品。在三十二号展室，她见到胡夫①的兄弟拉霍特普和他的妻子诺弗莉蒂丝的两尊石灰石雕像，栩栩如生，使她惊叹不已。雕像神情安详，跟现代人一样。艾丽卡只要瞧瞧脸部就满足了，可导游唠唠叨叨，非要

---

① 胡夫，古埃及第四王朝的第二位法老，公元前 2656—前 2633 年执政。

把他的那点知识都抛出来不可。他告诉艾丽卡，拉霍特普第一次见到自己的雕像时，对胡夫说了些什么。艾丽卡知道这纯属虚构，便客客气气地对塞里姆说，他只要回答她提出的问题就行了，她对大部分展品都很熟悉。

艾丽卡绕着拉霍特普雕像参观时，随便朝长廊入口处瞥了一眼，然后回眼观看雕像的背部。恍惚间她脑际留下一个黑黝黝的人影，一颗牙齿尖如獠牙，可是转身再看门口时，人影已经悄然不见。事情发生在刹那间，她不觉有些心神不定。昨天的事情提高了她的警觉，她一面绕着拉霍特普雕像观看，一面朝门口又瞟了几次，可黑影再也没有出现。这时，倒有一群法国游客吵吵嚷嚷地走了进来。

艾丽卡向塞里姆示意她想走了，接着便步出三十二号展室，走进横贯博物馆西翼的长廊。长廊里空无一人。当她抬眼穿过一道双拱门朝西北角望去时，又瞧见了一个瞬息即逝的黑影。

塞里姆想让她沿路看看各种各样的著名展品，不想她却顺着长廊，直冲它与博物馆北翼一条类似长廊的交叉口快速走去。塞里姆十分恼火，紧紧跟着这个疾步如飞的美国女人。看样子，她是想以光的速度来参观博物馆啊。

快到交叉口的当儿，艾丽卡突然停下。塞里姆也紧跟着收住脚步，一面向四下望望，看是什么东西把她吸引住了。她正好停在哈特谢普苏特女王的管家孙谟特的雕像旁边，但并不在研究这尊雕像，而是绕过拐角，小心翼翼地朝北廊看去。

"你要是有什么特别要看的东西，"塞里姆说，"请……"

艾丽卡愤然做了个手势，让他别出声。随后迈到走廊中间，搜索黑影。她什么也没看见，觉得有点可笑。一对德国人挽着胳膊走了过去，争论着博物馆的楼面设计。

"巴伦小姐，"塞里姆说，显然是在忍着性子，"我对这家博物馆十分熟悉。你要是想看什么，尽管问我好了。"

艾丽卡有些可怜这个人，想找个问题问问他，让他觉得自己还有点用处。

"馆里有没有塞提一世的文物？"

塞里姆用食指揿着鼻子，寻思了一下。接着，也不说话，只将手指往空中一指，示意让艾丽卡跟他走。他把她带上二楼，走进门厅对面的四十七号展室。他站在一块经过精雕细刻的大石英石旁边，上面标号为388.1。"塞提一世的石棺盖。"他自豪地说道。

艾丽卡瞅着这块石板，心里拿它与头天见到的神奇雕像加以比较。简直没法比。她还记得，塞提一世的石棺早就给盗到伦敦去了，放在一家小小的博物馆里。明摆着，埃及博物馆被黑市骗了还不知道，真令人痛心。

塞里姆等着艾丽卡抬起头来，随后拉着她的手，走到另一间展室门口，让她给看守十五个皮阿斯特，以便进去。一进展室，塞里姆便绕过两列低矮的玻璃长柜，来到一只靠墙的玻璃柜前。"塞提一世的木乃伊。"他得意扬扬地说。

艾丽卡低头看着那张风干的面孔，不觉有些恶心。在不计其数的恐怖电影里，好莱坞的化妆师们极力描摹的，就是这副形象。她发现，两只耳朵残缺不全，脑袋跟躯体也分了家。这具遗体表明：永垂不朽是办不到的，只有死亡的恐惧才是永恒的。

艾丽卡环视着展室里其他国王的木乃伊，心里不禁在想：这些石化的遗体不仅没有活现出古代埃及，反而更显示了历史的漫长，古埃及的邈远。她又回头看看塞提一世的面孔，跟头天见到的那尊优美的雕像毫无相似之处。雕像颌部狭窄，鼻子挺直；而木乃伊却颌部宽阔，鼻子带钩。她不由得感到毛骨悚然，打了个寒噤，便走开了。她示意叫塞里姆跟着，走出了展览室。她急着要离开这家尘土弥漫的博物馆，赶到野外去。

艾丽卡乘着出租汽车，朝埃及的乡村飞奔而去，把乱哄哄的开罗抛到了身后。汽车沿着尼罗河西岸向南驶去。塞里姆想继续跟艾丽卡说话，告诉她拉美西斯二世[①]跟摩西说了些什么话，但最后也沉默不语了。艾丽卡不想挫伤塞里姆的感情，便问问他的家庭情况，可是导游似乎不想谈论这个话题。于是，他们就默默地坐在车里，艾丽卡正好可以清静地赏赏景。她喜欢这交相辉映的色调：尼罗河一抹碧蓝，水田里一片翠绿。眼下正是枣椰收获时节，汽车驶过一头头毛驴，驴背上驮着棕榈树枝，树枝上缀满红色的果实。希尔旺市位于尼罗河东岸，就在这座工业城市的对面，柏油马路岔开了。艾丽卡的汽车转向右拐去，尽管前面畅通无阻，司机还是鸣了几次喇叭。

贾迈勒乘车跟在后面，相距只有五六辆车身远。他坐在车座边缘上，跟司机聊着天。因为天热，他已经脱掉了灰上衣。他知道温度还要升高。

[①] 拉美西斯二世，塞提一世之子。古埃及第十九王朝第三代国王（公元前1292—前1225），在其六十多年的统治下，古埃及达到新王国强盛的顶峰。

哈利法跟在后面四分之一英里[①]的距离,把收音机开得老响,车里响彻着不和谐的乐曲声。他深信,艾丽卡给人盯上了,但方式却很奇特。那辆出租汽车咬得太紧了。在博物馆门口,他仔细看了一眼车里的乘客,看样子是个大学生。哈利法跟学生恐怖分子打过交道,知道这种人外表虽然天真无邪,骨子里却残酷无情,胆大包天。

艾丽卡的汽车开进一片棕榈树丛。树丛长得密密层层,看上去像是松树林。林荫下,见不到炎炎烈日,只觉凉飕飕的。汽车开到一座砖房建筑的小村庄,戛然停了下来。村子一头有座小清真寺,另一头是片开阔地,那里有一尊八十吨重的雪花石膏狮身人面像,成堆的雕像碎片,和一尊倒在地上的拉美西斯二世的巨大石灰石雕像。空地边上有一家小吃店,取名"狮身人面像咖啡店"。

"这是传说中的孟斐斯城。"塞里姆一本正经地说道。

"你意思是门努菲叶。"艾丽卡说,一面望着这不毛之地上的一片废墟。孟斐斯是希腊名字,而门努菲叶是古埃及名字。"我想请你们喝一杯咖啡,或一杯茶。"艾丽卡说。她知道,自己已经挫伤了他的情绪。

艾丽卡朝小吃部走去。这座古埃及都城过去曾称雄一时,如今却只剩下一片可怜的废墟。使她感到高兴的是,她对此早有思想准备,不然她会大失所望的。一大群衣衫褴褛的男孩拿着赝品古董冲她拥来,结果被塞里姆和司机一下子轰跑了。他们登上摆着几张铁圆桌的小游廊,要了饮料。两个男的喝咖啡,艾丽卡要的是橘子水。

贾迈勒汗流满面地走出汽车,手里依旧抓着《金字塔报》。他起先有些犹豫不决,最后决定还是要喝一杯。他避而不看艾丽卡那伙

[①] 1英里约1.6公里。

人,在凉亭附近找了一张桌子坐下。他要了一杯咖啡,然后便躲到了报纸后面。

哈利法始终将望远镜瞄准器对准贾迈勒那肥胖的身躯,不过右手手指一直没有扣紧扳机。原来他把汽车停在离孟斐斯七十五码远的地方,当即抽出他那支以色列 FN 狙击来复枪。他坐在车后座上,身子压得很低,枪管架在司机座旁打开的窗子上。自打贾迈勒一走出汽车,哈利法就把枪瞄准了他。只要贾迈勒对艾丽卡采取突然行动,哈利法就叫他屁股开花。这不会送他的命,但哈利法知道,会大大延迟他的行动。

艾丽卡这杯橘子水喝得并不快活,因为游廊上苍蝇麇集,用手赶都赶不走,有好几次,干脆落到她的嘴唇上。她站起身来,让两个男人慢慢喝,自己信步朝空地走去。回到车上之前,艾丽卡停下来对雪花石膏狮身人面像赞赏了一番。心想,要是石像能开口,不知道会讲出些什么样的神秘故事。这尊像有年代了,为古王国时期所建。

他们坐上车,在棕榈密林中继续行驶。渐渐地,树木开始稀落,又出现了庄稼地,旁边是灌溉沟渠,沟里长满了水藻和水生植物。突然间,可以看见左塞尔[①]法老阶梯金字塔的熟悉轮廓耸立在一排棕榈树上方。艾丽卡不由感到一阵激动。她就要看到人类修建的最古老的石头建筑啦。对埃及学家来说,这是埃及最重要的遗址。著名的建筑师伊姆霍特普在这里修筑了一节由六大台阶组成的天梯,高达二百英尺左右,开创了金字塔时代。

艾丽卡就像一个急着去看马戏的小孩,但让她讨厌的是,汽车越过一条宽阔的灌溉渠之前,先要穿过一座都是土坯住房的小村落,颠

---

① 左塞尔,古埃及第三王朝法老(约公元前 2635—前 2610 在位)。

来颠去的，总要耽误些时间。一过桥，农田到此为止，出现了干燥的利比亚沙漠。两者之间，丝毫没有过渡的迹象，就像人们不经历日落，从正午一下迈入午夜一样。公路两旁骤然呈现出清一色的黄沙、岩石和腾腾的热浪。

出租汽车停在一辆大型旅游车的阴影里。艾丽卡第一个走出车，塞里姆只好跑着追上去。司机将四门大开，好趁等的时候通通风。

哈利法对贾迈勒的行动越来越迷惑不解。他也不管艾丽卡，径自拿着报纸躲到了金字塔围墙的阴影里。他甚至也不跟着她进去。哈利法沉思了一阵，不知道怎么办才好。他转念一想，觉得贾迈勒的出现可能含有某种阴谋诡计，便决定紧紧跟住艾丽卡。他脱掉夹克衫，把斯特契金半自动手枪换到右手，一面拿夹克衫蒙住。

整整一个小时，艾丽卡被这片废墟所陶醉。这就是她梦寐以求的埃及。她凭借自己的知识，能把眼前墓地的一片废墟，变幻成脑海中五千年前的蔚然奇观。她知道，她不可能在一天里把什么都看遍，能游览一下最精彩的古迹，观赏一番某些意想不到的文物，如书上从未读过的眼镜蛇浮雕之类，她就感到心满意足了。塞里姆终于明白自己帮不了什么忙，于是大部分时间都待在墙荫下。约莫中午时分，艾丽卡示意准备继续往前走，塞里姆大为欣喜。

"这里有一家小咖啡馆兼客栈。"塞里姆满怀希望地说。

"我急着想看看一些贵族陵墓。"艾丽卡说。她过于激动，不想逗留。

"这家客栈紧挨着'替'墓和公牛墓。"

艾丽卡的眼睛一亮。公牛墓是古代埃及异乎寻常的遗迹。坟窟里安放着阿彼斯公牛的木乃伊，当初入葬时盛况空前，简直像安葬国王。

公牛墓是人们用手费了九牛二虎的力气，才从坚硬的岩石上挖出来的。为死人修墓尚可理解，替公牛挖墓就令人费解了。艾丽卡认为，阿彼斯公牛墓一定还有尚未揭开的奥秘。"我们去公牛墓。"她笑盈盈地说道。

贾迈勒因为过胖，热得难受。即便在开罗，他也难得在中午出去闲逛。塞加拉的中午简直使他受不了。趁司机驾车尾追着艾丽卡的汽车时，他在寻思如何熬过这中午。或许他可以找个地方乘乘凉，而让司机去跟踪艾丽卡，一直到她回开罗。前面，艾丽卡的汽车开到塞加拉客栈，在门前停了下来。贾迈勒朝周围一看，想起小时候曾跟着父母亲来过这一带，还钻过一个阴森漆黑的埋葬公牛的地下山洞。虽然当时吓得要命，但他还记得洞里凉飕飕的。

"这不是公牛墓吗？"他边问边拍拍司机的肩膀。

"就在那里。"司机说道，一面拿手指着一条地沟入口，那是作为出入坡道用的。

贾迈勒抬头看看艾丽卡，她已经走下汽车，正在观看一溜通往坡道的狮身人面像。忽然，贾迈勒想出了一个凉快的好办法。再说，隔了这么多年，再去看看公牛墓，也挺有意思。

哈利法可一点也不高兴，神情紧张地用手捋着油腻的头发。他已经看出来，贾迈勒并不像他佯装的那样不在行。他太不露声色了。他只要知道这家伙葫芦里卖的什么药，就会给他一枪，把他活活押到伊冯·德玛尔让面前。但是他得等贾迈勒先动手。情势比他预料的更复杂、更危险。哈利法将消声器拧到自动手枪的枪口上，刚要下车，只见贾迈勒走进通往地下入口处的地沟。他查了查地图，原来这里是公牛墓。他回头瞧瞧艾丽卡，她正在兴致勃勃地拍摄石灰石狮身人面像。哈利法明白啦，贾迈勒之所以抢先走进公牛墓，只有一个理由可以解释。他是想藏进黑咕隆咚的穹形走廊，或者十分狭窄的甬道，像毒蛇似的埋伏着，到时来个出其不意的袭击。公牛墓是个再好不过的杀人场了。

哈利法虽然有多年经验，眼下却不知所措。他也可以抢在艾丽卡前面进墓，找到贾迈勒躲藏的地方，不过这样做太冒险了。最后，他决定跟艾丽卡一起进去，到时先下手。

艾丽卡顺着坡道朝入口处走去。她不喜欢山洞，不喜欢待在密闭的地方。还没进入公牛墓，一股阴冷的湿气迎面扑来，她心里一寒，大腿上便泛起了鸡皮疙瘩。她硬着头皮朝前走。一个满身泥浆、面孔瘦削的阿拉伯人向她讨了门票钱。公牛墓里有一种不祥之感。

一走进幽暗的入口走廊，艾丽卡便能感到一股神秘的魅力，长久以来，古埃及的丰富文化一直给人们带来这种魅力。黑咕隆咚的通道像是通向阴间的隧道，使人感到神秘世界的巨大恐惧力量。艾丽卡跟着塞里姆，一步一步地向这稀奇古怪的岩洞深处走去。他们走下一条没有尽头的长廊，两壁凹凸不平，凿得非常粗糙，偶尔出现一盏瓦数很低的电灯，光度十分微弱。在两灯之间的中间地带，光线黑暗，眼睛什么也看不见。有时，突然从黑暗中冒出几个游客；说话声瓮声瓮气，不断回响。有几条分廊与主廊成直角相连，每个里面都摆着一具巨大的黑色石棺，石棺上刻着象形文字。这些边廊里差不多全没安电灯。不一会儿，艾丽卡就觉得看够了，可是塞里姆还要让她看下去，说最好的石棺在尽里头，有架木梯，还能搭着看到石棺里面的雕刻。艾丽卡勉勉强强地跟在塞里姆后面。最后，他们来到要看的那条边廊，塞里姆闪在一边，让艾丽卡走过去。她伸手抓住木梯扶手，朝参观台上爬去。

哈利法紧跟在艾丽卡后面，每一根神经都绷得很紧。他已经打开了半自动手枪的保险，仍然拿右手握着，上面蒙着夹克衫。忽然，从黑暗中钻出几个游客，哈利法险些向他们开枪。

当他绕过最后一道边廊的拐角时，离艾丽卡仅有十五英尺。他一看见贾迈勒，便立即做出了反应。磨得精光锃亮的花岗岩石棺边上，修有一道短木梯，艾丽卡正在往上爬。贾迈勒立在平台上，居高临下地瞧着艾丽卡。他已经退到了边缘后面。哈利法也真不走运，艾丽卡正好隔在他和贾迈勒之间，挡住了他的视线，使他无法立即开枪。惊慌之余，哈利法一个箭步窜上去，把塞里姆推到一边，冲上短梯，撞倒了艾丽卡。艾丽卡手慌脚乱地朝贾迈勒扑去，贾迈勒感到愕然。

骤然，一道道火光从哈利法的枪口喷射出来，一颗颗致命的子弹射进了贾迈勒的胸膛，穿透了他的心脏。他向上举起双手，痛苦慌乱中，只见他龇牙咧嘴，摇晃了两下，便向前栽倒在艾丽卡身上。哈利法纵身一跳，越过木梯扶手，一面从腰带上抽出一把刀。塞里姆惊叫一声，拔脚就跑。平台上的游客还不明白出了什么事。哈利法冲过走廊，朝电灯线跑去。他咬紧牙关，冒着触电的危险，挥刀割断电线，使整个公牛墓陷入一片漆黑。

开罗　中午十二点三十分

斯特凡诺斯·马科里斯又给自己和伊万杰洛斯·帕帕里斯各要了一杯苏格兰威士忌。两个人都穿着开领针织衫，坐在子午线宾馆"巴黎"休息大厅一个角落隔间里。斯特凡诺斯情绪低落，局促不安。伊万杰洛斯深知老板的脾气，索性沉默不语。

"该死的法国佬，"斯特凡诺斯说罢看看表，"他说马上下来，都过了二十分钟啦。"

伊万杰洛斯耸耸肩，没有吱声，因为他知道，不管他说什么，只能给斯特凡诺斯火上添油。他伸下手去，整整右靴里沿绑在腿上的小手枪。伊万杰洛斯肌肉发达，粗眉大眼，特别是那宽大的前额，使他看上去颇像个尼安德特人①，只是头发已经脱光。

正在这时，伊冯·德玛尔让出现在门口，手里提着公文包。他身穿蓝色运动夹克，扎着一条宽领带。后面跟着拉乌尔。两人环视了一下休息大厅。

"这些阔佬看上去总像是去看马球比赛似的。"斯特凡诺斯挖苦地说。他向伊冯挥了挥手。伊万杰洛斯把桌子稍微挪了挪，以便右手行动方便些。伊冯看见他们，走了过来。他与斯特凡诺斯握握手，介绍一下拉乌尔，然后坐了下来。

伊冯和拉乌尔要了酒，不冷不热地问道："旅途怎么样？"

"糟透了，"斯特凡诺斯说，"那老头的信件在哪里？"

"你真是开门见山啊，斯特凡诺斯，"伊冯笑笑说，"也许干脆点好。不管怎么说，我要知道，是不是你杀死了阿卜杜勒·哈姆迪？"

"我要是杀死了哈姆迪，你想我会到这儿来自投罗网吗？"斯特凡诺斯轻蔑地说。他最瞧不起伊冯这种人，一辈子没务过一天正业。

伊冯知道，对斯特凡诺斯还是少说为佳。他装模作样地打开一包

---

① 更新世晚期，旧石器时代中期的"古人"，分布在欧洲、北非、西亚一带。

没拆封的高卢斯牌香烟,请诸位来抽,可只有伊万杰洛斯肯要。他伸手去接,不想伊冯逗弄他,总是叫他差一点抓不到。这样一来,他便看清了伊万杰洛斯毛茸茸和肌肉发达的前臂上的刺花纹。上面刺着一位草裙舞女,下面写着"夏威夷"几个字。最后,伊冯还是让伊万杰洛斯拿了一支烟,然后问道:"你常去夏威夷?"

"我小时候在货船上干过活。"伊万杰洛斯说。他用餐桌上的小蜡烛点着了烟,坐回到椅子上。

伊冯转身望望斯特凡诺斯,看出他已经有些不耐烦了。他慢条斯理地用金壳打火机点着香烟,然后才说:"是啊,你要是杀死了哈姆迪,我看你是不会来开罗的,除非有什么烦心事,或者出了什么漏子。不过,说老实话,斯特凡诺斯,我真有点难以理解。你来得也真够快的,这就有点令人可疑。此外,我听说,杀害哈姆迪的凶手并非来自开罗。"

"啊,"斯特凡诺斯有些恼怒,厉声地说道,"让我看看抓住了你的意思没有。你听说凶手不是开罗的。从这点消息出发,你便断定凶手显然来自雅典。这就是你的逻辑推理,对吧?"斯特凡诺斯转向拉乌尔,"你怎么能为这个人干事?"一面用食指点点他的前额。

拉乌尔的黑眼珠一眨不眨,双手搭在膝盖上,随时准备见机行动。

"对不起,让你失望了,伊冯,"斯特凡诺斯说,"杀害哈姆迪的凶手你得到别处去找。挨不着我。"

"糟透了,"伊冯说,"倘若知道是谁干的,能解决许多问题。你知不知道是谁干的?"

"一无所知,"斯特凡诺斯说,"不过,我觉得哈姆迪树敌太多。让我看看哈姆迪的信件,怎么样?"

伊冯把公文包提到桌上，手指准备扳锁，随即又停了下来。"还有个问题。你知不知道塞提一世雕像的下落？"

"很遗憾，不知道。"斯特凡诺斯说，一面如饥似渴地盯着公文包。

"我想要那尊雕像。"伊冯说。

"我要是有消息，会告诉你的。"斯特凡诺斯说。

"休斯敦那尊雕像，你都没让我看一眼。"伊冯说，一面目不转睛地盯着斯特凡诺斯。

斯特凡诺斯从公文包上抬起眼来，脸上露出一丝惊讶的神气。"你怎么会认为我跟休斯敦的那座雕像有牵连？"

"反正我知道呗。"伊冯说。

"从哈姆迪的信件里知道的？"斯特凡诺斯气愤地问道。

伊冯也不回答，啪地打开公文包的搭扣，把哈姆迪的信件倒在桌上。他往后一靠，漫不经心地呷着佩诺茴香酒，由着斯特凡诺斯匆匆地翻阅信件。斯特凡诺斯找到了自己写给阿卜杜勒·哈姆迪的信，搁在一边。"就这些？"他问道。

"就找到这些。"伊冯答道，注意力又回到这伙人身上。

"你们好好搜过没有？"斯特凡诺斯问。

伊冯瞥了瞥拉乌尔。拉乌尔毫不含糊地点了点头，然后说："彻底搜过了。"

"一定还有。我想这个老杂种不是在瞎诈唬。他说要五千元现金，不然就把一些文件交给当局。"斯特凡诺斯把信件又翻了一遍，这次翻得比较慢。

"你随便猜猜，塞提雕像下落如何？"伊冯问道，一面又喝了一口佩尔诺酒。

"我不知道。"斯特凡诺斯说,他头也没抬,只顾看着一位洛杉矶商人写给哈姆迪的信,"不过,要是对你有所帮助的话,我可以向你担保,雕像还在埃及。"

接着是一阵尴尬的沉默。斯特凡诺斯忙着看信。拉乌尔和伊万杰洛斯一边喝酒,一边虎视眈眈地瞅着对方。伊冯则朝窗外看去。他也认为塞提雕像还在埃及。从他坐的地方,可以看到喷水池,再前面就是茫茫的尼罗河。河当中,喷泉正在喷水,水柱直射空中。巨大的水柱四周,映现出一道道彩虹。伊冯想起了艾丽卡·巴伦,他希望哈利法·哈利勒真像拉乌尔说的那样精明能干。斯特凡诺斯若是真的杀死了哈姆迪,现在又想对艾丽卡下手,那哈利法就要显显身手,证明给他的钱他受之无愧。

"这个美国女人怎么样?"斯特凡诺斯问道,他似乎看透了伊冯的心思,"我想见见她。"

"她住在希尔顿,"伊冯说,"不过她被整个事情搞得烦躁不安,你们可要客气点。她是我寻找塞提雕像的唯一线索。"

"眼下我对那座雕像并不感兴趣,"斯特凡诺斯边说边把信件推到一边,"不过我想跟她谈谈,保证跟平时一样不失大雅。请问,你究竟了解不了解这个阿卜杜勒·哈姆迪?"

"了解不多。他原先住在卢克索,几个月前来到开罗,开了一家新的古董店。他有个儿子,仍在卢克索做古董买卖。"

"你见过他的儿子?"斯特凡诺斯问。

"没有。"伊冯说着立起身来。他已经对斯特凡诺斯感到腻烦了。

"你要是听到雕像的消息，记住告诉我。我买得起。"伊冯淡然一笑，转身便走。拉乌尔站起来，跟在后面。

"你信他的话？"到了外面，拉乌尔问道。

"我不知道该怎么想才好，"伊冯边走边说，"信不信他的话是一码事，信任不信任他这人是另一码事。我见过的人里，数他最会投机，盖世无双。告诉哈利法，斯特凡诺斯与艾丽卡会面时，他要特别留神。一旦斯特凡诺斯想伤害艾丽卡，就开枪打死他。"

塞加拉村　下午一点四十八分

屋里有只苍蝇，在两扇窗户之间来回飞撞。屋内本来静悄悄的，却被这只苍蝇搅乱了，特别是当它撞到玻璃上时，声音更加嘈杂。艾丽卡环视了一下房间，墙壁和天花板都粉刷过，唯一的装饰是安瓦尔·萨达特的一幅笑盈盈的招贴画。只有一扇木门，正关着。

艾丽卡坐在一张直背椅上。头顶有一只电灯泡，用一根磨损的黑电线从天花板上吊下来。靠门有一张金属小桌，一把椅子，和她坐的那把一样。艾丽卡看上去狼狈不堪。裤管在右膝处被撕破，肉也划开了。米色衬衫的后背上，有一大块干涸的血迹。

她伸出手，想看看颤抖减轻了些没有。还很难说。刚才有一阵子，她以为要呕吐，不想恶心过去了。现在只感到一阵阵的眩晕，可是一闭紧眼睛就不晕了。毫无疑问，她仍然处于休克状态，只是头脑渐渐清醒起来。比如说，她知道自己给带进了塞加拉村警察局。

艾丽卡搓搓手。她一想起公牛墓里发生的事情，手心里不觉湿漉漉的。贾迈勒刚倒到她身上时,她还以为墓穴塌方了。她拼命想爬出来,但因木梯太窄,压根儿动不了。此外,洞里一团漆黑,她连自己是否睁着眼睛也不知道。接着,她觉得背上有一摊热乎乎、黏糊糊的液体。后来才知道,那是从她上面那个垂死的男人身上淌下来的血。

艾丽卡抖抖身子,挨过了又一阵恶心。门打开了,她抬头一看,还是那个人。刚才,他花了三十分钟,才用一支断铅笔填好一张官方表格。他不大会说英语,煞费苦心地做了个手势,让艾丽卡跟他走。他腰上佩带着一把很旧的手枪,这使艾丽卡感到忐忑不安。伊冯担心的官僚主义混乱状态,她已经体验到了。显然,她被当成了嫌疑犯,而不是无辜的受害者。"官方人员"一到现场,事情就乱成了一锅粥。一次,两个警察为了一点证据争吵不休,差一点动起手来。艾丽卡的护照给拿走了,她自己被锁进一辆货车,热烘烘的像只火炉,拉到了塞加拉。她曾多次询问可不可以给美国领事馆打个电话,得到的答复只是耸耸肩膀,因为那些人还在争论如何发落她。

艾丽卡跟随腰里别着老爷手枪的警察,走出破破烂烂的警察局,来到大街上。等在外面的,仍然是那辆把她从公牛墓送到村里的运货车,发动机还在空转。艾丽卡要求还她护照,那人根本不理她,只管把她推进车里,关上门,扣上锁。

安瓦尔·塞里姆已经蜷缩在车内的木座上。自从公牛墓里发生那场大祸以来,艾丽卡还没见到过他。眼下一见面,她喜不自禁,真想伸开双臂去搂抱他,恳求他告诉她,一切都会平安无事。谁想,当她往车里走去时,塞里姆狠狠瞪了她一眼,随后扭过头去。

"我早就知道你要惹麻烦。"他说,眼睛也不看她。

"我，惹麻烦？"艾丽卡发现他戴着手铐，吓得往后直缩。

运货车摇摇晃晃地向前开去，两位乘客不得不稳住身子。艾丽卡感到汗水顺着后背往下直淌。

"你一开始就行为怪诞，"塞里姆说，"特别是在博物馆里。你在搞什么阴谋？我要告诉他们。"

"我……"艾丽卡刚开口，便说不下去了。她已经给吓糊涂了。她早该把哈姆迪的被害报告给警察才是。

塞里姆瞅了她一眼，朝车厢地板上啐了一口唾沫。

开罗　下午三点十分

艾丽卡走下运货车，认出了解放广场的拐角。她知道这里离希尔顿很近，真想回到房里打几个电话，找人帮帮忙。一见塞里姆戴着手铐，她更感到心神不宁。她在纳闷：自己是不是给逮捕了。

她和塞里姆被匆匆带进警察总局大楼。楼里挤满了人。接着，他们给分开了。艾丽卡按了指纹，照了相，最后被带进一间没有窗户的屋子。

一个阿拉伯人坐在一张普通的木桌后边，正在翻阅一份卷宗。艾丽卡的押送人潇洒地向他敬了个礼。这人头也不抬，只是摆了摆右手，押送人便退了出去，轻轻关上了门。艾丽卡仍然站着。屋内静悄悄的，只能听到那人翻纸的声音。在日光灯的照耀下，他的秃头闪闪发光，活像一只擦得锃亮的苹果。这人长着两片薄嘴唇，读材料时，嘴唇随着微微翕动。他穿着一身洁白无瑕的军服，高高的领子，一条黑色武装带穿过左肩章，套在宽阔的黑腰带上。腰带上佩着一支自动手枪。这人翻到最后一页，艾丽卡一眼瞧见卷宗上别着一本美国护照，她真希望能跟一个通情达理的人谈谈。

"请坐，巴伦小姐。"这位警察说道，还是没有抬起头来。他声音清脆而冷漠。小胡子修得像刀刃一样锋利。鼻子长长的，鼻尖向下弯曲。

艾丽卡当即坐在桌子对面的一张木椅上。桌子底下，就在警察那双亮光光的靴子边上，放着她的帆布提包，她还担心再也见不到了呢。

警察放下卷宗，拿起护照，翻到艾丽卡照片那里。两眼看看照片，又瞧瞧艾丽卡，来回看了好几次，然后，他伸出手去，把护照放在桌子上的电话旁边。

"我是伊斯康德中尉。"警察说道，一面把手放到桌上，握在一起。他顿了一会儿，目不转睛地盯着艾丽卡。"公牛墓里出了什么事？"

"我搞不清楚，"艾丽卡结结巴巴地说，"我正往梯子上爬，去看一口石棺。突然，后面有人一把将我推倒。随后有人倒在我身上，灯光也熄灭了。"

"你有没有看见是谁把你推倒的？"伊斯康德中尉说话略带点英国腔。

"没有，"艾丽卡说，"事情发生在一瞬间。"

"那个受害人是被枪打死的。你没听到枪声？"

"没有，真没听见。只听到几下像拍打地毯的声音，没听到枪声。"

伊斯康德中尉点点头,在材料上写了点什么。"然后呢?"

"那人压到我身上,我爬不出来,"艾丽卡说,又想起当时的可怕情景,"我觉得听到几声喊叫,不过也不敢肯定。只记得有人拿来了蜡烛。他们把我扶起来。有个人说那人死了。"

"就这些?"

"看墓人来了,接着是警察。"

"你有没有看看那个被打死的人?"

"瞥过一眼,不敢细看。"

"过去见过没有?"

"没有。"艾丽卡说。

伊斯康德伸下手去,拿起她的手提包,推到艾丽卡面前。"看看有没有少东西?"

艾丽卡检查了一下提包。照相机、旅游指南、钱包似乎都没动过。数了数钱,点了点旅行支票。"好像都在。"

"那么没人抢你东西啦?"

"没有,"艾丽卡说,"我想没有。"

"你是埃及学家,是吧?"伊斯康德中尉问道。

"是的。"艾丽卡说。

"被害人是文物部的工作人员,你感到奇怪吗?"

艾丽卡避开伊斯康德冷漠的目光,垂头看看自己的双手,这才发现它们在一个劲儿地搓来搓去。她赶忙停下手,思忖着。她很想立即回答伊斯康德的问题,不过他刚才提的问题关系重大,也许是这次谈话中至关重要的。她不由得想起了艾哈迈德·哈赞。艾哈迈德说过他是文物部部长。也许他能帮帮忙。

"我不知道该怎么回答才好，"艾丽卡终于说道，"这人是文物部的工作人员，我并不感到奇怪。他什么人都可能是。我根本不认识他。"

"你为什么要去公牛墓？"伊斯康德中尉问。

艾丽卡一想起塞里姆在车里的责难之词，不得不慎重考虑如何回答。"是我的导游建议我去的。"

伊斯康德中尉打开卷宗，又写了起来。

"我可以问个问题吗？"艾丽卡捉摸不定地问道。

"当然可以。"

"你认识艾哈迈德·哈赞吗？"

"当然认识，"伊斯康德中尉说，"你认识哈赞先生？"

"是的，我非常想跟他谈谈。"艾丽卡说。

伊斯康德中尉伸手拿起电话，一面拨号码，一面望着艾丽卡。他面无笑容。

开罗　下午四点零五分

这路走起来，仿佛没有尽头似的。一条条走廊伸向前方，极目望去，最后聚成了一颗颗小点。走廊里熙熙攘攘。办公室门口，不是被人围得水泄不通，就是有人蜂拥而出。这些埃及人，有穿丝绸西服的，有穿褴褛长袍的，无奇不有。还有些人席地而卧，艾丽卡和押送人只好抬腿迈过去。空气中味道很重，有香烟味、大蒜味，还有油腻的羊膻味。

当艾丽卡来到公共文物部的外间办公室时，想起了昨天夜里见到的许多办公桌和旧式打字机。所不同的是，现在桌前都坐着显得忙忙碌碌的政府工作人员。艾丽卡等了不久，便被带进里间办公室。房间里有空调，凉飕飕的，十分舒服。

艾哈迈德站在办公桌后面，正往窗外眺望。目光穿过希尔顿酒店与正在修建的洲际酒店骨架之间，可以看到尼罗河的一角。艾丽卡进来时，他转过身来。

艾丽卡原先准备像滔滔河水似的倾吐满腹冤屈，恳求艾哈迈德帮帮忙，谁想一见他那副神情，她不禁畏缩起来。艾哈迈德愁容满面，双目无光，浓密的黑发凌乱不堪，好像他一直在搔头皮似的。

"你一切都好吧？"艾丽卡颇为关切地问道。

"都好，"艾哈迈德慢吞吞地说道，声音有些含糊低沉，"我万万没有想到，管一个部会这么烦神。"他噗地坐到椅子上，瞬时闭上了眼睛。

起先，艾丽卡只是觉得他有些郁郁不乐，现在却想绕过桌子，去安慰安慰他。

艾哈迈德睁开眼睛。"对不起，"他说，"请坐。"

艾丽卡坐下了。

"公牛墓的事情，我已经听人汇报过了，不过还想听你亲口讲讲。"

艾丽卡从头说起。她力求点滴不漏，就连博物馆里搞得她心神不定的那个人也提到了。

艾哈迈德全神贯注地听着,也不插话。只是等她讲完后,才说:"那个被打死的人叫贾迈勒·易卜拉欣,在文物部工作,是个好小伙子。"艾哈迈德眼里闪烁着泪花。与她认识的美国男人不同,这位显然很坚强的汉子竟然如此大动感情。见此情景,艾丽卡不觉忘却了自己的苦恼。他如此善于表露感情,这是一种巨大的诱惑力。艾哈迈德垂头看着地板,镇静了一下,然后说道:"你早晨见过贾迈勒没有?"

"我想没有,"艾丽卡说,但并不令人信服,"我可能在孟斐斯一家小吃店见过他,但说不准。"

艾哈迈德拿手指捋捋浓密的头发。"告诉我,"他说,"你往梯子上爬的时候,贾迈勒是不是已经站在公牛墓的木台上了?"

"是的。"艾丽卡说。

"我觉得这很奇怪。"艾哈迈德说。

"为什么?"艾丽卡问。

艾哈迈德看上去有点慌张。"我只是这么想,"他含糊其词地说,"没有什么意思。"

"我也这样想,哈赞先生。我向你担保,我与此事没有关系。毫无关系。我想我应该给美国大使馆打个电话。"

"你可以给美国大使馆打电话,"艾哈迈德说,"不过,坦白说,没有必要。"

"我想我需要帮助。"

"巴伦小姐,对不起,今天委屈你了。事实上,这是我们的问题。回到酒店,你愿意给谁打电话都可以。"

"我不会被拘留在这里吧?"艾丽卡问。她简直不敢相信听到的话。

"当然不会。"艾哈迈德说。

"真是好消息,"艾丽卡说,"不过,我还有一件事要告诉你。本来昨晚就该告诉你,但我害怕。不管怎样……"艾丽卡深深地吸了口气,"我这两天尽碰到怪事,叫人心烦意乱。我也说不上哪一天更糟糕。昨天下午,我无意中目睹了另一起凶杀案,听起来令人难以置信。"艾丽卡情不自禁地打了个寒噤,"我看见一个名叫阿卜杜勒·哈姆迪的老头被三个人杀害了,而且……"

艾哈迈德的椅脚嗵地落到地板上,他本来一直仰靠在椅背上。"你看见那几个人的脸了?"很明显,他感到很惊讶,又很关切。

"我看见两个人的脸,没看见第三个。"艾丽卡说。

"见到的那两个,你能认出来吗?"艾哈迈德问道。

"也许能。说不定。不过,我要向你道歉,昨晚没告诉你。我确实很害怕。"

"我理解你的心情,"艾哈迈德说,"这你不要担心,包在我身上啦。不过,我们肯定还会问你些问题。"

"还问些问题……"艾丽卡沮丧地说,"我真想尽快离开埃及。这次旅行一点也不像我原先计划的那样。"

"对不起,巴伦小姐,"艾哈迈德说,他又变得像昨晚艾丽卡见到的那样镇静自若了,"在这种情况下,我们若是不把问题搞个水落石出,或者还不清楚你是否提供了全部情况,是不会允许你离开埃及的。我很遗憾,你给牵连进这个案件。但是,你可以自由行动。不过,你若是想离开开罗,可要给我打个招呼。还有,你可以与美国大使馆随便讨论这个问题，但请记住，他们对我们的内部事务没有发言权。"

"被拘留在这个国家，要比进监狱强多了。"艾丽卡说，淡淡地笑了笑，"你认为得等多久我才可以离开？"

"很难说。也许一个星期。你不妨把这里的经历看作不幸的巧合，虽然这样做也许并不容易。我看你应该在埃及好好玩玩。"艾哈迈德摆弄着铅笔，然后接着说，"作为政府代表，我想今晚请你吃饭，让你看看埃及是非常令人愉快的。"

"谢谢。"艾丽卡说。艾哈迈德的关心真使她为之感动。"不过，我与伊冯·德玛尔让已经有约在先。"

"噢，原来如此，"艾哈迈德说，转脸往别处望去，"那么，请接受我的政府的歉意。我派车送你回酒店，并务必跟你保持联系。"

他立起身来，隔着桌子跟艾丽卡握手。他握得强劲有力，但觉着很舒适。艾丽卡走出屋子，没想到谈话结束得这么突兀，而且又自由了，不禁有些惊异。

艾丽卡一走，艾哈迈德就把副部长扎吉·里亚德召到办公室。里亚德在文物部已有十五年的资历，但艾哈迈德青云直上，越过他当了部长。他虽然聪敏机智，但体型跟艾哈迈德截然相反。他过于肥胖，面部肿胀，头发又黑又鬈，像卡拉库尔的羔羊毛。

艾哈迈德已经走到埃及大地图前，待副部长坐定，他转过脸来。"这些事你怎么看，扎吉？"

"我毫无头绪。"扎吉答道。他擦了擦额角，尽管室内有空调，他还是热得直冒汗。一见艾哈迈德遇到压力，他不禁有些幸灾乐祸。

"我百思不得其解：贾迈勒怎么会被打死，"艾哈迈德说着，一拳打在自己伸开的手掌上，"天啊，一个拖家带口的年轻人。你认为他的死是不是与跟踪艾丽卡·巴伦有关系？"

"我看不出有什么关系，"扎吉说，"不过，我看可能性总是有的。"后面这句话是带刺的。扎吉把没点燃的烟斗塞进嘴里，烟灰撒到胸前也不在意。

艾哈迈德用手蒙住眼睛，揉着头皮，然后把手悄悄滑下来，捋着茂密的胡须。"简直莫名其妙。"他又转过身，看着大地图，"我怀疑有人在塞加拉搞什么名堂。也许有人偷掘了新墓。"他走回来坐到办公桌前，"真凑热闹，移民局通知我说，斯特凡诺斯·马科里斯今天到了开罗。你知道，他是不常来的。"艾哈迈德向前探着身子，直愣愣地瞅着扎吉·里亚德，"告诉我，警方是怎样报道阿卜杜勒·哈姆迪的？"

"材料很少，"扎吉说，"显然，他是被抢了。警方了解到，这个老头最近发了一笔大财，把古玩店从卢克索搬到了开罗。同时，他一直在收购珍贵古董。他一定有不少钱，所以给抢了。"

"你知道他从哪儿弄来的钱吗？"艾哈迈德问。

"不知道，不过也许有个人知道。老头有个儿子，在卢克索做古董生意。"

"警方跟他儿子谈过话没有？"艾哈迈德问。

"这我不得而知，"扎吉说，"毫无疑问，警方该找他谈。可实际上，他们不那么感兴趣。"

"我很感兴趣，"艾哈迈德说，"给我安排一下，今晚乘飞机去卢克索。明天早晨见见阿卜杜勒·哈姆迪的儿子。另外,增派几个看守到塞加拉墓地。"

"逢到这节骨眼,你走得开吗?"扎吉说着用烟斗柄指了指,"你刚才说了,斯特凡诺斯·马科里斯到了开罗,说不定还会出什么乱子。"

"也许吧,扎吉,"艾哈迈德说,"不过,我想我还是需要离开这里,到尼罗河畔的老家待上一两天。我觉得我对可怜的贾迈勒负有很大责任。实在闷得慌,到卢克索可以散散心。"

"那个美国女人艾丽卡·巴伦怎么办呢?"扎吉用不锈钢打火机点着了烟斗。

"她没事,只是受了些惊吓,但刚才走的时候,好像已经镇静下来。要是换成我,二十四小时内连睹两起谋杀案,特别是还有一个受害人倒在我身上,那我也不知道会作何反应。"

扎吉若有所思地吸了几口烟斗,然后接着说:"是怪。不过,艾哈迈德,我刚才说巴伦小姐怎么办时,不是问她身体好不好,我想知道还要不要派人盯住她?"

"不必了,"艾哈迈德生气地说,"今晚不必了。她要跟德玛尔让在一起。"这话一出口,艾哈迈德就觉得很尴尬。他的感情有些不对劲。

"你有点反常,艾哈迈德。"扎吉说,一面仔细地打量着部长。他认识艾哈迈德几年啦,艾哈迈德从未对女人发生过兴趣。而现在,他似乎突然吃起醋来。扎吉发现艾哈迈德不是完人,也有潜在的弱点,不由得暗暗窃喜。艾哈迈德过去一直无懈可击,扎吉对此怀恨在心。

"你到卢克索待上几天,这也许再好不过了。开罗的事情由我来抓,我当然很乐意。我将亲自过问塞加拉墓地。"

开罗　下午五点三十五分

政府的汽车开到希尔顿门前停下,艾丽卡仍不相信自己已经获释。她不等车子停稳,就赶忙打开车门,向司机道了谢,仿佛她的获释跟他有些什么关系似的。一走进希尔顿,真有点像是回到了家里。

休息大厅里依然忙碌非凡。下午来过几趟国际班机,旅客源源不绝地拥来。旅馆工作人员效率很低,每天一赶上这个时间段,便应接不暇,大多数旅客只好坐在行李卷上等候。

艾丽卡觉得,自己太不登大雅之堂。她热得汗流浃背,身上一塌糊涂。那一大块血迹还贴在背上,裤子也不堪入目,沾满了污垢,右膝处还被撕开。要是能走别的道去房间,她将何乐而不为呢?倒霉的是,她非得穿过那条红蓝相间的东方地毯不可。头顶那盏水晶大吊灯,像舞台上的聚光灯一样明亮,使她顿时陷入众目睽睽之下。

服务台那儿有一个人看见了她,挥着手里的钢笔,朝她的方向指去。艾丽卡加快步伐,走向电梯。她按按电钮,不敢往后看,唯恐有人来制止。她又揿了几下电钮,层高指示器才慢慢指到"一楼"。门开了,她走进去,跟开电梯的说,到九楼。他默默地点点头。门逐渐关闭,但没等关紧,忽然有一只手扒住了电梯的门框,迫使开电梯的又把门打开。艾丽卡往电梯后面一靠,屏住了呼吸。

"喂,"一个身材高大、头戴宽边呢帽、脚蹬牛仔靴的男人说,

"你是艾丽卡·巴伦吧?"

艾丽卡张开嘴,却说不出话来。

"我叫杰弗里·约翰·赖斯,从休斯敦来。你是艾丽卡·巴伦吧?"这人还是不让关电梯门。开电梯的像一尊石像似的站着。

艾丽卡像个犯了过错的孩子,点点头。

"见到你太好了,巴伦小姐。"杰弗里·赖斯伸出手。

艾丽卡像个机器人,提起手来。杰弗里·赖斯喜形于色,一把攥紧她的手。"我很高兴,巴伦小姐。请见见我的妻子。"

杰弗里·赖斯抓着艾丽卡的手,把她拉出电梯间。她往前绊了一下,提包背带从肩上滑下,她连忙伸手抓住提包。

"我们等了你几个小时了。"赖斯说罢,拽着艾丽卡朝休息大厅走去。

艾丽卡给拖着走了四五步,最后还是把手抽了回来。"赖斯先生,"她说着,停下脚步,"我很高兴去见你太太,不过改个时间。我今天遇到了一些不可思议的事情。"

"你看上去确实有些衣冠不整,亲爱的,不过让我们去喝一杯。"他又伸出手,抓住了艾丽卡的手腕。

"赖斯先生!"艾丽卡厉声说道。

"走吧,宝贝。我们绕了半个地球来看你。"

艾丽卡盯着杰弗里·赖斯那张晒得黝黑、刮得溜光的面孔。"你这是什么意思,赖斯先生?"

"就是我刚才说的意思。我妻子和我从休斯敦来看你。我们飞了一夜。幸亏我自己有飞机。你至少得和我们去喝一杯。"

蓦地，艾丽卡想起了这个名字。休斯敦的那尊塞提一世雕像就是杰弗里·赖斯的。她是昨天深夜跟洛厄里博士通电话的，可她现在想起来了。

"你从休斯敦来？"

"是的。乘飞机来的，才到几个小时。现在去见见我妻子普里西拉吧。"

艾丽卡让他拉着穿过休息大厅，介绍给普里西拉·赖斯。她是一位美国南方美女，穿着一件袒胸露肩的上衣，戴着一枚大金刚钻戒指，亮闪闪的，简直比头顶上的大吊灯还光彩夺目。她的南方口音甚至比她丈夫的还重。

杰弗里·赖斯把妻子和艾丽卡拥到酒吧厅。他大大咧咧，嗓门响亮，特别是给起小费来大手大脚，一埃镑的钞票一张张往外送，因此马上就有人来侍候。在鸡尾酒吧厅的暗淡灯光下，艾丽卡也不觉得那么惹人注目了。他们坐在一个靠角的小隔间，人们便看不见艾丽卡那身又脏又破的衣服。

杰弗里·赖斯给自己和妻子都要了不掺水的波旁威士忌，给艾丽卡要了一杯掺奎宁水的伏特加。艾丽卡觉得轻松多了，听着这位得克萨斯人大吹他跟海关打交道的经历，禁不住笑出声来。艾丽卡又要了一杯掺奎宁水的伏特加。

"好吧，谈正经的，"杰弗里·赖斯压低了嗓门说，"我当然不想扫今晚的兴，可我们是老远赶来的。听说你见到一尊塞提一世法老的雕像。"

艾丽卡注意到赖斯的仪态发生了明显的变化，心想这个得克萨斯人表面上说说笑笑，实际上是个很精明的商人。

"洛厄里博士说你要几张我那尊雕像的照片，特别是底座上象形文字的照片。我把照片带来了。"杰弗里·赖斯从夹克衫口袋里抽出一张信封，举到空中，"我很愿意把这些照片奉送给你，假如你告诉我你在哪里见到你向洛厄里博士提到的那尊雕像。你看，我打算把我那尊雕像献给休斯敦市，可是市面上若有一大批，那就不稀奇了。换句话说，我要把你看见的那尊雕像买下来。我非常想买下来。事实上，只要有人告诉我雕像在哪里，以便我好去购买，我愿意奉送一万美元。你也包括在内。"

艾丽卡放下酒杯，凝视着杰弗里·赖斯。她已经领略了开罗的穷极潦倒，因而知道一万美元在这里能产生十亿美元在纽约产生的同样效果。这笔钱会给开罗的犯罪集团带来令人难以置信的触动。阿卜杜勒·哈姆迪的死无疑与雕像有关，而现在只要通个风报个信，就能得到一万美元，那就可能再死很多人。一想到这里，真令人可怕。

艾丽卡很快介绍了一番阿卜杜勒·哈姆迪和塞提一世雕像的情况。赖斯聚精会神地听着，写下了阿卜杜勒·哈姆迪的名字。"你知道还有没有别人见过这尊雕像？"赖斯问道，顺手把宽边呢帽往脑后一推。

"这我不知道。"艾丽卡说。

"有没有别人知道阿卜杜勒·哈姆迪有这尊雕像？"

"有，"艾丽卡说，"一位名叫伊冯·德玛尔让的先生。住在子午线宾馆。据他认为，哈姆迪跟世界上许多买主有书信往来，因此，很可能许多人知道哈姆迪有这尊雕像。"

"看来，这要比我们预料的有趣得多。"赖斯说，一面从桌子上探过身来，拍拍他妻子纤细的手腕。接着，他转向艾丽卡，把装有照片的信封递了过去。"你知道雕像的下落吗？"

艾丽卡摇摇头。"一点也不知道。"她说着接过信封。尽管光线很暗，她还是迫不及待地要看看，于是便抽出照片，仔细地端详着第一张。

"一座顶呱呱的雕像，是吧？"赖斯说，他仿佛在给艾丽卡看他第一个孩子的照片似的，"相形之下，图坦卡蒙的雕像简直成了儿童玩具了。"

杰弗里·赖斯说得对。看着这些照片，艾丽卡承认，雕像漂亮极了。但她也注意到另外一个情况。根据她的回忆，这尊雕像跟她见过的那尊一模一样。随后，她又疑惑起来。瞧瞧赖斯的雕像，她发现其右手握着镶满珠宝的权杖。她记得阿卜杜勒的那尊是左手执权杖的。原来，两尊雕像并非一模一样，而是一对镜像对称物！艾丽卡匆匆翻了翻其余的照片。都是从不同角度拍摄的雕像照片，拍得很出色，显然是行家拍的。最后，在这堆照片的最下面是一些特写镜头。艾丽卡一看到象形文字，觉得脉搏骤然加快了跳动。光线太暗，看不清那些符号，但把照片稍为侧过去一些，就能看见两个法老的铭名图案。图案里刻有两个名字：塞提一世和图坦卡蒙。令人惊奇。

"巴伦小姐，"杰弗里·赖斯说，"要是你能跟我们共进晚餐，我们将不胜荣幸。"普里西拉·赖斯听到丈夫提出邀请，也热情地浮出笑容。

"谢谢你，"艾丽卡说，一面将照片放回信封里，"遗憾的是，我已有约在先。改个晚上吧,如果你还待在埃及的话。"

"当然可以,"杰弗里·赖斯说,"或者,你和你的客人今晚可以一起加入我们。"

艾丽卡想了一想,随后谢绝了。杰弗里·赖斯和伊冯·德玛尔让会像油和水一样混不到一起。艾丽卡正想告辞,又想起了一件别的事。"赖斯先生,你是怎么买下塞提一世雕像的?"她的声音有些迟疑,因为她不知道这个问题提得是否恰当。

"用钱买的。亲爱的!"赖斯哈哈大笑,啪的一声用手掌拍了一记桌子。他显然觉得自己的笑话很逗趣。艾丽卡淡然一笑,期待他说下去。

"我是从纽约一位买卖艺术品的朋友那儿听说的。他给我来电话,说有一件奇异的埃及雕刻要私下拍卖。"

"私下拍卖?"

"是啊!不公开。秘密交易嘛。这种事常有。"

"是在埃及?"

"不对,在苏黎世。"

"瑞士,"艾丽卡怀疑地说,"为什么搞到了瑞士?"

杰弗里·赖斯耸耸肩膀。"进行这种拍卖时,人们不能提问。这是规矩。"

"你知道雕像是怎么弄到苏黎世的吗?"艾丽卡问道。

"不知道,"杰弗里·赖斯说,"我刚才说了,不能提问。是那里一家大银行给安排的。他们总是守口如瓶,只知道要钱。"他笑笑,站起身来,表示要把艾丽卡送回电梯那儿。很明显,他不打算再说什么了。

艾丽卡回到房间，只觉恍恍惚惚的。这都怪杰弗里·赖斯说的那些话，还有那两杯酒。在陪她等电梯时，他又随便说起这尊雕像还不是他在苏黎世购买的第一件埃及古董。他还有几尊金像和一条非常精致的戴在胸部的项链，可能都是塞提一世时代的。

艾丽卡把装有照片的信封放在衣柜上。对于黑市市场，她原先是这样设想的：有人在沙漠里发现一件小玩意儿，然后找个买主卖掉。现在她却得承认：最后拍板成交，是在国际银行镶有壁板的会议室里进行的。真令人难以相信。

艾丽卡脱下衬衫，看看血迹，情不自禁地扔掉了。裤子也紧跟着进了废纸篓。脱下胸罩一看，发现血渗到了后带上。但她舍不得扔掉胸罩。艾丽卡对胸罩很挑剔，只有几种牌子她戴着舒服。她不敢轻率地一扔了事，便打开衣柜的顶端抽屉，想数数带来了几副。不过她并没有数胸罩，而只是看了看自己的内衣。即使在经济条件比较拮据的学生时代，艾丽卡对内衣也十分讲究。她爱穿奢华的内衣，觉得这样更富有女性的气质。所以她摆弄内衣，一向很审慎。当时从箱里取出放进衣柜时，可花了些时间，叠得整整齐齐。可眼下抽屉里却变了样。有人动了她的东西！

艾丽卡站起身来，环顾了一下房间。被子叠好了，因此房间管理人员显然来过了。他们会翻她的衣服吗？有可能。她连忙拉开中间抽屉，抽出那条深蓝色牛仔裤。在旁边口袋里放着一副钻石耳环，这是她父亲送给她的最后的礼物。后面口袋里装着回国的飞机票和一大叠旅行支票。一看东西都在，她舒了口气，把裤子放好。

她再看看顶部抽屉，心想会不会是早晨她自己把东西弄乱了？她走进洗澡间，拿起化妆用品塑料袋，查看里面的东西。显然，她没有放得有条有理，但那些东西用起来是有前后次序的，用完后再一件一件放进去。滋润皮肤的化妆品本该靠近袋底，现在却到了顶上。口服避孕药本来总是晚上服用，也给放在顶上。艾丽卡照照镜子，眼中流露出受人侵犯的神色，跟昨天被那个男孩摸了一把后的神色一样。有人动了她的东西！她在琢磨：该不该向旅馆管理部门报告？不过，她什么东西也没丢失，怎么报告呢？

艾丽卡回到房门那儿，紧张地插上门闩，把门扣死。接着穿过房间，透过玻璃移门往外看，只见火红的太阳正朝西方地平线慢慢沉落。狮身人面像犹如一头饿狮，摆出一副跃跃欲扑的架势。金字塔巍然插入残阳如血的天空。艾丽卡真希望在金字塔下能感到愉快些。

开罗　晚上十点

跟伊冯共进晚餐是一段愉快而浪漫的插曲。这么快就恢复了精神，艾丽卡自己都感到诧异。尽管给折磨了一天，尽管与理查德通话后一直觉得问心有愧，她现在还是玩得很痛快。太阳刚刚下山，西方还泛着一片余晖的时候，伊冯就来旅馆接她。汽车离开尘烟滚滚、热气腾腾的开罗，沿尼罗河朝南驶向马阿迪镇。天空逐渐变暗，出现了繁星点点，艾丽卡置身这凉风习习的夜色之中，紧张的心情不觉消失得无影无踪。

饭店名叫海马,紧挨着尼罗河东岸。埃及一到夜间,气候十分宜人,餐厅就利用这一点,敞开着四面门窗。河对岸,在一排棕榈树上方,屹立着灯火辉煌的吉萨金字塔。

他们吃的是从红海捕来的、经过明火炙烤的鲜鱼和大虾,喝的是冰镇的吉纳克利斯白酒。伊冯认为这种酒太糟糕,就用矿泉水冲淡了喝,而艾丽卡却喜欢它那种甜丝丝的水果味。

艾丽卡一面望着他喝酒,一面羡慕他那件剪裁合身的深蓝色丝衬衫。这使她想起她那件丝质上衣。她一直珍藏着,只在特殊场合穿用。照理说,穿这种衣服总有点女人气。其实不然。银色的光泽反而映衬出他的男性气质。

艾丽卡花了好些时间梳妆打扮,总算没有白费力气。头发刚刚洗过,蓬松地垂在两肩,插着玳瑁梳子。她挑了件袒胸露肩的巧克力色紧身连衫裙,灯笼袖,腰部扎有松紧带。下面穿了双长筒丝袜,这是她下飞机以来第一次穿。她知道自己看上去一定十分漂亮。尼罗河上微风习习,拂抚着她的颈背,她觉得颇为惬意。

谈话开始很轻松,但很快就转到了谋杀案。伊冯一直在打听是谁杀害了阿卜杜勒·哈姆迪,但总是徒劳无益。他告诉艾丽卡,他打听到的唯一情况,是凶手并非来自开罗。接着,艾丽卡讲述了公牛墓的凶杀事件,以及后来她跟警察打交道的情况。

"你今天让我陪你去就好了。"艾丽卡讲完后,伊冯说道。他惊讶地摇摇头,然后从餐桌上探过身,轻轻地按了按她的手。

"我也这样想。"艾丽卡承认道,一面低头看着他们快要碰到一起的手指。

"跟你讲心里话,"伊冯温柔地说,"跟你初次见面时,我只是对塞提一世雕像感兴趣。可现在我发现你有一股无法抗拒的魅力。"他的牙齿在烛光下闪闪发光。

"我还不了解你,不知道你是不是在取笑我。"艾丽卡说,流露出少女般的激动。

"我没取笑你,艾丽卡。你跟我见过的女人大不一样。"

艾丽卡朝外望去,看着黑沉沉的尼罗河。她发现靠河这岸有人影在恍惚移动,细瞧只能看出几个渔夫在帆船上忙碌。显然,他们光着身子,皮肤在黑暗中闪闪发光,好像磨得溜光的条纹玛瑙。霎时间,艾丽卡的目光被这幅情景吸引住了,她不由得想起了伊冯的话。这话听起来像是陈词滥调,并由此而觉得有点不成体统,然而,这话兴许有些道理,因为伊冯跟她见过的男人也都不一样。

"你是位埃及学家,"伊冯继续说,"我觉得这很迷人,因为——我这么说不是为了表示恭维——你有一种我所喜爱的东欧人的魅力。此外,你还具有一股埃及的神秘活力。"

"我想我是典型的美国人。"艾丽卡说。

"啊,可美国人也有外来的少数民族。我看你的血统就很明显,而且我觉得很吸引人。跟你说实话,我讨厌北欧人那种冷若冰霜、金发碧眼的神气。"

艾丽卡尽管觉得这话有些蹊跷,却不知道如何回答是好。她可就怕自己被冲昏头脑,弄得感情上脆弱不堪。

伊冯似乎觉察到她的不安,趁侍者撤走餐碟的当儿换了个话题。"艾丽卡,你能认出今天公牛墓里的凶手吗?看见了他的脸没有?"

"没有,"艾丽卡说,"当时好像天塌下来似的。我谁也没看见。"

"天哪,多可怕的经历。我想象不出还有比这更可怕的了。倒在你身上!真没法相信。可是你知道,暗杀政府官员在中东是司空见惯的现象。好在你至少没受伤。我知道这事很难忘掉,不过要是我,就再也不去想它。真是巧得出奇。而且又是继哈姆迪的死接踵而来,这就更加糟糕。两天目睹两起谋杀案。我也不一定经受得住。"

"我知道这可能是个巧合,"艾丽卡说,"但有一件事与我有关。那个被打死的人不光是政府职员,而且在文物部供职。所以,两个受害者都是搞古董的,不过估计来自两个对立面。可是,我能知道些什么呢?"艾丽卡淡然一笑。

侍者端来阿拉伯咖啡和甜食。伊冯要的是裹白糖的粗面蛋糕,上面撒着核桃仁和葡萄干。

"你的经历有一点使人感到惊异,"伊冯说,"你怎么没被警方拘留?"

"这话不完全对。我给拘留了几个小时,现在还不许离开这个国家。"艾丽卡尝了尝甜食,觉得不值得吃下去增加那份卡路里。

"那算不了什么。你很走运,没坐牢。我敢打赌,你的导游还在牢里。"

"我觉得我多亏了艾哈迈德·哈赞,才被放出来。"艾丽卡说。

"你认识艾哈迈德·哈赞?"伊冯问道。他停下不吃了。

"我不知道如何来归结我俩的关系,"艾丽卡说,"昨夜你跟我分手后,他在我屋里等着。"

"真的?"伊冯的叉子哐当一声掉在桌上。

"要是你都感到吃惊,那你就想想我当时的心情。我还以为是因为没有报告哈姆迪的谋杀案而要逮捕我呢。他把我带到他的办公室,盘问了一个小时。"

"简直令人难以置信,"伊冯说,一面用餐巾擦了擦嘴,"艾哈迈德·哈赞已经知道哈姆迪被害的事了?"

"我也不知道他是否已经知道,"艾丽卡说,"开头我还以为他知道了。不然他为什么要把我带到他的办公室呢?可是他只字未提这件事,我也不敢提起。"

"那么他要干什么?"

"主要是想了解你。"

"我!"伊冯摆出一副爱开玩笑、天真无邪的神情,用食指指着自己的胸口,"艾丽卡,你这两天过得真不寻常啊。我来埃及已经多年,还从未见过艾哈迈德·哈赞。他向你打听我些什么事?"

"他要知道你在埃及搞什么名堂。"

"你是怎么回答的?"

"我说我不知道。"

"你没提塞提雕像吧?"

"没有。我担心一提起雕像,就会牵扯到哈姆迪被害的事。"

"他有没有说起塞提雕像?"

"没有。"

"艾丽卡,你真了不起。"伊冯突然从桌子上凑过身来,双手捧着艾丽卡的脸,在两颊上各亲了一下。

这个过分的举动把艾丽卡惊呆了,只觉得脸上一阵发烧,她已多年没有这种感觉了。她怪不自在地呷了一口放糖咖啡。"我看,艾哈迈德·哈赞并不相信我说的话。"

"你凭什么这样说?"伊冯问。他又接着吃甜食。

"今天下午我回到旅馆,发现东西有点变样。我觉得有人搜了我的房间。昨天夜里艾哈迈德·哈赞来过,我能设想的唯一可能,是埃及当局又来过人。值钱的东西都没动。也没偷走什么。可我不知道他们要找什么东西。"

伊冯一面若有所思地嚼着蛋糕,一面直愣愣地盯着艾丽卡。"你的房门上有没有外加弹簧锁?"

"有的。"

"那一定要用上。"伊冯说。他又咬了一口蛋糕,若有所思地咽下,然后继续说:"艾丽卡,你见到阿卜杜勒·哈姆迪时,他有没有给你什么信件、材料?"

"没有,"艾丽卡说,"他给了我一只赝品护身符,看上去跟真的一样。他还让我用他的一本一九二九年版的《贝德克尔旅游指南》,而不要用我自己的那本内格尔编写的指南。"

"那些东西呢?"伊冯问。

"就在这儿。"艾丽卡说。她将手伸进提包,取出那本没有封面的《贝德克尔旅游指南》。封面最后还是掉了下来,艾丽卡索性把它留在酒店里。护身符装在硬币钱包里。

伊冯拿起护身符,凑近蜡烛看着。"你肯定这是赝品?"

"看上去不错,是吧?"艾丽卡说,"我原来也以为是真的,可哈姆迪硬说不是。还说是他儿子做的。"

伊冯小心翼翼地放下护身符,拿起旅游指南。"这本《贝德克尔旅游指南》棒极了。"他说,他仔细地翻看着,一页都不放过,"游览埃及遗址,特别是卢克索,这本旅游手册最好。"伊冯把没封面的手册推回到艾丽卡面前。"我把这个鉴定一下好吗?"伊冯问,一面用拇指和食指拿起护身符。

"你是想进行碳化测定?"

"是的,"伊冯说,"我觉得它很逼真,上面还有塞提一世的铭名图案。我看是骨头做的。"

"材料你猜得不错。哈姆迪说,他儿子用古代公墓里的木乃伊骨头刻制的。所以年代好测定。他还说,护身符刻好后再填进火鸡肚里兜一圈,因而表面看上去很有些年代。"

伊冯咯咯笑了。"埃及的古董业真是五花八门,无奇不有。尽管如此,我还是想把这只护身符拿去鉴定一下。"

"好吧,可是还得还给我啊。"艾丽卡喝了最后一口咖啡,不想把一些苦渣子都吸到了嘴里,"伊冯,艾哈迈德·哈赞怎么对你的事这么感兴趣?"

"想必我使他坐立不安了。可我不知道他为什么找你谈,而不找我谈。他把我视为危险的古玩收藏家。他知道我在追查黑市走私路线的过程中,有几件重大收获。我想揭露黑市,这其实并没有什么意义。艾哈迈德·哈赞是这儿官僚机构的一部分。他们不接受我的帮助,很可能怕丢官。此外,他们对英国人和法国人总是耿耿于怀。我是法国人,还带点英国血统。"

"你有英国血统?"艾丽卡带着怀疑的口吻问道。

"我并不经常承认这一点,"伊冯带着很重的法国腔说道,"欧洲的家谱要比大多数人想象的复杂。我祖居在朗布依埃附近的瓦洛斯堡,位于巴黎和夏尔特尔之间。我父亲是德玛尔让侯爵,母亲属于英国哈考特家族。"

"听起来离俄亥俄州的托莱多有十万八千里呢。"艾丽卡轻声说道。

"你说什么?"

"我说,听起来很有意思。"艾丽卡微笑着说。伊冯付了账单。

从饭店出来后,伊冯伸手搂住了艾丽卡的腰。艾丽卡觉得挺惬意。夜晚的空气格外凉爽,一轮满月凌空高挂,穿过路旁的桉树枝叶照射下来。杂虫齐鸣,响彻整个夜空。艾丽卡不禁想起了儿童时代俄亥俄州的八月夜晚。这是个美好的回忆。

"你买了些什么有价值的埃及古董?"他们快走近伊冯的菲亚特时,艾丽卡问道。

"一些珍品,以后让你看看,"伊冯说,"我特别喜欢几尊小金像。一尊是内克贝特的,还有一尊是伊希斯的。"

"买到过塞提一世的古董吗?"

伊冯给艾丽卡打开后车门。"可能有一条项链。我那些玩意儿大多数是新王朝时期的,有几件可能是塞提一世时期的。"

艾丽卡坐进车里,伊冯让她系上安全带。"我喜欢赛车,"伊冯说,"一直系安全带。"

"我看得出来。"艾丽卡说,想起头天坐他汽车的情景。

伊冯笑了起来。"大家都说我开车过快。我还就喜欢开快车。"他伸手到仪表板上拿驾驶手套,"我看,你对塞提一世很了解,跟我不相上下,真有趣。他那神奇的岩洞陵墓在古代什么时候被盗掘的,现在知道得一清二楚。二十王朝的忠实祭师保存了他的木乃伊,还详细记载了他们所做的努力。"

"今天上午我见到塞提一世的木乃伊了。"艾丽卡说。

"令人啼笑皆非,是不是?"伊冯一面问道,一面发动了引擎,"经不起折腾的塞提一世尸体传到我们手里,基本上还完整无损。十九世纪末,乖巧的拉苏尔家族私自挖掘了那座神话般的地下墓。塞提一世只是他们挖到的许多法老木乃伊中的一具。"伊冯回过头,靠着前座后背,把车子倒出来,"拉苏尔一家不慌不忙地盗用了十年,才被抓住。这事真令人吃惊。"他驾车开出饭店,朝开罗急速驶去,"有些人仍然认为,塞提一世的有些财宝还没挖掘出来。你去卢克索参观他那座巨大的陵墓时,会看见一些隧道,这都是人们为了寻找密室,于本世纪得到批准挖掘的。在这里起刺激作用的,是黑市上偶尔冒出几件塞提的文物。其实,见到几件塞提的文物也不足为奇。他的随葬品可能多得令人惊愕。即便他的陵墓被洗劫一空,古埃及人还往往循环使用随葬品嘛。长年以来,这些东西可能埋下又盗走。盗走又埋下,一直往复不断。最后,很可能还有许多埋在地下。很少有人知道,卢克索眼下有多少农民在挖掘古墓。每天夜里,他们把沙漠里的沙子倒来倒去,偶尔会有些惊人的发现。"

"像塞提一世的雕像?"艾丽卡说道,一面又瞧瞧伊冯的脸部侧影。他微笑着,只见晒得黝黑的皮肤衬托着洁白的牙齿。

"确实如此,"他说,"不过你能设想塞提墓被盗之前是什么样吗？天哪，一定神奇无比。如今，图坦卡蒙的财宝已经使我们眼花缭乱了，但与塞提一世的相比，可便是小巫见大巫了。"

艾丽卡知道伊冯说得有道理，特别是在阿卜杜勒·哈姆迪店里见到那尊雕像之后，她更有同感。塞提一世是统治一个帝国的大法老，而图坦卡蒙不过是个微不足道的少年国王，很可能从未掌过实权。

"Merde①！"汽车在坑坑洼洼的路上颠了一下，伊冯不由得叫了一声。汽车经这一颠，顿时震动不已。进入开罗，路面更坏，只好放慢车速。刚入市区，便见到一块块卡纸板，用木棍支撑着。这是新来移民的住房。接着纸板房不见了，取而代之的是用铁皮、布幔搭成的住房，偶尔还见到些油桶。再过去是贫民窟，住房全用易碎的泥砖砌成。最后，终于到了市中心。不过，贫困的气息仍然像瘴气一样四处笼罩。

"到我屋里去喝一杯白兰地好吗？"伊冯问。

艾丽卡拿眼瞟瞟他，想定定神。伊冯请她喝酒，很可能是醉翁之意不在酒。可是，她无疑已经被他吸引住了。而且经过这可怕的一天，一想到能有个人亲热亲热，倒也十分诱人。然而，肉体上的吸引并非总是行动的可靠指南，再说伊冯这个人又好得令人难以置信。她望着他，心里承认自己不是他的对手。事情来得太快了。

"谢谢你，伊冯，"艾丽卡温柔地说，"不必了吧。也许你愿意到希尔顿再喝一杯。"

"当然愿意。"伊冯没有坚持要她去他屋里，艾丽卡不免有些失

---

① 原文为法语中的粗俗话，相当于"妈的，见鬼"。

望。也许她吃了胡思乱想的亏。

到了酒店,他们决定还是随便走走,这比待在烟雾弥漫的酒吧厅要好。他们手拉着手,穿过车来人往的库尔尼什-尼罗大街,来到尼罗河畔,漫步走上解放大桥。伊冯向艾丽卡指点了罗达岛顶端的子午线宾馆。一艘孤帆船在洒满月光、微波荡漾的水面上悄悄滑过。

两个人闲步溜达着,伊冯用胳膊搂着艾丽卡,艾丽卡则把自己的手搭在他的手上。她还是有些不好意思。好长时间以来,她除了理查德,没有跟别的男人接近过。

"有个名叫斯特凡诺斯·马科里斯的希腊人今天到了开罗。"伊冯说,一面在栏杆旁停下脚步。他们都凝视着水面上闪闪烁烁的光影。"我想他会给你打电话,约你见面的。"

艾丽卡疑惑地抬起眼来望望他。

"斯特凡诺斯·马科里斯在雅典经营埃及古董,难得来埃及。我不知道他来开罗干什么,不过倒想搞清楚。表面上,他来这里是因为阿卜杜勒·哈姆迪被杀。但也有可能是冲着塞提雕像来的。"

"他找我是要打听谋杀案?"

"是的。"伊冯说,他仍然避着不看艾丽卡,"我不知道他是怎么牵连进去的,但是他确实有牵连。"

"伊冯,我不想再跟阿卜杜勒·哈姆迪这件事发生牵连。说实话,这事使我担惊受怕。我知道的都已经告诉你了。"

"我知道,"伊冯安慰地说,"可遗憾的是,你是我唯一的希望。"

"你这是什么意思?"

伊冯转身对着她。"你是塞提雕像的最后一条线索,斯特凡诺斯·马科里斯跟倒卖第一尊塞提雕像有牵连,那是卖给了休斯敦那个人。我担心他跟这尊雕像也有关系。你知道阻止掠夺古董的斗争,对我来说有多么重要。"

艾丽卡的眼光越过伊冯,看着希尔顿酒店的辉煌灯火。"买下第一尊塞提雕像的那个休斯敦人今天也来了。他下午在希尔顿休息大厅里找过我。他的名字叫杰弗里·赖斯。"

看得出来,伊冯绷紧了嘴唇。

"他跟我说,"艾丽卡接着说,"只要有人告诉他第二尊塞提雕像的下落,以便他去购买,他愿出一万美元赏金。"

"天哪,"伊冯说,"这一下开罗可要乱套了。我一直在担心艾哈迈德·哈赞和文物部门是否会发觉这尊雕像。艾丽卡,这就是说,我必须加紧工作。你不想跟这件事发生牵连,我理解你的心情。但是请你帮我个忙,见见斯特凡诺斯·马科里斯。我要知道他在搞些什么名堂,而你是能帮这个忙的。凭着杰弗里给那么一大笔赏金,我们就可以知道雕像还没有脱手。要是我不赶紧行动,这尊雕像也会不翼而飞,成为私人收藏品。我只请你见见斯特凡诺斯·马科里斯,然后告诉我他说了些什么。他说的一切。"

艾丽卡看着伊冯恳求的面孔。她感到他重任在肩。她心里明白,追回这尊神奇的塞提一世雕像,留给广大民众观赏这该有多么重要啊!

"你肯定这保险吗?"

"当然,"伊冯说,"他若来电话,你就约他在公共场所见面。这样你就不必担心了。"

"好吧,"她说,"不过你得再请我吃一顿饭。"

"D'accord①。"伊冯说罢,亲了一下艾丽卡——这次亲了她的嘴唇。

艾丽卡端详着伊冯英俊的面孔。他嘴角上挂着一丝温情脉脉的微笑。她心里嘀咕了一下:他是不是在利用她。随即她又责怪自己不该疑神疑鬼。况且,也许是自己在利用他呢!

艾丽卡回到房间,整个旅行过程中从未觉得这样愉快过。伊冯拨动了她的心弦,她已经好久没有这种感觉了。几个月来,即使理查德也未能使她得到完全的满足。伊冯似乎能使他的性欲看来好像从属于一种富有意义的情谊。他愿意等待,她觉得这也好。到了房门口,艾丽卡赶忙插进钥匙,一把将房门打得大开。看样子,一切东西都原封未动。一想起以前看过的无数电影,她真希望自己事先搞了点布置,好来判断有没有人进过屋子。她拧亮电灯。大步走进卧室。屋内空无一人。接着,她又检查了一下浴室,不禁为自己的故作姿态而感到好笑。

艾丽卡舒了口气,顺手将门一推,门砰的一声关上了,随即听到那把美国锁令人释然的咔嗒一响。她踢掉鞋,关上空调,打开阳台门。只见金字塔和狮身人面像上的泛光灯已经熄掉。她回到屋里,把紧身连衫裙从头上脱下,挂好。尽管这么晚了,还能听见远处库尔尼什-尼罗大街上来来往往的车辆声。除此之外,酒店里阒无声息。正

---

① 法语,一言为定。

当她卸除眼部化妆时,清清楚楚地听见门口发出一阵响声。

她一动不动,瞧着镜子里自己那副样子。她戴着胸罩,穿着内裤,一只眼上的化妆已经卸除。远处,汽车喇叭响了一下,随即又是一片沉寂。她屏住呼吸,侧耳倾听。又听到轻微的金属磕碰声。顿时,艾丽卡吓得面如土色,有人在往她门锁里插钥匙。她一明白过来,便慢慢转过身,一看门上的防夜插销没插上。艾丽卡吓呆了。她不敢冲过去把那根插销插上。她害怕没等她插上,门就给打开。锁芯又咔嗒响了一声。

她看着看着,门上的球形把手缓缓开始转动。艾丽卡望望洗澡间门上的锁。只是把手上有个按钮而已,门本身是一层薄板。转眼间,又听见钥匙插进锁里的声音,她禁不住扭回头来,看着门把手在慢慢旋转。她像只受惊的动物,眼睛在房间里扫来扫去,寻找逃路。阳台!她能不能跳到隔壁阳台上去呢?不行,那得从九层楼高的地方凌空越过。转瞬间,她又想起了电话。她光着脚跑过房间,一把将听筒抓到耳边。她听到了远处的铃声。"回话,"她小声喊道,"请回话。"

门上最后又响了几下,跟先前的声音不一样,说明钥匙已经插到底,而且转动了。锁被打开了,房门毫无声息地开了一条缝,从外面大厅里射进一道刺眼的灯光。艾丽卡连忙将话筒扔到床上,往地上一趴,扭身钻到了床底下。

从床罩边缘下面看出去,只能见到房门的下沿打开了。电话里发出一股嗡嗡声。艾丽卡知道,这可要把她坑了,说明她就躲在房间里!一个男人走进房间,轻轻地关上门。艾丽卡惊恐万状地注视着。只见他冲着床前走来,接着又走出了她的视线。艾丽卡连脑袋也不敢动一动。她听见头顶上的听筒给放好了。随即，这位不速之客又悄然走进她的视线，显然是在查看洗澡间。

她眼睁睁地盯着那两只脚走向壁橱，脸上不觉沁出了冷汗。那个人正在搜寻她呢！他打开壁橱门，随即又关上。接着走回卧室当间，停下脚步，两只脚离艾丽卡的脑袋只有五六英尺远。随后，两只脚向前一步一步地走来，到了床边便停下了。艾丽卡简直可以摸到他了——他离得就这么近。

猛然间，床罩被掀开了，艾丽卡抬起头来，正好看见了那人的脸。

"艾丽卡，你钻在床底下搞什么名堂？"

"理查德！"艾丽卡尖叫着，放声大哭起来。

艾丽卡吓得动弹不了，理查德把她从床底下拖出来，拍掉身上的灰尘。

"说真的，"他咧嘴笑着说，"你钻到床底下干什么？"

"喔，理查德，"艾丽卡说，突然伸出双臂，搂着他的脖子，"我太高兴了，是你啊！我简直说不出有多高兴。"她依偎在他胸前，紧紧抱着他。

"我应该多吓唬吓唬你才是。"理查德高兴地说，两臂搂着她光溜溜的后背。就这样站了好几分钟，艾丽卡才镇定下来，擦干眼泪。

"这真是你吗？"她终于说道，一面仰起头来望着他的脸，"我简直不敢相信。我是做梦吧？"

"你没做梦，是我来了，也许有点疲惫，却跟你一起待在埃及。"

"你看上去是有些疲劳。"艾丽卡把他额前的头发掠到后面，"你好吗？"

"是的，挺好，只是有些累。他们说，飞机出了故障，在罗马耽误了将近四个小时。但还是值得的。你看上去真漂亮。你什么时候开始只化妆一只眼睛的？"

艾丽卡微微一笑，轻柔地搂了搂他。"你要是早一点给我透个信，我会打扮得更漂亮一些。你怎么抽得出空来？"她靠在他怀里，两手压在他胸前。

"几个月前，有位同事的父亲去世了，我帮过他的忙。他欠我的人情，会代我照料急诊和内诊病号的。门诊只好搁一搁。恐怕我前一段工作效率不高，我太想念你了。"

"我也想念你，所以才给你去电话。"

"我很高兴你给我打电话。"理查德说罢，在她额上吻了吻。

"一年前，我问你有没有可能来埃及，你说怎么也抽不出时间。"

"嗯……"理查德说，"当时才开始工作，心里不那么有把握。不过那是一年前的事了，现在我不是来到埃及，跟你在一起了吗？我自己都难以相信。艾丽卡，你刚才趴在床底下干什么？"他嘴角浮出了笑容，"我吓着你没有？这可不是有意的。要是吓着你了，向你道歉。我还以为你睡着了，想悄悄进来，像在家里那样把你弄醒。"

"你吓着我没有？"艾丽卡问道，然后冷冷一笑，她从他怀里挣开，到壁橱里取了件白色网眼晨衣，"我还是觉得虚弱无力。我是说，你把我吓死了。"

"我很抱歉。"理查德说。

"你怎么搞到钥匙的？"艾丽卡坐在床沿上，两手搭在腿上。

理查德耸耸肩膀。"我走进酒店，要了九三二号房间的钥匙。"

"他们就给你了？没有盘问你？"

"没有。酒店里，这种事情并不罕见。我倒希望他们问问我，也好让你大吃一惊。我真想看看，你一听说我在开罗时，脸上会有什么表情。"

"理查德，这两天我碰到的倒霉事够多了，你还来这么一下子，也许再糟糕不过了。"她的话音有些尖刻，"其实，真是蠢透了。"

"好了，好了，"理查德说着举起双手，摆出一副假装自卫的样子，"要是吓着你了，我赔礼道歉。我又不是故意的。"

"你难道没想过，你半夜三更溜进我的房间，我会吓成什么样子？真的，理查德，我说得并不过分。即便在波士顿，这样做也不恰当。我看你压根儿就没为我着想。"

"嗨，我是急着来看你啊，我是说，千里迢迢来看你。"理查德的笑容消失了。他的沙色头发蓬乱不堪，眼睛围着黑圈。

"我越琢磨这件事，越觉得像白痴干的。天哪，我真要犯心脏病了。你吓死我了。"

"我很抱歉，我说了，我很抱歉。"

"'我很抱歉，'"艾丽卡恼火地重复道，"说一声'抱歉'就万事大吉了？才不那么容易呢。两天目睹两起谋杀案已经够倒霉了，再碰上这种没轻没重的恶作剧！谁还受得了！"

"我以为你看见我会高兴的，"理查德辩解着，"刚才你还说，看见我很高兴。"

"我很高兴，你不是个强奸犯或杀人犯。"

"这话听上去，敢情使人觉得很受欢迎啰。"

"理查德，你究竟来这儿干什么？"

"来看你。我绕了半个地球来到这座尘土飞扬、热气腾腾的城市，为的是让你知道我多么牵挂你。"

艾丽卡张开嘴，但没有马上说话。她的火气有些消减。"我特别关照过你，叫你别来。"她说，好像在跟一个淘气孩子说话似的。

"我知道，不过我跟你母亲商量过。"理查德坐到床上，想去握艾丽卡的手。

"什么？"她问道，一面不让他握自己的手，"你再给我说一遍。"

"给你说什么？"理查德茫然地问道。他意识到她的火气又上来了，但不知为什么。

"你和我母亲搞密谋。"

"不要用那个字眼，我们商量我该不该来。"

"太妙了，"艾丽卡讥笑地说，"我敢打赌，你们一定认为：艾丽卡还是个毛丫头，现在正是不好管的时候，不过慢慢会改邪归正的；暂时还要把她当孩子对待，放任着一点。"

"瞧你，艾丽卡。我可以告诉你，你母亲可关心你了。"

"我看不见得，"艾丽卡说着从床上站起来，"我母亲把她的生活和我的生活混淆不分了。她总是婆婆妈妈的，真把我给烦死了。你懂吗？"

"不，我不懂。"理查德说。他也开始冒火了。

"我知道你不懂。我觉得，这可能跟犹太血统有关系。我母亲一心想让我步她的后尘，可她也不想想我究竟是怎样一个人。也许她是为了我好。不过，我还觉得，她是想通过我的生活来证明她的生活道路是正确的。问题是我妈和我完全不一样；我们是在不同的世界里长大的。"

"只有当你这么说话的时候，我才把你看作个孩子！"

"我看你一点也不懂，理查德，压根儿不懂。你甚至不知道我为什么来埃及。我向你解释过多少次了，可你就是不想理解。"

"这话不对。我想我知道你为什么来这里。你是怕承担义务。事情就这么简单。你要显示你的独立精神。"

"理查德，你不敢把这话倒过来吧。你才怕承担义务呢！一年前，你连结婚的事都不愿谈。现在却突然要起老婆、房子和狗来了。我这样排列这些东西，我看没有什么关系。不过，我不是谁的个人财产，不是你的，也不是我母亲的。我到埃及来不是为了表现我的独立精神。如果真的要这样做，我就会飞到与世隔绝的休假胜地，比如梅达俱乐部，在那里什么也不用想。我来埃及是因为我费了八年心血研究古代埃及，这是我终生的工作。这是我生命的一部分，就像医学是你生命的一部分一样。"

"你是不是想跟我说，对你的事业说来，爱情和家庭都是次要的东西。"

艾丽卡闭上眼睛，叹了口气。"不，不是次要的。你目前对结婚的理解就是要我放弃知识。你一直把我的工作看成一种自讨苦吃的业余癖好。你根本就不把它当作一回事。"

理查德刚想分辩，艾丽卡又接着说："我不是说你不愿意我得到个令人羡慕的博士学位，可你并不是为我高兴。这只是符合了你给自己设计的宏伟蓝图。我想这会使你感到更加心胸开阔,更加才智过人。"

"艾丽卡,我觉得这样说不公平。"

"别误解我,理查德。我知道我也有一定责任。我过去从不肯表明我是多么热爱我的工作。相反,我却加以掩饰,唯恐把你吓跑了。现在可不同了。我认识到自己是怎样一个人。这不是说,我不要结婚。我是说,我不想成为你心目中的贤妻良母。我来埃及是想做一些与我业务知识有关的事情。"

艾丽卡的争辩把理查德镇住了。他太累了,不想吵架。"你一心想有所作为,为什么偏偏挑了这么个冷门?艾丽卡,我是说,埃及学!新王国的象形文字!"理查德躺到床上,两只脚仍然踩着地板。

"埃及古董产生的作用比你想象的要大得多。"艾丽卡说。她走到衣柜跟前,拿起杰弗里·约翰·赖斯送给她的装着照片的信封,"这两天来,我对这点越来越深有感触,尽管这是个痛苦的过程。你看看这些!"艾丽卡把信封扔在理查德胸口上。

理查德显然费了很大劲才坐起来。他抽出照片,匆匆看了看,然后又放回到信封里。"这雕像不错。"他随随便便地说了一句,又倒在床上。

"这雕像不错?"艾丽卡挖苦地说,"这可能是迄今发现的最精美的古代埃及雕像。我目睹了两起谋杀案,其中至少有一起与这尊雕像有关。而你却只说一声不错。"

理查德睁开一只眼睛,看着艾丽卡,只见她带着轻蔑的神气,靠在衣柜上。透过带有网眼的绣花睡衣,她的两只乳头清晰可见。理查德也不坐起来,又从信封里抽出照片,仔细地看了起来。"好吧,"他最后说,"一尊漂亮的、致命的雕像。两起谋杀案,你这话是什么意思?你今天又看见一起啦?"理查德撑起身子,半坐半躺着,眼睛半睁半闭。

"我不仅看见了,被害人还倒在我身上呢。没法再近了,也没法不给卷进去。"

理查德盯着艾丽卡看了几分钟。"我看你还是回波士顿好。"他尽量用命令的口气说道。

"我还要留在这里,"艾丽卡断然地说道,"事实上,我想为打击古董黑市出点力。我觉得我能帮点忙。我要阻止有人把那尊塞提雕像偷运出埃及。"

由于全神贯注的缘故,艾丽卡都忘了时间。一看表是凌晨两点半,不免有些吃惊。她一直待在阳台上,坐在一张从房间里拖出来的小圆桌旁。床头柜上的台灯也拿出来了,台灯在桌上投下一圈亮光,照亮着休斯敦雕像的照片。

理查德和衣躺在床上,呼呼地睡熟了。艾丽卡坚持要给他另找一个房间,但宾馆住满了。谢拉顿宾馆、牧羊人宾馆、子午线宾馆也都客满。艾丽卡正想给吉齐拉岛上的一家宾馆打电话,不料理查德早已打起呼噜,进入梦乡。艾丽卡只好作罢。她不想和他一起睡。现在既然他已入睡,她就决定到了早晨再去另找房间。

艾丽卡因为过度兴奋,难以入睡,便决定研究一下照片上的象形文字。她对两个法老铭名图案上的简短铭文特别感兴趣。象形文字不好懂，因为没有元音，必须正确理解上面的指示。塞提雕像上的铭文看来比一般的更隐晦，仿佛原来的撰写人有意要写成密码似的。这段铭文应该从哪个方向阅读，艾丽卡都没有把握。不管她怎么读，横竖不成意义。为什么少年国王图坦卡蒙的名字要刻在一位伟大法老的雕像上？

据她理解，这段文字应该是："愿赐予（或授予）上下埃及的国王、阿蒙-腊神的儿子、奥西里斯的钟爱者塞提一世法老陛下以永远安息（或安宁），他在图坦卡蒙之后（或后面、之下）执政（或在位、在世）。"根据她的记忆，这个译文与洛厄里博士在电话里说的相当接近，但她并不满足。这看来太简单了。无疑，塞提一世是在图坦卡蒙之后五十年左右在位或在世的。不过，有那么多法老，为什么不挑选图特摩斯四世① 或其他伟大的王国奠基者呢？此外，铭文中最后一个前置词也使她伤透脑筋。她决定不用"在……之下"一词，因为塞提一世和图坦卡蒙之间并没有王朝之间的联系，也没有任何家族之间的联系。事实上，在塞提王朝之前，图坦卡蒙的名字早就被篡位的将军霍伦希布法老从历史上抹去了。她也决定不用"在……后面"一词，因为图坦卡蒙在历史上微不足道。于是只剩下了"在……之后"。

艾丽卡把译出的这个句子朗读了一遍。听起来仍然过于简单，因而也就有些神秘莫测。但是，绞尽脑汁地去琢磨一个三千年前的人的思想，也使她感到非常激动。

回过头来看看房间里熟睡的理查德，艾丽卡比以往任何时候都

---

① 图特摩斯四世，古埃及第十八王朝的第八位法老（公元前1401—前1391）。

感觉到他们之间隔着一道鸿沟。理查德永远不会理解她对埃及的酷爱，也不会理解她这种强烈的求知欲已成为她个性中必不可少的组成部分。

她从桌子边上站了起来，拿着台灯和照片走回屋里。灯光照在理查德的脸上，只见他嘴唇微微张开，使他看上去突然年轻起来，就像个孩子。艾丽卡回忆起他们刚结识的时候，对当时那种纯朴的感情无限眷恋。她确实很喜欢他，但又很难面对现实：理查德永远只是理查德。他是搞医学的，他的职业使他缺乏自知之明。艾丽卡知道，他是不会改变的。

艾丽卡关掉灯，在理查德身旁躺下。他哼了一声，翻了个身，一手搭在艾丽卡胸前。她轻轻拿开他的手。她要保持一点距离，不愿意他碰她。她想起了伊冯，认为他既把她当成一个女人，又把她视作一个平等的知识分子。艾丽卡在暗淡的光线下看着理查德，心想把这个法国人的情况告诉他，理查德准会生气的。她望着黑乎乎的天花板，猜想他会怎样吃醋。他会说，艾丽卡就是想跑出去找个情人。他永远也理解不了她那种强烈的责任感：不让第二尊塞提一世雕像从埃及偷运出去。"走着瞧吧，"她在黑暗中对理查德轻声说道，"我会找到那尊雕像的。"理查德在睡梦中哼了一声，翻过身去。

第三天

开罗　上午八点

　　第二天早晨，艾丽卡一觉醒来，以为自己又忘了关淋浴龙头，可是一想起理查德的突然到来，方知是他打开了水龙头。她撩起耷拉在额前的一绺头发，脑袋在枕头上就势一翻，恰好可以冲着敞开的阳台门看出去。楼下川流不息的车辆声和淋浴声交织在一起，宛如远方的瀑布，令人感到悦耳动听。她又怡然自得地合上眼睛，回想起她昨晚所下的决心。突然，淋浴声停止了。艾丽卡一动不动地躺着。转眼，理查德轻轻走进屋里，使劲擦着沙色的头发。艾丽卡小心翼翼地转过头，一面还在装睡。她眯缝着眼睛看去，惊讶地见他一丝不挂。她瞧着他用毛巾擦好身子，走到敞开的阳台门前，端详起远方的大金字塔和在一旁守护的狮身人面像。他的身材确实很美。她瞅着他腰背的曲线，颇觉优雅动人；再瞧瞧他线条优美的双腿，显得强健有力。艾丽卡赶紧闭上眼睛。她与理查德本来就随随便便，再去看他那富有性感的身子，她害怕自己忍受不了。

　　过了一阵，艾丽卡模糊觉得有人在轻轻推她。她睁开眼睛，恍恍惚惚地正好看见了理查德的蓝眼睛。他下身穿着牛仔裤，上身穿着合体的海军蓝针织衬衫，脸上露出调皮的微笑。他的头发梳得整整齐齐，只是还泛着一道道天然鬈。

"来吧，睡美人，"理查德说着，亲了一下她的前额，"再过五分钟，早饭就送来了。"

艾丽卡洗淋浴时，心里在盘算：她怎么能既坚定不移，说起话来又不无情无义？她希望伊冯别来电话，而一想起他，就又联想到塞提一世的雕像。在半夜里宣布要参与打击黑市的行动，这是一码事；真正开始行动，却是另一码事。她懂得，她若是想找到那座雕像，非得有个计划之类的东西。艾丽卡往身上涂着味道难闻的埃及肥皂，不由得第一次思忖起她目睹阿卜杜勒被杀一事，会继续给她带来危险。她一面纳闷自己为什么以前没想到她的这一处境，一面赶快冲洗干净，离开了淋浴龙头。"当然，"她大声说，"危险不危险，取决于凶手知不知道我是目击者。幸而他们没有看见我。"

艾丽卡拿梳子梳理着湿漉漉、乱糟糟的头发，同时往镜子里照去。她下巴上的丘疹已经蜕变成一个红斑，埃及的阳光把她的皮肤晒得红彤彤的，十分迷人。

化妆时，艾丽卡回想着她与阿卜杜勒·哈姆迪的谈话。他说，那尊雕像暂时存放在他店里，以后还要运走，很可能运出埃及。艾丽卡期望，阿卜杜勒·哈姆迪的被杀，意味着雕像还没运出埃及。有个事实为她的这个设想提供了证据：要是雕像出现在诸如瑞士之类的中立国家，伊冯、杰弗里·赖斯以及伊冯说到的那个希腊人，是会有所耳闻的。所以，总的说来，她倒蛮有把握地觉得，雕像不仅还在埃及，而且还在开罗。

艾丽卡检查了一下她化的妆，可以啦。她只用了一点点染睫毛油。富有浪漫意味的是，四千年前，埃及的妇女就是用同样的方式来染睫毛的。

理查德敲门。"早饭在阳台上吃。"他操着英国腔说。听他那话音，艾丽卡心想，他还真够乐滋滋的。要说服他，可就难上加难了。

艾丽卡透过门缝喊道：她过几分钟就出来。随后，便开始穿衣服。她找不到带背带的布裤。她知道，在这大热天里穿牛仔裤，未免太热了些。她一面往那紧裤管里伸腿，一面想起了那位希腊人。她不晓得他为什么要找她，不过，也许他会提供点情况。说不定，她用一些他所需要的材料，可以换取有关黑市活动的内幕消息。这是一次冒险的尝试，但至少是个开端。

艾丽卡把罩衫塞进裤子里，随即便琢磨开了：那位希腊人——或者任何其他人——是否懂得她昨天晚上试图翻译的象形文字的重要意义？相形之下，塞提一世的奥秘比失踪的雕像来得更重要。这位古埃及人生活在三千年以前。在他统治的头十年，他曾发动了对中东和利比亚的军事进攻，并且大胜而归；除此之外，艾丽卡还记得，这位伟大的法老在阿拜多斯修建了一座大庙宇，扩建了卡纳克神庙，还在国王谷建造了一座极为壮观的山洞陵墓。

艾丽卡意识到，可以找到更重要的资料，便决定返回埃及博物馆，使用她的业务介绍信。这样，在等待跟那个希腊人见面之前，就有事情可做了。另一个可能给她提供情报的人，是阿卜杜勒·哈姆迪提到的那个儿子，他在卢克索开了个古玩店。艾丽卡打开浴室门，心里打定了主意。她要尽快地逆尼罗河而上，奔赴卢克索，找到阿卜杜勒·哈姆迪的儿子。她认为，这是她想到的最好的主意。

理查德要了一顿丰盛的早餐。跟昨天早晨一样，饭在阳台上吃。银制的加热器下，摆着鸡蛋、咸猪肉和新鲜的埃及面包。冰块里放着番木瓜片。咖啡就等着倒了。理查德像个神情紧张的侍者，围着桌子团团转，把餐具餐巾摆弄来摆弄去。

"哦，殿下，"理查德仍然操着英国腔说，"您的早餐已经准备就绪。"他将一张椅子往后一拉，示意叫艾丽卡入座，"您先请。"说着，举起一只只盘子。

艾丽卡确实有些感动了。理查德不像伊冯那样老于世故，但是他的举止却很惹人喜欢。虽然他在大多数情况下表现得很坚强，艾丽卡知道，他还是很脆弱的。她还知道，她马上要说的话，会伤他的心。她开口了："我们昨晚的谈话，不知道你还记得多少。"

"全都记得，"理查德说，一面举起叉子，"事实上，为了不使你走得更远，我想提个建议。我看，我们这就去美国大使馆，把你的遭遇如实地告诉他们。"

"理查德，"艾丽卡说，她知道，理查德在转移她的目标，"美国大使馆也无能为力。你要现实些。我其实并没遭到什么不幸，只是在我周围出了点事。不，我不去美国大使馆。"

"好吧，"理查德说，"你若是这样认为，那也好。嗯，谈谈你说的别的事情吧。谈谈我们。"理查德顿了顿，手指抚摸着咖啡杯，"你谈到我对你的工作的态度，我承认，你的话有几分道理。好吧，我想要求你成全我一件事。"他抬起眼睛，碰到艾丽卡的目光，"让我们一起在埃及过一天，比方说，在你的领地上也行。给我个机会，亲自看个究竟。"

"不过，理查德……"艾丽卡说。她想谈谈伊冯和她的感情问题。

"对不起，艾丽卡。你得承认，我们以前从来没有讨论过这个问题。给我点时间。我们今天晚上谈谈，一言为定。不管怎么说，我千里迢迢赶来，总该算作一份情义吧。"

"是该算作一份情义。"艾丽卡疲惫地说。一遇到这种多情善感的时刻，她就会感到筋疲力尽。"不过，即使那样一个决定，也应该由我们一起做出。谢谢你的一番好意，但是我仍然认为，你并不理解我为什么来到这里。对于我俩将来的关系，我们的看法似乎迥然不同。"

"这正是我们要讨论的问题，"理查德说，"但是现在不讨论。留到今天晚上。我现在所要求的，只是开开心心地在一起过一天，让我好看看埃及，领略一下埃及学。我想，这点面子还是该赏的吧。"

"好吧，"艾丽卡勉强地说，"不过，今天晚上还是要讨论的。"

"好啊，"理查德说，"这个问题解决了，我们就讨论一下活动计划。我真想看看那些宝贝。"理查德手里抓着一片吐司，向吉萨的狮身人面像和金字塔指去。

"真对不起，"艾丽卡说，"今天已经安排好了，我们上午去埃及博物馆，看看塞提一世的材料，下午再回到发生第一起谋杀案的地方——阿卜杜勒古玩店。金字塔以后再说。"

艾丽卡急急忙忙地吃着早饭，想赶在伊冯来电话之前离开房间。但是，她没来得及。就在理查德忙着往他的尼康照相机里装胶卷时，她抓起了听筒。"喂？"她平静地说。正如她所担心的，打电话的是伊冯。她知道自己问心无愧，但她还是感到内疚。她原想把这位法国人的情况告诉理查德，可他打断了她的话头。

伊冯兴致很高，对昨天晚上的事赞不绝口。艾丽卡在适当的时候默认一声，但她知道，她的声音听起来是做作的。

"艾丽卡，你还好吧？"伊冯最后问道。

"是的，是的，我挺好。"艾丽卡想设法结束这场谈话。

"要是有问题，你会告诉我吧？"他带着惶恐的语气问道。

"当然。"艾丽卡连忙说道。

她停顿了一下。伊冯知道，情况不对头了。

"我们昨天晚上一致认为，"伊冯说，"我们昨天应该在一起度过。你看今天怎么样？我要带你去看一些名胜古迹。"

"不用啦，谢谢你，"艾丽卡说，"我有位不速之客，他是昨晚从美国赶来的。"

"没关系，"伊冯说，"你的客人也欢迎。"

"这位客人凑巧是……"艾丽卡吞吞吐吐地说，"男朋友"吧，似乎还不到火候。

"情人？"伊冯踌躇地问。

"男朋友。"艾丽卡说，她想不出更微妙的字眼啦。

伊冯砰的一声撂下电话。"女人。"他气愤地说，两片嘴唇抿得紧紧的。

拉乌尔从他那本一周前出版的《巴黎竞赛画报》上抬起眼，竭力想忍住笑。"这位美国姑娘使你伤脑筋了。"

"住口！"伊冯带着无名的怒火说道。他点燃一支香烟，边吸边向天花板上吹去，蓝色的烟云滚滚翻腾。他觉得，艾丽卡的客人来得突兀，这是完全可能的。但是，他有个无法排除的疑虑，说不定她存心不告诉他，好继续诱惑他。

他捻灭香烟，朝阳台走去。通常，他是不为女人所烦恼的。他若是觉得她们不称心，就索性一走了之。事情就是这么简单。天下的女人多得是。他俯视着顺风南行的十几艘小船。看着这静谧的情景，他心里感到轻松了些。

"拉乌尔，再给我把艾丽卡·巴伦盯上。"他叫道。

"好的，"拉乌尔说，"哈利法就在山鲁佐德旅馆，任我调遣。"

"告诉他克制点，"伊冯说，"不要再随便杀人。"

"哈利法坚持说，他打死的那个人一直在跟踪艾丽卡。"

"那个人是为文物部工作的。说他跟踪艾丽卡，令人难以置信。"

"唔，我向你担保，哈利法是第一流的，这我很清楚。"拉乌尔说。

"但愿如此，"伊冯说，"斯特凡诺斯今天和这位女郎见面。跟哈利法打个招呼，可能要出事。"

"萨瓦特·费克里博士现在可以见你。"一个体魄健壮、胸脯高高隆起的秘书说道。她约莫二十来岁，生气勃勃，热情洋溢，给埃及博物馆的沉闷气氛带来了一丝生气。

馆长办公室像是一孔装有百叶窗的幽暗窑洞。格格作响的空气调节器使屋子保持凉爽。屋子四周镶着黑色壁板，宛如维多利亚时代的书房。有面墙上装饰着一座假壁炉，这在开罗显然是不合时宜的；其他几面墙跟前都立满了书架。屋子中央摆着一张大办公桌，桌上堆满书刊文件。费克里博士坐在桌子后面。当理查德和艾丽卡进屋时,他抬起眼睛,从眼镜顶上望去。他是一位个头很小、神情紧张的人,大约六十来岁,长着一副尖嘴猴腮,头发粗硬而灰白。

"欢迎你,巴伦博士。"他说,连身子也没抬一下。艾丽卡的介绍信在他手里微微颤抖。"对于来自波士顿美术馆的人员,我总是热烈欢迎的。雷斯纳的出色工作给了我们很大帮助。"费克里博士直盯着理查德看。

"我不是巴伦博士。"理查德笑嘻嘻地说。

艾丽卡向前迈了一步。"我是巴伦博士,谢谢你的热情接待。"

费克里博士从迷茫中恍然大悟,不禁有些尴尬,"请原谅,"他简单地说,"从你的介绍信上可以看出,你计划对新王国的纪念物做些实地翻译工作。我很高兴。你有大量的工作可做。我要是能帮什么忙的话,愿意为你效劳。"

"谢谢你,"艾丽卡说,"事实上,我就是来求你帮忙的。我想了解一点有关塞提一世的背景材料。我可以查阅一下博物馆的材料吗?"

"当然可以。"费克里博士说。他的语气略微有点变化。他与其说在回答,不如说在询问,似乎艾丽卡的要求使他为之一惊。"遗憾的是,我们对塞提一世了解得不多。这你无疑是知道的。除了他的碑文的译文之外,我们还有他早期出征巴勒斯坦时的部分书信。大致就这么些。我相信,你的实地翻译一定会丰富我们的知识。我们已有的材料十分陈旧,整理好以后又有不少新的发现。"

"他的木乃伊呢?"艾丽卡问。

费克里博士把艾丽卡的介绍信递还给她。当他伸出胳膊的时候,他的手抖得更厉害了。"他的木乃伊就在我们馆里。那是拉苏尔家族非法盗掘的提埃尔巴哈利墓葬的一部分。现正摆在楼上展出。"他瞧瞧理查德,理查德又是微微一笑。

"这具木乃伊仔细检查过吗?"艾丽卡问。

"不错,"费克里博士说,"还解剖过呢。"

"解剖过?"理查德疑惑地问道,"木乃伊怎么解剖?"

艾丽卡抓住理查德的胳膊。理查德心领神会,仍然保持缄默。费克里博士好像没听见他的疑问似的,继续往下说。"最近,一支美国考察队还给木乃伊拍了X光。我将荣幸地让你查阅我们图书馆的所有资料。"费克里博士立起身来,打开办公室的门。他走起路来半曲着身子,看上去像个驼背,两手蜷曲着耷拉在两侧。

"还有一个要求,"艾丽卡说,"你们是不是有不少关于发掘图坦卡蒙墓的资料?"

理查德从艾丽卡旁边走过去,狡谲地一斜眼睛,想看看秘书在做什么。她正在闷着头打字。

"哦,在这方面,我们可以帮你的忙,"费克里博士一面说,一面带着他们步入一间大理石大厅,"如你所知,我们正在计划利用'图坦卡蒙珍贵文物'环球巡回展出筹集的部分资金,修建一座博物馆,专门收藏他的文物。现在,我们有一整套卡特的笔记,这是从被他称之为'入墓日志'上摘录下来的,拍在微缩胶卷上。此外,还收集了卡特、卡那封和其他与发掘陵墓有关的人员的大量来往信件。"

费克里博士把艾丽卡和理查德交给一个沉默寡言的年轻人照顾。据他介绍,这个年轻人姓塔拉特。塔拉特仔细听取了博士的详尽指示,然后鞠了个躬,由一道侧门走了出去。

"他会取来塞提一世的有关材料,"费克里博士说,"谢谢你的光临。要是有进一步用得着我的地方,请告诉我。"他和艾丽卡握手,脸上不由自主地痉挛了一下,嘴部露出一副冷笑的神态。他离去时,两手往上一拎,手指有节奏地抓来抓去,可他手里什么东西也没有。

"天啊,多棒的地方,"馆长走后,理查德说道,"可爱的人儿。"

"费克里博士倒也做出了一些成就。他的专长是古埃及的宗教、葬仪和木乃伊制作法。"

"木乃伊制作法!我猜也猜得出来。巴黎有个大教堂,马上就会雇用他。"

"放正经点,理查德。"艾丽卡说,情不自禁地微笑着。

偌大的房间里摆满了破旧不堪的栎木长桌,他们在一张桌前坐了下来。房间里的所有东西都蒙着一层很细的开罗灰尘。一溜小爪印穿过房间,钻到艾丽卡的椅子底下。理查德告诉她,这是老鼠的爪印。

塔拉特拿进来两只巨大的红纸袋,都用细绳系着。他把纸袋交给理查德。理查德轻蔑地一笑,又递给了艾丽卡。第一只袋上标着"塞提一世(第一部分)"。艾丽卡打开袋子,把里面的材料摊在桌子上。这都是有关这位法老的文献的复印件。有一些是法文的,有两件是德文的,但大多数是英文的。

"嘘——"塔拉特碰碰理查德的手臂。

理查德听到这声音,惊奇地转过头。

"你要买古代木乃伊上刻有圣甲虫的护身符吗?便宜得很。"塔拉特伸出一只握着的手,手心向上。当他像五十年代兜售色情画的货郎似的侧着头看时,他的手指慢慢张开,露出两只略带湿气的圣甲虫护身符。

"这家伙不是开玩笑吧?"理查德问,"他想卖圣甲虫护身符。"

"肯定是伪造的。"艾丽卡说。她只顾工作,头也没抬一下。

理查德从塔拉特展开的手心里拿起一只圣甲虫护身符。

"一英镑。"塔拉特说。他神色紧张起来。

"艾丽卡,你看看这个。一只小巧玲珑的圣甲虫护身符。这家伙倒挺有胆量的,敢在这里做起买卖了。"

"理查德,在这个地方,你到处都能买到圣甲虫护身符。也许你该在馆里四处转转,等我把事情办完。"她抬起头来,看他对她的建议有何反应,发现他并不在听她说话。他从塔拉特手里拿过另外一只圣甲虫护身符。

"理查德,"艾丽卡说,"别叫你遇见的头一个货郎糊弄了。给我一个看看。"她接过一只护身符,翻过来,读下面的象形文字。"天哪!"她说。

"你看是真品吗?"理查德问。

"不,不是真品,是一件精巧的赝品。太精巧了。上面刻有图坦卡蒙的名字。我知道出自谁的手。阿卜杜勒·哈姆迪的儿子。令人惊异。"

艾丽卡用二十五皮阿斯特,向塔拉特买下了一只护身符,然后打发他走了。"我已经买过一只哈姆迪的儿子做的赝品,上面有塞提一世的名字。"艾丽卡心想,要记住把这只赝品护身符从伊冯手里要过来。"不知道他还用过哪些法老的名字。"

在艾丽卡的坚持下,他们又回头研究文献。理查德拿起几件复制品。他们不声不响地看了半个小时。"这是我读到的最枯燥的材料,"理查德终于说道,把一份材料掷到桌子上,"我原以为病理学是枯燥乏味的。天哪。"

"你得抓住它的来龙去脉,"艾丽卡用教诲的口吻说,"你现在看到的,都是些零碎材料,拼凑起来,便成为一个生活在三千年前的大人物的史料啦。"

"咳,这些文献要是稍有一点情节的话,那就好读多了。"理查德放声笑了。

"在塞提一世执政前不久,有位法老,他曾试图把埃及的宗教变成一神教。"艾丽卡说,对理查德的评论置之不理,"他的名字叫阿克那顿。全国上下陷入一片混乱,塞提改变了这种局面。他是个强硬的统治者,在国内和帝国的大部分地区恢复了稳定。他三十岁左右登基,统治了大约十五年。除了他在巴勒斯坦和利比亚进行的几次战役之外,关于他的具体情况,现存材料寥寥无几。这是令人遗憾的,因为他统治的时期,在埃及历史上十分惹人瞩目。我所说的是一段五十多年的时期,从阿克那顿到塞提一世。这肯定是个引人入胜的时代,充满了混乱、动荡和激情。可是令人沮丧的是,我们对此不甚了解。"艾丽卡轻轻敲了敲那一堆堆复印件,"图坦卡蒙就是在那个时期执政的。说来也怪,在挖掘图坦卡蒙的巨大陵墓时,出现了一个令人大失所望的情况。尽管发现了大量金银财宝,却没有历史文献。就连一件纸草书也没见到!一件也没有!"

理查德耸了耸肩。

艾丽卡晓得，他想分享她的激动，但是又分享不了。她回脸看着桌子。"让我们看看另一只袋里有些什么内容。"说着，把"塞提一世（第二部分）"里的文件抽到桌子上。

理查德顿时活跃起来。材料里有几十张塞提一世木乃伊的照片，其中包括几张X光照片，一份修改过的尸体解剖报告和几件复印文献。

"天啊。"理查德说，装出一副十分震惊的样子。他拿起一张塞提一世的面部照片。"这副样子跟我一年级上解剖学时见到的尸体一样吓人。"

"初看是吓人，但是你看的时间越长，它就越显得安详。"

"算啦，艾丽卡，它看上去像个食尸鬼。安详？让我清静清静吧。"理查德拿起尸体解剖报告，读了起来。

艾丽卡发现一张全身X光照片。它双臂交叉着搭在胸前，看上去就像万圣节前夕的骷髅一样。不过，她还是仔细地研究起来。突然，她发觉一个奇怪现象。同所有法老的木乃伊一样，它两臂交叉在一起，但双手张开，而不是握着。手指伸展着。别的法老安葬时，手里都抓着锤矛和权杖，这是王位的徽记。可是塞提一世却与众不同。艾丽卡想查明原因何在。

"这称不上解剖，"理查德说，打断了她的思绪，"我的意思是，它们没有内部器官。只有一只躯壳。验尸时，躯壳的检查是很粗略的，除非发现特别征象。所谓解剖学，实际上是用显微镜对内部器官进行检查。可在这里，他们只取了一点点肌肉和皮肤，进行检查。"他从艾丽卡手里拿过X光照片，举在手里查看着，"肺部清晰。"理查德说着，哈哈笑了。艾丽卡不解其意，理查德便解释说，因为两肺自古就被摘除,从 X 光透视可以看出,胸部是清晰的。他的解释听起来并不滑稽,于是,他的笑声也随之消失。艾丽卡的目光越过理查德的胳臂上方,看着照片。塞提一世张开的手仍然使她迷惑不解。她感到,这里面大有文章。

大玻璃橱里,有两张铅印卡片。为了消磨时间,哈利法俯下身读了起来。一张卡片很旧,上面写着:"图坦卡蒙的金御座,公元前约一三五五年。"另一张卡片是新的,上面写着:"暂时取走,参加图坦卡蒙文物环球巡回展出。"哈利法从他站的地方,透过空荡荡的陈列柜,可以一览无余地看见艾丽卡和理查德。通常,他从来不肯如此接近跟踪目标,可是眼下,他却有些鬼迷心窍了。他从未接受过这种任务。头一天,他满以为自己救了艾丽卡一命,不想被伊冯·德玛尔让大骂一顿。德玛尔让对他说,他打死了一个区区小公务员。可是哈利法自有远见之明。那位公务员在跟踪艾丽卡,而这位缺乏经验的美国妇女对他却颇有点迷惑力。他意识到可以捞大钱了。假如德玛尔让真像听上去那样恼怒,他早就把他解雇了。可德玛尔让偏偏每天支付他二百美元,把他安置在山鲁佐德宾馆。不过,眼下出现一个新情况:来了一位名叫理查德的男朋友,这就使问题复杂化了。哈利法知道,伊冯是不喜欢这位男朋友的,虽然这位法国人曾经对他说过:他并不认为理查德对艾丽卡是个威胁。但是,伊冯却告诫他要提高警惕。哈利法在琢磨,他是不是干脆把理查德干掉算了。

当艾丽卡和理查德移身来到下一个展品时,哈利法走到另一座陈列柜后面,那里面有一张"暂时取走……"的卡片。他将脸躲在他那本打开的旅游手册后面,竖着耳朵听他俩说话。他只听见几句关于一位伟大法老的财富的谈话。可是,在哈利法听来,这就如同谈论钱一样。于是,他逼得更近了。他喜欢这种逼近所带来的兴奋感和危险感,尽管这仅仅是假想中的危险。这些人是不可能对他构成实际威胁的。不用两秒钟,他就能把他们两人杀死。事实上,他一想到这一点,心里不觉扬扬得意起来。

"真正的珍品,大多数在纽约展出,"艾丽卡说,"不过,你瞧瞧那里的那条挂链。"她用手指去,理查德却打起了呵欠。"这都是微不足道的图坦卡蒙的陪葬品。试想想,塞提一世会有什么样的陪葬品?"

"我想象不出。"理查德说,一面把身子的重量从一只脚移到另一只脚上。

艾丽卡抬起脸,感到他厌倦了。"好啦,"她安慰地说,"你一直很热心。咱们回酒店去吃午饭吧,同时看看有没有我的信件。然后再到市场上去。"

哈利法盯着艾丽卡走去。看着她那绷得圆鼓鼓的牛仔裤,他不由心里痒滋滋的。他的暴力念头与好色淫荡的念头掺杂到一起了。

回到酒店,艾丽卡见到一张便条和一个电话号码。还有个空房间,理查德可以住。他犹豫了一阵,向艾丽卡投去恳求的目光,然后才到登记台办理手续。艾丽卡来到一台自动收费电话机前,但是机器太复杂,她拨弄不通。她对理查德说,她还是到她的房间里去打。

便条写得很简单。"希望在你方便的时候,尽早见到你。斯特凡诺斯·马科里斯。"艾丽卡一想到要会见一个卷入黑市的人,也许还卷入了一起凶杀案，不禁打起了寒战。然而，第一尊塞提一世雕像是他经手卖掉的，她若是想找到那尊配对雕像，他倒能起到举足轻重的作用。他记起伊冯的告诫，要她选个公共场所。好在理查德和她在一起，这是她头一次真正感到高兴。

酒店电话员的本事比大厅的机械装置大得多。电话很快接通了。

"喂？喂？"斯特凡诺斯的声音中带有命令式的口吻。

"我是艾丽卡·巴伦。"

"啊，不错。谢谢你打来电话。我期望着和你见面。我们有个共同的朋友——伊冯·德玛尔让。他十分可爱。我想他对你说过我会打电话给你。想和你一起谈谈。我们能不能在今天下午见面，比如说两点半左右？"

"我们在哪里见面？"艾丽卡说，牢记着伊冯的告诫。她听到远方传来深沉的隆隆声。

"随你，亲爱的。"斯特凡诺斯说，他的话音比周围的噪声要大。

听到这亲昵的称呼，艾丽卡不由得毛发直竖。"我不知道。"说着看看手表。现在是十一点半。理查德和她在两点半可能到市场上去。

"就在希尔顿酒店怎么样？"斯特凡诺斯提议说。

"我今天下午要去汗哈利里市场。"艾丽卡说。她本想提一下理查德，接着又打消了这个念头。留一手来个出其不意，似乎倒是个好主意。

"稍等一下。"斯特凡诺斯说。艾丽卡听得见一阵低沉的谈话声。斯特凡诺斯用手捂住了话筒。"对不起，让你等了，"他说道，话音里却听不出有抱歉的意思，"你知道汗哈利里旁边有个爱资哈尔清真寺吗？"

"知道。"艾丽卡说。她记得伊冯给她指点过。

"我们就在那里见面，"斯特凡诺斯说，"地方很好找。两点半。我真盼望见到你，亲爱的。伊冯·德玛尔让说了一些美言你的话。"

艾丽卡说了声再见，便挂上了电话。她感到忐忑不安，甚至有点胆战心惊。可是，为了伊冯，她决定去见上一面；要是真有危险的话，他是绝不会让她去见斯特凡诺斯的。不过，她倒宁愿这件事已经结束了。

卢克索　上午十一点四十分

艾哈迈德·哈赞身穿宽松的白布衬衫和便裤，觉得颇为轻松。尽管他对贾迈勒·易卜拉欣的暴死仍然感到茫然不解，但是他把这事归咎于真主不可测知的命运安排，这样他的内疚之感也就随之消失，作为一个领导，他知道，他得正视这类事件。

头一天晚上，他履行义务，回家探访了父母。他很爱他的母亲，但母亲决定待在家里照料他伤残的父亲，却遭到他的反对。他母亲是埃及第一批获得大学学位的女性之一，艾哈迈德希望她能发挥她的知识特长。她是个很有才智的女人。本来是可以给予艾哈迈德很大帮助的。他的父亲在一九五六年的战争中受了重伤。那次战争还夺去了艾哈迈德的哥哥。埃及发生过多次战争，艾哈迈德不知道有哪一家埃及人没有蒙受过战争的不幸。一想到这里，他就气得瑟瑟发抖。

看过父母亲以后，他在卢克索那幢杂乱无章的泥砖房里，酣酣地睡了一大觉。管家给他准备好了新鲜面包和咖啡，这是一顿极好的早餐。扎吉来过电话，报告说，已经向塞加拉派出了两个便衣密探。开罗的一切似乎都很平静。最重要的是，他成功地处理了一起潜伏的家庭危机。一个经他提拔当上卢克索墓地看守长的表兄弟心神不定，想搬到开罗。艾哈迈德先是以理相劝，但是无济于事，于是他顾不得方式方法了，一气之下，勒令他待在卢克索。表兄弟的父亲，也就是艾哈迈德的舅父，还想横加干涉。艾哈迈德提醒这位老人：经营国王谷小吃部的许可证，他随时都可以吊销。这件事解决之后，艾哈迈德才得以坐下来，处理些公文。于是，今天就显得比昨天轻松些、有条理些。

艾哈迈德把最后一份备忘录装进公文包，心里有一种大功告成的感觉。要是在开罗，看完这份材料得花费他双倍的时间。可这里是卢克索。他热爱卢克索。古老的底比斯。在艾哈迈德看来，这里的空气充满了魔力，使他感到轻松愉快。

他从他偌大的起居室的椅子上站起来。他住宅的外部是刷得雪白的拉毛水泥墙。内部虽然比较粗俗，却也干干净净、一尘不染。这幢楼房是把原有的一溜泥砖建筑连结起来建成的。结果房子很窄，只有二十英尺宽，但是纵深很长，沿左边有一道长廊。右边是一连串的客房。厨房设在屋后，造得十分简陋，连自来水都没有。厨房后面有个小院，院子边上有个马厩，用来圈他的宝贝———匹被他唤作骚达的三岁黑色阿拉伯雄马。

艾哈迈德盼咐马夫，在十一点半以前为骚达备好鞍子。他计划午饭前赶到古玩店，问问阿卜杜勒·哈姆迪的儿子陶菲克·哈姆迪。艾哈迈德觉得，这件事情至关紧要，他要亲自来办。然后，待正午的热气消退后,他计划渡过尼罗河,乘车悄悄进入国王谷,检查一下他新实施的安全体制。晚上还来得及回开罗。

当艾哈迈德出现时,骚达急不可耐地用蹄子在地上乱刨。这匹小雄马犹如文艺复兴时期的一件工艺品,每一块肌肉都用纯洁无瑕的黑色大理石雕成。马脸轮廓清晰,鼻孔向外倾张。眼睛比得上艾哈迈德的眼睛,黑沉沉、水灵灵的。一旦上了路,艾哈迈德就感到了他的坐骑的非凡体魄与活力。他费了很大力气才勒住马,使它没以风驰电掣的速度奔跑。艾哈迈德知道,骚达令人捉摸不定的个性,与他自己反复无常的脾性如出一辙。正因为他们有许多相似之处,艾哈迈德就需要用严厉呵斥和猛拉缰绳来驾驭雄马。于是,在尼罗河岸洒着斑斑亮点的棕榈树荫下,骑手和坐骑得以协调一致地行进着。

卢克索古庙后面有几条满是尘土、弯弯曲曲的街道,街道上开着许多古玩店,陶菲克·哈姆迪的古玩店便是其中的一家。这些古玩店全都挨近大旅馆,全靠轻信的游客维持生意。他们兜售的大部分古玩,都是西岸制造的赝品。艾哈迈德不知道陶菲克·哈姆迪古玩店的确切地址,所以他一到了那一带,便向人打听。

有人告诉了他街道和门牌号,他很容易就找到了古玩店。不料店门锁了。这还不仅仅是关门吃饭。门板都上好,准备歇夜了。

艾哈迈德把骚达拴到一处阴凉地,到邻近铺子里打听陶菲克的情况。回答是一致的,陶菲克的店门整天都没开过。这着实有些奇怪,因为多年来,陶菲克·哈姆迪不曾关过一天门。有位店主还说,陶菲克的关店兴许跟他父亲最近在开罗遇难有关系。

艾哈迈德回头去牵骚达时,正好打哈姆迪的店前走过。那扇木板门引起了他的注意。他仔细一瞧，在一块门板上发现了一条长长的新裂缝。看样子，有一部分被撬开，后来又重新安上了。艾哈迈德把手指伸进门板缝里，用力拨动。可是根本拨不动。艾哈迈德抬头朝窗板顶端望去，发现门板钉在门侧柱上，而不是从里面钩上的。他断定，陶菲克·哈姆迪临走时，准是想着自己一时回不来。

艾哈迈德抽身往后退了退，一面用手捋着胡须，随后耸耸肩，向骚达走去。他想，陶菲克·哈姆迪可能真去开罗了。他琢磨着如何能找到陶菲克·哈姆迪的住处。

在去拴马处的途中，艾哈迈德遇见本家的一位老朋友，便停下闲谈起来；可是，他嘴里说着客套话，心里却在往别处想。陶菲克把门钉上，这一点特别令人感到不安。他尽快与朋友告辞，绕着商业街区走去，进入一条条迷宫式的过道，这些过道通向商店的后区。晌午的太阳直射下来，又在粉刷过的墙壁上一反射，热得他额头上直冒汗。他感到汗水像小河似的，顺着他的腰背往下淌。

来到古玩店后面，艾哈迈德见到一片拥挤不堪的简易住房。当他继续往前走时，一群鸡惊得四散逃窜，赤条条的孩子们停止玩耍，朝他凝视着。费了一番周折，转错了几个弯子之后，艾哈迈德终于来到陶菲克·哈姆迪古玩店的后门。透过门缝，他可以看见一块很小的砖地院子。

就在几个三岁小孩眼睁睁瞅着他的时候，艾哈迈德用肩膀顶住门，硬把它推开，走了进去。院子长约十五英尺，尽头还有一道木门。左面的门敞开着。艾哈迈德把木门推回原来位置时，见到一只深褐色的老鼠打门口窜出，穿过院子，钻进了一条陶制下水道里。空气又闷又热，一片沉静。

敞开的门通向一个小房间。显然，这是陶菲克的卧室。艾哈迈德跨过门槛。一张简陋的木桌上，摆着一只正在腐烂的芒果，一块山羊乳酪，上面爬满了苍蝇。屋里的其他东西都被打开，扔得精光。屋角的一只柜子，干脆连门都被掀掉了，里面的文件被乱扔了一地。泥砖墙上，给挖了几个洞。目睹着这番情景，艾哈迈德越来越感到焦灼不安。他心里在纳闷：到底出了什么事？

他迅速地从卧室来到店门口。店门虚掩着，他一推就开了，发出一阵刺耳的声音。店里黑咕隆咚的，只是从前门的板缝之间透进几丝亮光。艾哈迈德停下脚步，让刚刚离开强烈阳光的眼睛适应一下屋内的光线。他听到小爪窸窸窣窣的奔跑声，又是几只老鼠。

店内比卧室还要凌乱不堪。靠墙的大橱柜全被拉倒、劈裂，扔到了屋子中央，杂七杂八的一大堆。里面的东西摔得粉碎，撒得遍地都是。这番情景，好像遭到了旋风袭击似的。艾哈迈德不得不搬开几件被捣毁的家具，才进到屋里。他小心翼翼地走到店堂中间；突然，他惊呆了。他看见了陶菲克·哈姆迪，可是人已经被折磨致死了。只见陶菲克被拖放在木头柜台上，柜台上沾满了干涸的血污。死者双臂张开，两只手各给钉上一根大铁钉，掌心朝下被钉在台板上。陶菲克的指甲几乎全被拔掉。两只手腕都被割断。这是硬叫他瞧着自己流血至死的。他的脸上毫无血色，苍白得吓人，嘴里塞着一块脏布，为不让他喊叫，弄得脸腮鼓起，形状怪诞。

艾哈迈德轰开苍蝇；他发现老鼠一直在蚕食尸体。这种惨绝人寰的情景真是令人发指，而这事偏偏发生在他所热爱的卢克索，这更使他义愤填膺。伴随着义愤,他心里浮现出一种恐惧,害怕开罗市区的疾病和犯罪活动会像瘟疫似的蔓延开来。艾哈迈德知道,他必须制止这种蔓延。

他俯下身,望着陶菲克·哈姆迪直愣愣的眼睛。从这两眼可以看出,它们在生命的最后时刻目睹了何等的恐怖。可是,这是为何缘故呢?艾哈迈德立起身来。尸体已臭不可闻了。他谨慎地穿过布满碎片的地板,来到小院里。阳光照在他的脸上,只觉得火辣辣的。他在那里站了一会儿,深深地吸了一口气。他得查明情况,否则不能回开罗。他的思绪转到了伊冯·德玛尔让身上。无论什么时候,只要他一出现,总会出事。

艾哈迈德从门缝里挤出来,回到巷子里,顺手把门拉上。他决定直奔卢克索火车站附近的警察局,然后给开罗打个电话。他跨上骚达,心想陶菲克·哈姆迪究竟做下了什么事情,或者掌握了什么情况,竟然落得如此下场。

开罗　下午二点零五分

"这家店真棒呀,"理查德从熙熙攘攘的小巷走进来,说道,"商品'种类繁多',我可以在这里进行圣诞节采购啦。"

艾丽卡简直无法置信,店里竟然空空如也。阿卜杜勒古玩店里,除了几件破碎陶器,别的东西已荡然无存。好像这家商店从来不曾存在过,就连前窗的玻璃也被揭走。门廊里没了珠帘,屋里不见了地毯、窗帘,甚至连一块桌布、一个橱柜也没留下。

"这叫我不敢相信。"艾丽卡说着,朝原来放玻璃顶柜台的地方走去。她弯下腰,拾起一块陶瓷碎片。"这里原来挂着一道厚帷帘,把屋子一分为二。"她走回屋子后面,转脸对着理查德,"凶杀案发生时,我就在这里。天啊,多可怕呀。凶手当时就站在你那里,理查德。"

理查德低头看看脚,赶忙从凶手站过的地方挪开。"看来,小偷把什么东西都偷走了,"他说,"我想,这里太穷了,什么东西都是值钱的。"

"你说得一点不错,"艾丽卡说着,从手提包里取出一只手电筒,"看样子,这地方不仅仅被盗过。墙上这些窟窿——原先可没有。"她打开电筒,对着几个窟窿眼里照去。

"手电筒!"理查德说,"你还真有准备呢。"

"谁来埃及不带手电筒,那是失策。"

理查德走到一个新壁洞跟前,把一些干浮土刮落到地板上。"我想,这是开罗对文化艺术的摧残。"

艾丽卡摇摇头。"依我看,这里被人彻底搜查过了。"

理查德环视一下四周,发现地板上有的地方已被挖开。"也许。可那又怎么样?我是说,他们可能在搜寻什么?"

艾丽卡轻轻咬咬腮帮,这是她凝神思索时的习惯动作。理查德问得有理。开罗人可能经常把金钱财宝藏在墙壁内、地板下。但是,这种破坏行径使她想到,她的房间也可能被搜查过。心里一冲动,她就把她的宝丽来照相机安上闪光灯,拍了一张店房内部的照片。

理查德觉察艾丽卡有些心神不安。"你回到这里感到不安了吧?"

"不。"艾丽卡说。她不想促使理查德对她采取过分的保护态度。可在事实上,她处在阿卜杜勒古玩店的废墟之中,确实感到惴惴不安。它使阿卜杜勒·哈姆迪的被杀更加令人触目惊心。"我们还有十分钟,要赶到爱资哈尔清真寺。我想准时到达,别叫斯特凡诺斯·马科里斯先生等我。"她匆匆走出店房,高兴地离开了这里。

当他们走进拥挤的小巷时,哈利法便离开他原先靠着的墙。他的夹克衫还是搭在右手上,遮住那支斯特契金半自动手枪。他已扳开保险,做好了射击准备。拉乌尔曾告诉他:艾丽卡下午要会见斯特凡诺斯;集市上很混乱,可不能把她丢了。那个希腊人是以残忍凶暴而闻名的,为了保险起见,才以重金雇用了哈利法。

艾丽卡和理查德走出汗哈利里,来到熙熙攘攘、洒满阳光的爱资哈尔广场西头。这里灰尘扑面,热气炙人,比较起来,他们还是觉得集市那里凉快些。他们穿过广场,朝古寺走去。三个针状的尖塔直插淡蓝色的天空,使他们赞叹不已。但是,在乱哄哄的人群中穿行,并不容易;他们只得贴得紧紧的,以防被冲散。清真寺的正前面,使艾丽卡想起了波士顿的秣草市场,那里数以百计的蔬菜、水果小贩,推着手推车,一个劲地同顾客讨价还价。当他们来到清真寺,迈进号称"理发师之门"的大门时,艾丽卡大大舒了一口气。这里的环境截然不同。广场上熙熙攘攘的声音穿不过石头建筑。寺里阴凉肃穆,宛若一座陵墓。

"这使我想起了换上手术服。"理查德微笑着说,同时给自己的鞋子套上了纸鞋套。他们顺着门厅走去,一面通过敞开的入口,凝视着一个个幽暗的房间。墙壁都用大块的石灰石砌成,看上去像座地牢,而不像是神殿。"我想,"艾丽卡说,"我当初应该把这清真寺里的碰头地点定得具体一点。"

当从一系列拱廊底下走过时,她和理查德惊讶地发现,他们又回到灿烂的阳光里。他们立在一个巨大的长方形庭院的边缘处,庭院四周围着连拱廊,连拱廊上面搭着尖形波斯拱顶。这是个奇异的景象,因为庭院位于开罗中心,却空无一人,一片沉静。艾丽卡和理查德站在背阴处,一声不响地观看着别具一格的龙骨式拱廊,拱廊两边架着扇形栏杆,栏杆顶端构成精致的雉堞形。

艾丽卡有点局促不安。她本来就怕见斯特凡诺斯·马科里斯,现在又碰上这陌生的环境,更加剧了她的恐惧。理查德拉住她的手,领着她穿过长方形庭院,朝一个比其他拱廊略高、上面有圆顶的拱廊走去。就在穿过庭院时,艾丽卡使劲往周围门廊的紫色阴影里瞧去,见几个穿白袍的人躺在石灰石地板上。

伊万杰洛斯·帕帕里斯绕着大理石圆柱缓缓移动,眼睛死死盯着艾丽卡和理查德。他的第六感官告诉他,要出事了。他眼下躲在庭院的北角、连拱廊的阴影深处。艾丽卡和理查德正朝对角方向走去。伊万杰洛斯不敢肯定,艾丽卡就是他在等候的女人,这主要因为她有人陪伴着,不过她的容貌倒与形容的相符。所以,当这两人来到通往壁龛的拱门处,他退回到连拱廊的中央,缓慢地用胳膊画了个圆圈,然后竖起两根手指。斯特凡诺斯站在二百来英尺远的巨大的支着圆柱的祈祷大厅里,也挥手作答。根据他们事先约定的信号,斯特凡诺斯这时得知,艾丽卡和另外一个人一起来了。得到这个消息后,他绕过面前的圆柱。然后靠在上面等候。在他左边,有一群伊斯兰教学生,正围着老师,听他语气单调地朗读《古兰经》。

伊万杰洛斯·帕帕里斯刚要朝大门走去,忽然瞧见了哈利法。他缩回到阴影里,寻思这人是谁。当他张开眼再看时,那人已经不见了,只见理查德和艾丽卡进入祈祷大厅。顿时,伊万杰洛斯记起来了。这家伙疑神疑鬼地把夹克衫蒙住手臂,原来是刺客哈利法·哈利勒。

伊万杰洛斯回到连拱廊中央,可是却见不到斯特凡诺斯。他感到疑惑不解。他转过身,想看看哈利勒是否还在清真寺里。

艾丽卡在贝德克尔旅游手册里读到过爱资哈尔清真寺,因此她知道,他们正在参观的是最初的壁龛——祈祷壁龛。它都是用一小块一小块的大理石和雪花石膏砌成,工艺精湛,构成种种复杂的几何图案。"这座壁龛面对麦加。"艾丽卡悄声说。

"这地方真可怕。"理查德轻声说。在暗淡的光线下,左右两面视力所及,全是一片林立的大理石圆柱。他的目光落到祈祷壁龛周围的地板上,只见上面铺着一块块相互交叠的东方地毯。

"我闻到什么味了?"他一面问道,一面吸了吸鼻子。

"香,"艾丽卡说,"听!"

不断传来一阵低微的声音,从他们站立的地方,可以看见一群群伊斯兰教学生,围坐在老师脚边。"这清真寺不再是大学了,"艾丽卡轻轻地说,"不过,还被用来研究《古兰经》。"

"我真喜欢他学习的样子。"理查德说着,用手指向一个人。他将身子蜷作一团,躺在一块东方地毯上睡着了。

艾丽卡扭过身,通过一连串的拱门,向阳光灿烂的院子望去。她想离开。寺里有一股阴森森的气氛,她认为这不是与人碰头的合适地点。"走吧,理查德。"她捉住他的手,但是理查德一心想再往柱子林立的大厅里走去,便把手抽了回去。

"我们去看看你在书上读到的那个拉赫曼苏丹的墓吧。"他说,拦住她不让她往太阳地里走。

艾丽卡扭脸瞧瞧理查德。"我宁愿……"她没说下去。越过理查德的肩膀,她发现有个人从两个圆柱之间向他们走来。她知道,这是斯特凡诺斯·马科里斯。

理查德注意到她的神情,循着她的视线,转身朝来人望去。他感到她的手紧紧拉着他。他知道艾丽卡想见此人,但他不明白她为什么这样焦灼不安。

"艾丽卡·巴伦,"斯特凡诺斯满脸堆笑地说,"就是从上千人的人群中,我也能认出你。你比伊冯形容的漂亮得多。"斯特凡诺斯并不掩饰他的倾慕之心。

"马科里斯先生?"艾丽卡问道,虽然她心里对此深信不疑。他那副油头滑脑的仪态,同她想象的完全吻合。她没料到的是,他脖子上挂了一只很大的金色耶稣十字架。在清真寺里,这只光彩夺目的东西似乎颇能诱人采取暴力行动。

"斯特凡诺斯·克里斯托斯·马科里斯。"希腊人自豪地说。

"这是理查德·哈维。"艾丽卡说着,把理查德往前一拉。

斯特凡诺斯瞥了理查德一眼,此后便不理会他了。"我想跟你单独谈谈,艾丽卡。"说着伸出了手。

艾丽卡对斯特凡诺斯的这番姿态并不理睬,反而把理查德的手握得更紧了。"我要理查德待在这儿。"

"随你的便吧。"

"这是个过于清冷的地方。"艾丽卡说。

斯特凡诺斯哈哈一笑,笑声在圆柱之间回荡着。"是的,不过你要记住,是你说的不在希尔顿酒店碰头。"

"我想,我们还是简短点。"理查德说。他不知道出了什么事,可是他不想看着艾丽卡心慌意乱的。

斯特凡诺斯的笑容消失了。他还不习惯于被人顶撞。

"你想和我谈什么?"艾丽卡问。

"阿卜杜勒·哈姆迪,"斯特凡诺斯一本正经地说,"记得他吗?"

艾丽卡想尽量少提供情况。"记得。"她说。

"嗯,那就把你了解的关于他的情况告诉我。他对你说过什么非同寻常的话没有?送过你什么信件材料没有?"

"为什么?"艾丽卡轻蔑地说,"我为什么要告诉你呢?"

"也许我们可以互相帮助,"斯特凡诺斯说,"你对古董感兴趣吗?"

"是的。"艾丽卡说。

"嗯,那我可以帮你的忙。你想要什么?"

"一尊跟真人一样大小的塞提一世雕像。"艾丽卡说,一面探身向前,揣测着斯特凡诺斯的反应。

如果说斯特凡诺斯感到惊讶的话,他并没有流露出来。"你说的这买卖可非同小可呀,"他终于说道,"你知道要多少钱吗?"

"知道。"艾丽卡说。实际上,她并不知道。连猜都很难。

"哈姆迪对你说起过这样一尊雕像吗?"斯特凡诺斯问道。他的口气又重新严肃起来。

"说起过。"艾丽卡说。她了解的情况太少，这使她感到特别不踏实。

"哈姆迪有没有说过，雕像是从哪里搞来的，又要送到哪里去？"斯特凡诺斯的脸色非常严肃，尽管天气很热，艾丽卡却在打哆嗦。她在琢磨斯特凡诺斯想从她嘴里了解什么。一定是：哈姆迪遇害前，雕像要运往何处。那还不是运往雅典！艾丽卡头也不抬，轻声说："他没有告诉我谁卖给了他这尊雕像……"斯特凡诺斯的问题的后半部分，她故意避而不答。她知道，她在下赌注。不过，要是奏效的话，斯特凡诺斯会以为，有人向她透露了什么秘密。这样一来，她或许能从他嘴里捞到点东西。

但是，他们的谈话被打断了。猛然间，从斯特凡诺斯身后的阴影中闪现出一个高大的身影。艾丽卡看见一个大秃脑袋，一条刀口从头顶顺着鼻梁，直划到右腮。刀口像是用剃刀划的；虽然很深，却不怎么流血。那人的手朝斯特凡诺斯伸来，艾丽卡倒吸了一口气，指甲抠进理查德手里。

斯特凡诺斯一见艾丽卡神色紧张，便做出令人惊讶的敏捷反应。他忽地转过身，往右边一倒，右腿就势撩起，准备猛扫一脚。最后一刹那，他认出来人是伊万杰洛斯，便收住了腿。

"出什么事了？"斯特凡诺斯惊问道，一面重新站好。

"哈利法，"伊万杰洛斯粗声粗气地说，"哈利法在清真寺里。"

斯特凡诺斯把有气无力的伊万杰洛斯推到一根圆柱上靠着，迅速环顾了一下四周。他从左胁下面抽出一支微型的，但看上去致命的伯利塔自动手枪,啪地打开了保险。

一见到手枪,艾丽卡和理查德简直不敢相信,吓得紧紧靠在一起。他们还没来得及做出反应,只听到啊的一声尖叫,响彻整个祈祷大厅,令人毛骨悚然。因为有回音的缘故,很难断定叫声来自何处。随着回音渐渐消失,咕咕哝哝的念经声也停止了。就像大难临头前的沉静一样,大厅里静得吓人。人们一动也不动。艾丽卡和理查德从他们站立的地方,看得见一群学生和他们的老师。他们神色慌乱,惊恐万状。出了什么事呢?

突然间,枪声大作,子弹凄厉的飞鸣声在大理石大厅里回荡。艾丽卡、理查德同斯特凡诺斯、伊万杰洛斯一起,赶紧趴下,连危险来自什么方向,也捉摸不清。"哈利法。"伊万杰洛斯喊道。

祈祷大厅里先听到一阵尖叫,接着感到一阵骚动。顿时,艾丽卡认识到,这是人们奔跑的脚步声。一群群学生已经立起身,面对着北面。忽然,他们转身便跑。惊慌失措的人们打圆柱之间逃出,朝她冲来。又听到几声枪响。人们乱作一团。

艾丽卡和理查德顾不得两个希腊人,呼地跳起来,拔腿朝南逃奔。他们手拉着手,绕着圆柱飞跑,竭力想冲在落荒而逃的人群的前头。他们盲目地奔跑着,终于来到大厅的尽头。有几个学生超过了他俩,由于恐惧,一个个睁大着眼睛,好像大厅起了火似的。艾丽卡和理查德跟着他们,低头穿过一道矮门,顺着一条石廊跑去。石廊通往一座陵墓;陵墓过去有一扇笨重的木门,门敞开着,通到外面。他们跑上尘土飞扬的街道,街上已经聚集了一群激动的人们。艾丽卡和理查德没有加入他们的行列,而是放慢速度,疾步走开了。

"这是个什么鬼地方，"理查德说，听语气，与其说松了口气，不如说怒气冲冲，"真见鬼，那里到底出了什么事？"他并不期待艾丽卡回答他，而艾丽卡也没吱声。接连三天，她亲眼看见了意想不到的暴乱，而每一次袭击似乎同她有着越来越紧密的联系。再说是巧合，那就解释不通了。

理查德抓住她的手，拖着她穿过熙熙攘攘的街道。他想尽量把爱资哈尔清真寺甩得远些。

"理查德……"艾丽卡手撑着腰，终于说道，"理查德，咱们走慢点吧。"

他们在一家缝衣店门前停住脚。理查德气鼓鼓地噘着嘴："这个斯特凡诺斯，你考虑过他会带武器吗？"

"我有点担心见他，可我……"

"请回答我的问题，艾丽卡。你考虑过他会带武器吗？"

"我连想都没想过。"她不喜欢理查德的口气。

"显然，这是你早就应该考虑到的。不管怎么说，这位斯特凡诺斯·马科里斯究竟是什么人？"

"他是雅典的一个古董商。明摆着，他跟黑市有瓜葛。"

"那么，这次会见——如果可以称作会见的话——是怎么安排的？"

"有位朋友问我想不想见斯特凡诺斯。"

"那么，这位把你送到一个恶棍手里的了不起的朋友又是谁？"

"他名叫伊冯·德玛尔让，是个法国人。"

"是什么样的朋友？"

艾丽卡望望理查德，只见他气得满脸通红。经过这场虚惊，艾丽卡还在瑟瑟发抖，不知道如何来安慰他的情绪。

"出了这种事，我很抱歉。"她说。嘴里虽在道歉，心情却是复杂的。

"算了，"理查德气呼呼地说，"我昨天晚上吓着了你，向你道歉时，你说的话我还重复得出来。人们以为，不管什么事，说一声'抱歉'就万事大吉了，其实不然。你差一点叫我们送了命。我看，你的恶作剧未免有点过分了吧。我们这就去美国大使馆，你马上准备回波士顿，不然，我就抓住你的头发，把你拽上飞机。"

"理查德……"艾丽卡一边摇头，一边说道。

一辆空出租汽车沿着拥挤不堪的街道缓缓驶来。理查德的目光越过艾丽卡的肩膀，看到了这辆汽车。他招呼汽车过来，人群中慢慢分开一条路。他俩不声不响地爬进后面座上，理查德告诉司机，开到希尔顿酒店。艾丽卡感到既气愤，又绝望。要是理查德一意孤行，指使司机开往美国大使馆的话，她就下车。

沉默了十分钟之后，理查德终于说话了。他的口气略微温和了一些。"事实上，你没有条件干这种事情。你得承认这个事实。"

"凭着我对埃及学的研究，"艾丽卡声色俱厉地说，"我认为我的条件好得很。"汽车遇到交通阻塞，十分缓慢地驶过一道中世纪的大门，艾丽卡先通过侧面窗子，然后通过后面窗子，仔细地打量着这座门。

"埃及学是研究死人的文化，"理查德说着抬起手，似乎想抚摩她的膝盖，"跟眼下的问题没有关系。"

艾丽卡回眼向理查德瞅去。"死人的文化……没有关系。"这些话进一步表明了理查德对待她的工作的看法。如此小看人，真是令人气愤。

"你是培养出来做院士的，"理查德继续说，"我觉得你应该承认这个事实。眼下这种密探行径是幼稚的、危险的。为了一尊雕像，不管它是什么雕像，而去铤而走险，简直荒唐可笑。"

"这不仅仅是一尊雕像，"艾丽卡愤然说道，"况且，问题比你理解的复杂得多。"

"我认为，事情明摆着。发掘了一尊价值连城的雕像。因为有大笔大笔的钱，便什么事情都干得出来。不过，这是官方的事情，与游客无关。"

一听到"游客"这个字眼，艾丽卡不禁怒气冲冲，咬紧了牙齿。当出租汽车开始加快速度时，她在纳闷：伊冯为什么让她和斯特凡诺斯见面？她找不到明白的解释，便寻思下一步怎么办。不管理查德说什么，她也不想半途而废。阿卜杜勒·哈姆迪似乎是个关键人物。接着，她想起了他的儿子，她早先曾决定去卢克索，走访一下他的古玩店。

理查德探身向前，拍拍司机的肩膀。"你会说英语吗？"

司机点点头："会说一点。"

"你知道美国大使馆在哪儿吗？"

"知道。"司机说。他从后视镜上看看理查德。

"我们不去美国大使馆。"艾丽卡说道。她的每一个吐字都很清晰响亮，好叫司机听见。

"我恐怕要坚持我的意见啦。"理查德说。他扭头和司机说话。

"你什么都可以坚持,"艾丽卡平静地说,"不过,我不去美国大使馆。司机,停车。"她向前挪挪身子,把手提包背带拉到肩上。

"继续开。"理查德吩咐说,一面把艾丽卡拉回到座位上。

"停车!"艾丽卡嚷道。

司机遵命,把车子开到路旁。还没等车子停稳,艾丽卡就打开了车门,纵身跳到人行道上。

理查德尾随着她,连车钱也没付。愤怒的司机开着车子,慢慢跟在后面。这时,理查德追上艾丽卡,一把抓住了她的胳膊。"到时候了,该停止这种幼稚的举动啦!"他大声嚷道,好像在恫吓一个误入歧途的毛孩子,"我们就去美国大使馆。你太幼稚无知了。你要吃苦头的。"

"理查德,"艾丽卡说,用食指点点他的下巴,"你要是想去美国大使馆,你尽管去好啦。我要去卢克索。请你相信我,大使馆对此是无能为力的,即使想管也管不了。我要去上埃及,做我来这里要做的事情。"

"艾丽卡,你要是固执己见,我只好回去啦,回波士顿去。我说话是算数的。我千里迢迢来到这里,而你却无所谓似的。我简直不敢相信。"

艾丽卡没有吱声。她巴不得他走开。

"我要是真的走了,不知道我们的关系会出现什么情况。"

"理查德,"艾丽卡沉静地说,"我是一定要去上埃及的。"

夕阳低垂在天边，尼罗河像一条平展的银色缎带，展现在眼前。阵风吹来，江面上顿时银光闪闪。艾丽卡举手搭个眼篷，才能看清金字塔的永恒的形态。狮身人面像看上去宛若是金子铸成的。她站在她希尔顿酒店的房间的阳台上。快到出发时间了。她决定腾出房间，酒店管理员倒感到喜出望外，因为跟往常一样，他们预定出去的房间已经超额了。艾丽卡整理好行装，唯一的手提箱也理好了。大厅服务台替她定好了七点三十分去南方的卧铺票。

一想到这次旅行，几天来产生的恐惧心理，同理查德争吵引起的别扭情绪，都觉得好受了些。卡纳克神庙、国王谷、阿布辛培尔、丹德拉——这都是她来埃及的目的所在。她要到南方去，见见阿卜杜勒·哈姆迪的儿子，但主要是亲眼看看那些神话般的纪念物。她很高兴理查德决定离开埃及。直到回国以前，她再也不去考虑他们的关系。回国后再说吧。

艾丽卡最后查看了一下浴室，在淋浴帷幕后面发现了她的米色染发剂。她把它塞进手提包里，然后看看时间。六点差一刻。她刚要动身去火车站，电话铃响了。是伊冯打来的。

"你见到斯特凡诺斯没有？"他兴冲冲地问。

"见到了。"艾丽卡说。她尴尬地停顿了一会儿。她一直没给他打电话，因为气他让她遇到这种危险。

"噢，他说什么啦？"伊冯问。

"话倒不多。问题在他的行动。他带了一支手枪。我们在爱资哈尔清真寺刚一碰面，就出现一个秃顶大个子，看样子是被人打过。他告诉斯特凡诺斯，有个叫哈利法的人在那里。接着，枪声大作，简直乱了套。伊冯，你怎么能让我见这么个人？"

"天哪，"伊冯说，"艾丽卡，我要你待在你的房间里，等着我给你回电话。"

"很抱歉，伊冯，我正要动身走呢。事实上，我要离开开罗。"

"离开？我还以为你被官方拘留了呢。"伊冯惊奇地说。

"我不是要离开埃及，"艾丽卡说，"我给艾哈迈德·哈赞的办公室去过电话，告诉他们，我要去卢克索。他们同意了。"

"艾丽卡，先待着别走，等我给你回电话。你的……男朋友跟你一起去吗？"

"他马上回美国。跟我一样，见了斯特凡诺斯以后，他也弄得心慌意乱的。谢谢你来电话，伊冯，请保持联系。"她十分审慎地挂上电话。她知道，在某种意义上，伊冯把她当成了诱饵，加以利用。虽然她支持他向买卖古董的黑市做斗争，但是她不愿意被人利用。电话铃声又响了，可她却置之不理。

出租汽车从希尔顿酒店到中心火车站，要跑一个多小时。尽管出发前她痛痛快快地淋浴了一番，现在还没过十五分钟，外套已经被汗湿透了，背部粘在发烫的维尼纶座套上。

火车站坐落在拉美西斯二世雕像后面一个熙熙攘攘的广场上。雕像永恒不变的形态，与拥挤时刻的混乱情景，形成了鲜明的对照。车站里面挤满了旅客，从穿西装的商人，到提着空货篮的农民，什么人都有。虽然艾丽卡感到有人在盯着她，但是没有人来跟她搭话。她从容不迫地在人群中走着。卖卧铺票的窗口前站着不长的一队人，艾丽卡不费劲地拿到了票。她打算中途在一个名叫巴利安耐赫的小村子停留一下，搞点游览活动。

她在报摊买了一份两天前的《先驱论坛报》、一本意大利时装杂志、几本介绍发掘图坦卡蒙墓的通俗读物。她甚至又买了一本卡特的书，尽管她已读过多次。

时间过得很快，转眼听到广播说，她的那班火车到了。有个努比亚列车员，笑容可掬地接过她的提包，放在她的铺位脚下。列车员告诉她，车里不会满员，她可以将她的东西摆在两个座位上。她把手提包放在地板上，然后往后一靠，看起《先驱论坛报》来。

"你好。"一个悦耳的声音说道，艾丽卡心里微微一震。

"伊冯。"她说，真的感到惊讶起来。

"你好，艾丽卡。能找到你，我感到惊异。可以坐下吗？"

艾丽卡从旁边座位上拿起她的书报。

"我就认定你会乘火车去南方。这几天的飞机票都预定完了。"

艾丽卡微微一笑。她虽然余怒未消，但是见伊冯在跟随她，而且显然是不遗余力，她又情不自禁地感到有点得意起来。伊冯头发蓬乱，好像是一路跑来的。

"艾丽卡，你和斯特凡诺斯会面时发生了意外，我表示抱歉。"

"其实也没出什么事。我担心的，是会出什么事。你应该心中有数，因为是你叫我在公共场所同他见面的。"

"是的，我说过。不过，我之所以担心，只是因为斯特凡诺斯在女人面前名声不好。我不想让你一开始就遇到不愉快的事情。"

突然，火车略微向前冲了一下，伊冯站起身来，朝走廊里望来望去。见火车并没启动，便又放心地坐了下来。

"我还欠你一顿晚饭，"伊冯说，"这是我们说好了的。请你留在开罗。我了解到一些关于杀害阿卜杜勒·哈姆迪的凶手的情况。"

"什么情况？"艾丽卡问。

"他们不是来自开罗。我有些照片，想给你看看。也许你能认出个把人。"

"照片带来了吗？"

"没有，放在宾馆。没来得及带。"

"伊冯，我这就动身去卢克索。我已经打定了主意。"

"艾丽卡，你想什么时候去卢克索都行。我有一架飞机，明天可以把你送去。"

艾丽卡低头望着自己的手。尽管她还余怒未消，忧心忡忡，但能感到自己的决心动摇了。同时，她又讨厌让别人来保护她，照顾她。

"谢谢你的好意，伊冯。不过，我想我还是乘火车去。到了卢克索，我给你打电话。"

这时听到一声哨声。七点三十分到了。

"艾丽卡……"伊冯说，不料火车开始向前移动了，"好吧，从卢克索打电话来。也许我会在那里见到你。"他冲出走廊，跳下火车。火车在加快速度。

"该死的。"伊冯说道，眼睁睁地看着火车驶出了车站。他扭身走出熙熙攘攘的候车室。在出口处，遇见了哈利法。

"你为什么不乘上这班车？"伊冯气冲冲地说。

哈利法狡黠地一笑。"只叫我在开罗跟踪这位小姐，没说要我乘火车到南方去呀。"

"天啊。"伊冯说着,朝一道边门走去,"跟我来。"

拉乌尔在车里等着,一见到伊冯,便启动了发动机。伊冯打开后门,让哈利法先上,然后自己也跟着钻了进去。

"清真寺里出了什么事?"当汽车开上马路时,伊冯问道。

"出乱子了,"哈利法说,"那个姑娘去见斯特凡诺斯,不想他布置了一个保镖的。为了保护她,我不得不冲散了这场会面。别无选择。那是个很糟糕的地点,几乎和昨天的神庙一样糟糕。不过,为了照顾你的情感,我没有杀人。我喊叫了几声,开了两三枪,把全清真寺里的人都轰跑了。"哈利法发出轻蔑的笑声。

"谢谢你考虑了我的情感。不过,请告诉我:斯特凡诺斯有没有威胁艾丽卡·巴伦,有没有对她采取任何行动?"

"我不知道。"哈利法说。

"可这是你应该了解清楚的。"伊冯说。

"你让我保护那个姑娘,然后再尽可能了解些情况,"哈利法说,"在当时的情况下,我一心在保护那个姑娘。"

伊冯扭过头,看着一个骑自行车的人,从他们车旁驶过。他头上顶着一大盘子面包,车子蹬得比他们的汽车还快。伊冯感到灰心丧气。事情进行得很不顺利。艾丽卡·巴伦是他搞到塞提雕像的最后一线希望,可她眼下却离开了开罗。他看看哈利法:"希望你做好出差准备,今晚乘飞机去卢克索。"

"一切听你吩咐,"哈利法说,"这差事越来越有趣了。"

第四天

巴利安耐赫　上午六点零五分

"一个小时以后到达巴利安耐赫。"列车员对着她的卧铺的帷幔说道。

"谢谢你。"艾丽卡说着坐起身来,拉开一扇小窗子的帷帘。外面,天刚破晓。天空呈现一片淡紫色,远处沙漠里的低矮山峦隐约可见。列车在飞驰,发出轻微的摇动。铁路顺着利比亚沙漠的边沿伸展。

艾丽卡在小自来水池里洗漱,略微化了一下妆。昨天夜里,她本想读读那本在车站上买到的关于图坦卡蒙的书,不料列车的运行一会儿就把她摇睡了。约莫午夜时分,她醒来关了台灯。

当旭日从东方地平线上冉冉升起时,餐车供应了一顿英国早餐。她望着窗外,天空由紫色变成了清澈的浅蓝色,美丽极了。

艾丽卡呷着咖啡,觉得好像肩上卸掉了一副重担,取而代之的是一种欣快的自由感。她觉得,好像列车在把她抛到时间的后面,回到了古埃及,回到了法老的土地上。

六点多时,她在巴利安耐赫下车。在这里下车的旅客很少,最后一个人的脚一踏上站台,火车便开动了。艾丽卡费了不少劲,在行李房寄存了手提箱,然后走出车站,进入这座明快、喧闹的小乡镇。镇上洋溢着欢乐的气氛。这里的人们似乎比开罗沉闷的人群快乐得多。不过,天气更热。即使在这大清早,艾丽卡也能感到这种差异。

有几辆旧出租汽车,停在车站的背阴处。司机大多在睡觉,一个个张着嘴。不过,当有个人发现艾丽卡时,其他人也都爬起来,叽叽喳喳地嚷嚷开了。最后,他们把一个身材修长的小伙子推到前面。他长着一脸大胡子,也不修剪,搞得乱蓬蓬的。但是,他似乎为自己的运气感到高兴,在艾丽卡面前鞠了个躬,然后打开了他那辆像是一九四〇年出厂的出租汽车的车门。

他知道几个英文字,其中包括"香烟"。艾丽卡给了他几支,他当即表示愿意给她开车,同时答应把她送回车站,赶下午五点去卢克索的火车。车费为五埃镑。

汽车出城往北驰去,然后离开尼罗河向西拐。司机把他的手提收音机绑在仪表板上,天线伸出没有玻璃的右窗口,脸上露出心满意足的微笑。公路两旁,是一望无际的甘蔗田,中间偶尔夹着一片棕榈树丛。

他们越过一条臭气扑鼻的灌溉渠,穿过埃尔阿拉巴-埃尔默德福纳村。村上只有一片破破烂烂的泥砖房子,建在耕作区过去一点。村里看不见什么人,只有一群女人穿着黑色衣服,头上顶着大水罐子。艾丽卡又看了看她们。她们都戴着面纱。

过了村子几百码,司机停下车子,将手往前一指。"塞提。"他说,嘴里还叼着烟卷。

艾丽卡爬出车子。啊,原来在这里。阿拜多斯,塞提一世选来修建他的大庙宇的地方。艾丽卡刚动手取旅行指南,一群推销圣甲虫护身符的青年向她蜂拥而来。她是那天的头一个游客,直到她买了五十个皮阿斯特的门票,走进庙里之后,她才摆脱了他们喋喋不休的纠缠。

她手里拿着《贝德克尔旅游手册》,坐在一块石灰石上,读起有关阿拜多斯的章节来。她熟悉这个遗址,但是想弄清楚,在塞提一世统治时期,哪些部分装饰有象形文字。这座寺庙是由塞提的儿子和继承人拉美西斯二世完成的。

哈利法并不知道艾丽卡计划访问阿拜多斯,他站在卢克索车站的站台上,等候旅客下车。列车准时进站,一大帮人争先恐后地拥了上去。人们混乱不堪,大喊大叫,特别是那些小贩,通过三等车厢没有玻璃的窗口,一个劲地向乘往阿斯旺的乘客叫卖水果和冷饮。一听到火车鸣笛,上下车的旅客发疯似的你推我搡,挤作一团。埃及的火车总是正点运行的。

哈利法点燃了一支又一支香烟,吐出的青烟绕着他的鹰钩鼻子盘旋上升。他站的地方同乱哄哄的站台有点距离,但是可以看到整个站台和出口处。有几个乘客来晚了,列车快出站的时候,才匆匆追了上去。不见艾丽卡的影子。哈利法吸完烟,走出车站大门。他朝中心邮局走去,给开罗打电话。事情出娄子啦。

阿拜多斯　上午十一点三十分

艾丽卡正在参观塞提一世的寺庙,一个房间一个房间地走着,每个房间都令人惊叹不已。她终于领略到了埃及使人震惊的神秘气氛。那些浮雕作品富丽堂皇。她计划过几天再回到阿拜多斯,对寺庙墙壁上丰富多彩的象形文字认真地做点翻译工作。眼下,她只是粗略地浏览一下,看看在塞提的铭文里,有没有出现图坦卡蒙的名字。结果,除了一间称作国王画廊的房间里有以外,别处都没见到。在国王画廊里,有个按照年代顺序排列的一览表,几乎古埃及所有法老的名字都写在上面。

她在内室里穿行,因为屋顶的板石还完好无损,她就打着手电来观看象形文字。

艾丽卡默默地背诵着塞提一世雕像上简短铭文的译文:"愿塞提一世永远安息,他在图坦卡蒙之后执政。"她承认,站在塞提一世的寺庙里体会这句话,跟原来立在希尔顿酒店的阳台上相比,并没有悟出更多的道理。她从手提包里翻出一张雕像上象形文字铭文的照片。然后在寺庙里四下环顾,看看有没有类似的符号。她慢腾腾地找了半天,最后一无所获。起初,她甚至连雕像上那样把西提的名字和俄赛利斯神联系在一起的写法,都寻觅不到。在这清真寺里,他通常被视为贺拉斯神。

上午过去了,下午来临了。艾丽卡感到很愉快,一点不觉得炎热和饥饿。三点过后,她穿过奥西里斯礼拜堂,进入奥西里斯内殿。它曾经是一座金碧辉煌的大厅,顶盖由十根圆柱支撑着。在阳光的照射下,厅里光辉灿烂,那些宣传尊崇死神奥西里斯的富丽堂皇的浮雕,光彩夺目。

坍圮的大厅里别无其他游客,艾丽卡慢悠悠地走着,泰然自若地欣赏着巧夺天工的壁雕艺术。在空荡的大厅尽头,她见到一道矮门,里面黑洞洞的。她查查《贝德克尔旅游手册》,发现对这个房间的介绍十分简单:一个房间,四根圆柱。

艾丽卡对自己的疑虑付之一笑,然后取出手电筒,低头钻进矮门,屋里死一般的寂静,她慢慢地转动着手电筒,在墙壁、圆柱和顶棚上照来照去。她小心翼翼地在高低不平的地板上走着,绕过一根根粗壮的圆柱。里面墙上有三个门,分别通向伊希斯、塞提一世和贺拉斯的礼拜堂。艾丽卡怀着迫不及待的心情,走进塞提一世礼拜堂;它位于奥西里斯圣殿里面,这倒是令人鼓舞的。

日光一点也没射进这小小的礼拜堂。艾丽卡的手电筒仅仅照亮一小块地方。屋子的其余部分还笼罩在黑暗之中。她拿着手电筒在屋里照了起来,突然从象形文字中瞥见了塞提一世的名字,跟雕像上的写法一模一样。也就是把塞提与奥西里斯视为一体。

艾丽卡查看着铭名图案上的象形文字,猜测这些文字是由左至右竖写的。她也没有逐字翻译,便立刻认识到:这小礼拜堂是在塞提死后建成的,后来就被用来举行奥西里斯的祭祀仪式。接着,她又发现个奇怪的东西,像是个专有名称,令人不可思议。法老的纪念物上是见不到专有名称的。艾丽卡把声音拼起来。内—内—夫—塔。

艾丽卡将手电光移到地板上,准备放下手提包。她想把这稀奇古怪的名字拍下来。她刚弯下腰,便呆住了。手电光里出现一条眼镜蛇,它竖起脑袋,弓着身子,带叉的舌头像小鞭子似的甩来甩去,黄眼睛里嵌着裂口似的黑眼珠,直勾勾地瞪着她。艾丽卡吓得目瞪口呆。过了一阵,眼镜蛇垂下头,从栖息的地方溜下来,艾丽卡才敢掉过头，瞧了瞧礼拜堂的矮门。她又望了一眼退去的眼镜蛇，然后撒开瑟瑟发抖的双腿，逃进太阳地里，回到售票室。

警卫人员感谢艾丽卡报告的情况，告诉她，多年来，他们一直想捕杀这条眼镜蛇。于是，俄塞利斯圣殿就暂时关闭了。

尽管发生了眼镜蛇这段插曲，她还是怀着依依不舍的心情，离开了塞提寺庙，乘车回巴利安耐赫。这是十分快活的一天。唯一感到失望的是，她没有拍下"内内夫塔"这个名字的照片，只得等到以后再说。她决定参照一下关于那个名字的其他材料，看看这是不是塞提一世的一位大臣。

开往卢克索的列车只晚开了五分钟。艾丽卡坐到座位上，手里拿着几本介绍图坦卡蒙的书，可是她的注意力被窗外的景色吸引住了。尼罗河谷地开始变得狭窄起来，有些地方，从耕作区的这一边很容易就能看到那一边。当太阳接近西方地平线的时候，艾丽卡注意到人们正在收工回家。孩子骑在水牛背上，男人牵着艰难负载的毛驴。艾丽卡可以望见一些院子里面，心中暗自思忖：这些人住在泥砖房子里，不知是否像田园诗神话中的人们那样，感到无忧无虑，互亲互爱？或者，他们是否一直都知道，他们过着朝不保夕的生活？在某种意义上，他们的生命永远如此，是从时间的长河里借来的短暂的一瞬。

到了纳格-哈马迪，列车渡过尼罗河，从西岸来到东岸，进入一片浩瀚的甘蔗林，挡住了乡下的视野。艾丽卡又回过头来看书，拿起了霍华德·卡特和埃·斯·梅斯合著的《图坦卡蒙墓的发现》。尽管她很熟悉这本书，她还是读了起来，而且立即被吸引住了。一再使她感到惊讶的是，平素思想平淡、拘泥细节的卡特写起书来，倒颇有文采。他发现古墓时的激动心情充溢在每一页的字里行间,艾丽卡不觉越读越快,仿佛那是本惊险小说似的。

书里附有一组精彩的照片,是哈利·伯顿拍摄的,艾丽卡仔细地查看着。在一幅整页插图上,她见到守护墓室封口的两座跟真人一样大小的浸过沥青的图坦卡蒙雕像,她觉得这两座雕像特别有趣。和西提的雕像一比较,她第一次领悟到,塞提的两座雕像是匹配的一对。了解这一情况的人寥寥无几,而她是其中之一。这一点颇有意义,因为发现这样两座雕像的可能性非常小,而在同一地点发现其他文物的可能性却十分大。艾丽卡突然认识到,从考古学的角度看,发现西提雕像的遗址可能和发现雕像本身同样重要。也许,与其寻找雕像,不如找到遗址,这是个更明智的目标。艾丽卡向窗外模模糊糊的甘蔗田望去,心里冥思着。

要查明这些雕像是在哪里发现的,最好的办法,是由她装成一个正正经经的采购员,专为波士顿美术馆采购古董。假如她能使人们相信,她愿意出最高的价格,她就能看到一些珍品。假如再见到些塞提的文物,也许她能查明其来源。尽是些"假如"。不过,这不失为一个计划。特别是,倘若阿卜杜勒·哈姆迪的儿子不能提供更多的材料的话,只有实施这个计划。

列车员来到车厢里,说卢克索到了。艾丽卡于期待之中,感到一阵激动。她知道,卢克索之于埃及,就如同佛罗伦萨之于意大利:是一颗明珠。车站外面,还有一件意想不到的事情。剩下的出租车辆,只有马车了。艾丽卡开心地笑笑,她已经爱上了卢克索。

当她来到冬宫宾馆时,方才发现,为什么在游客云集的情况下,她竟能轻而易举地订到一个房间。原来宾馆正在整修,她去她的房间时,得走过二楼一截没铺地毯的走廊,上面堆着一堆堆的砖块、沙子和泥灰。只有几个房间住着人。不过,整修并没使她感到扫兴。她喜欢这座宾馆。它具有维多利亚时代的瑰丽多姿。穿过布局考究的花园,就是新冬宫宾馆。与她下榻的老楼形成对照,这是一座现代化的高层建筑,毫无特色。她对自己的住处感到满意。她的房间里没有空调设备,不过天花板特别高,上面有一只转速很慢的大叶片电风扇。打开两扇落地长窗,外面是一个架着美观的铁栏杆的阳台,俯瞰着尼罗河。

没有淋浴装置;铺着瓷砖的浴室里,放着一只巨大的瓷盆,艾丽卡当即灌满了水。她刚跨进清爽的水里,外面房间的老式电话铃就响了。起初她想不接。后来,由于好奇,她打消了怕麻烦的念头,顺手从挂物架上抓起一条大毛巾,走进卧室,拿起听筒。

"欢迎你来卢克索,巴伦小姐。"是艾哈迈德·哈赞。

瞬间,他的声音又勾起她的满腹恐惧。尽管她决定追查塞提雕像,可是她觉得,她已经把暴力和危险抛在了开罗。而现在,当局似乎盯住了她。不过,他的语气还是友好的。

"希望你过得愉快。"他说。

"我肯定会感到愉快的,"艾丽卡应道,"我通知过你的办公室。"

"是的,我接到通知了,所以才给你打电话。我跟宾馆说过,你一到就通知我,我好欢迎你。你瞧,巴伦小姐,我在卢克索有一套住宅。我经常来这里。"

"原来如此。"艾丽卡说,心里不知话头要扯到哪里。

艾哈迈德清了清嗓子。"喂，巴伦小姐，不知道你今天晚上愿不愿意和我共进晚餐？"

"这是官方邀请，还是社交邀请，哈赞先生？"

"纯属社交邀请。我派车七点半去接你。"

艾丽卡脑子里迅速一转，似乎没什么坏处。"好吧，我感到很高兴。"

"好极了，"艾哈迈德说，显然很得意，"告诉我，巴伦小姐，你喜欢骑马吗？"

艾丽卡耸耸肩。说真的，她已经多年没有骑马了。不过，在孩提时代，她倒喜欢过，现在再骑着马参观这座古老的城市，真是个让人期待的好主意。"喜欢。"她犹犹豫豫地说。

"更妙了，"艾哈迈德说，"穿上适合骑马的服装，我带你逛逛卢克索。"

艾丽卡骑着黑马来到沙漠边缘。她拼命拉住缰绳，想把马勒住。不料马骤然加速，冲上沙丘，沿丘顶奔驰了将近一英里。最后，艾丽卡终于勒住了马，等着艾哈迈德。太阳刚刚落山，天色还亮着，艾丽卡往下望去，可以看见卡纳克神庙的废墟。河对岸，灌区过去，底比斯山突兀耸立。就连贵族坟墓的通道，有些也清晰可辨。

此情此景，使艾丽卡心醉神迷。坐在呼呼喘息的黑马上，她不由感到自己仿佛被载回到过去。艾哈迈德骑着马赶上来，立在她旁边，一声不吭。他摸透了她的心思，不想打扰她。在柔和的光线下，她偷偷瞥了一眼他那轮廓分明的侧影。他穿着宽大的白布衣服，衬衣半敞着怀，袖子卷到肘部。乌黑透亮的头发被风吹得乱蓬蓬的，额头沁出细细的汗珠。

对于他的邀请，艾丽卡仍然感到诧异，她忘不了他的官方职位。自她到达卢克索以来，他一直很热忱，只不过话语不多。她在琢磨，他是不是还对伊冯·德玛尔让耿耿于怀。

"这里美吧？"他终于说道。

"美极了。"艾丽卡说。她的马急着往前走，她用力拉住缰绳。

"我爱卢克索。"他转头看看艾丽卡，表情严肃。

艾丽卡满以为他会说下去，不想他只是盯着她看了一会儿，然后回过脸，朝尼罗河对岸的景色望去。他们默默地欣赏着眼前的景色，废墟的阴影加深了，预示着夜幕的降临。

"很抱歉，"他最后说，"你一定饿了。咱们回去吃饭吧。"

他们骑着马，顺着卡纳克神庙外缘和尼罗河沿岸，向艾哈迈德的乡下住宅走去。经过一个帆船停靠处，只见船工一面轻轻地唱着歌，一面收帆歇夜。回到艾哈迈德的住宅时，艾丽卡帮着卸好马。然后，他们都在院子的木盆里洗好手，再走进屋里。

艾哈迈德的管家已经备好了宴席，摆在起居室。艾丽卡最喜欢的一道菜是"福尔"，这是一盘泡菜，由蚕豆、小扁豆和茄子拼成，上面浇了一层麻油，还加进了大蒜、花生、葛缕子等作料，非常鲜美可口。艾哈迈德感到惊讶，她以前竟然没吃过这个菜。主菜是禽肉，艾丽卡以为是洛克康沃尔鸡。艾哈迈德解释说，是鸽子肉，放在炭火上炙烤过的。

艾哈迈德在自己家里显得无拘无束，说起话来也轻松多了。他问了艾丽卡许许多多问题，了解她在俄亥俄州是怎么长大的。当她叙说自己的犹太背景时，她显得有点尴尬，可是使她感到惊讶的是，艾哈迈德并不在意。他解释说，在埃及，对抗是个政治问题，只牵涉以色列，与犹太人无关。人们不把两者混为一谈。

艾哈迈德对艾丽卡在坎布里奇的那套公寓房间特别感兴趣，让她讲了种种细节。她都说完了之后，他才说起他在哈佛上过学。吃饭过程中，她发现他沉默寡言，但并非守口如瓶。只要你问起来，他还是愿意谈论自己的。他说起话来落落大方，因为在牛津学习过，取得过博士学位，现在还略带点英国口音。他是个敏锐的人，当艾丽卡问他是否跟任何美国姑娘相好过时，他向她说起了帕梅拉。他说得很动感情，艾丽卡不禁热泪盈眶。随后，他谈到事情的结局时，她大吃一惊。原来他离开波士顿去英国时，居然和她断绝了关系。

"你是说你们从未通过信？"艾丽卡疑惑地问道。

"是的。"艾哈迈德平静地说。

"为什么？"艾丽卡恳请地问。她喜欢快乐的结局，厌恶不幸的结局。

"我知道我得回来，回到我的国家，"艾哈迈德说，一面把脸扭开，"这里需要我。上面要我抓文物部。那阵子没有时间谈情说爱。"

"你后来还见过帕梅拉没有？"

"没有。"

艾丽卡呷了一口茶。帕梅拉的故事激起了她对男人任意遗弃女人的不愉快感觉。艾哈迈德似乎不像这种人。她想改变话题。"你家里人到马萨诸塞看过你吗？"

"没有……"艾哈迈德顿了顿,然后补充说,"其实,就在我离开之前,我叔叔到过美国。"

"三年中,谁也没来看过你,你也没回过家?"

"是的。从埃及到波士顿,远了点。"

"难道你不感到孤独,不想家?"

"孤独极了,不过,遇见帕梅拉就好了。"

"你叔叔见到过帕梅拉吗?"

艾哈迈德勃然大怒。他把茶杯朝墙上摔去,砸得粉碎。艾丽卡吓呆了。

这位阿拉伯人垂下头,拿双手抱着,艾丽卡听得见他在呼哧呼哧喘粗气。双方尴尬地沉默了一阵,艾丽卡坐在那儿,心里既惧怕他,又体谅他。她在寻思帕梅拉和那位叔叔。究竟出了什么事,如今还能使艾哈迈德大发雷霆?

"请原谅我。"艾哈迈德说,仍然低着头。

"我要是说错了什么,请你原谅。"艾丽卡说着放下茶杯,"也许我该回宾馆去了。"

"不,请你不要走,"艾哈迈德说着抬起头来,他的面孔涨得通红,"这不是你的过错。只是我心里有点不好受。请你不要走。"艾哈迈德跃起身来,给她倒满茶,也给自己倒了一杯。接着,为了活跃气氛,他取出几件文物部最近没收的古董。

艾丽卡对这些古董,特别是对一件雕刻得十分雅致的木头人,赞不绝口。她开始觉得宽慰多了。"从黑市上有没有没收到塞提一世的文物?"她小心翼翼地把古董放在身旁的桌子上。

艾哈迈德盯着她瞧了几分钟,心里嘀咕着。"没有,我想没有。你怎么问起这个?"

"噢,没有什么特别原因,只是我今天参观了阿拜多斯的塞提寺庙。顺便问一下,你知不知道他们那里有条眼镜蛇?"

"在所有的遗址,特别是阿斯旺,眼镜蛇是个潜在的问题。我想我们应该告诉游客,叫他们加以提防。不过,在人烟稠密的地方,这还不算是问题。与黑市问题比较起来,只是小巫见大巫。四年前,在光天化日之下,丹德拉的哈瑟寺庙遭到一场浩劫,有大批的雕刻被盗走!"

艾丽卡会意地点点头。"如果这次旅行别无收获的话,至少使我看清了黑市的破坏力。事实上,在做翻译工作的同时,我还决心为打击黑市贡献点力量。"

艾哈迈德忽然抬起眼来。"这是一件危险的事情。我劝你不要介入。给你说个情况。大约两年前,从耶鲁来了一位理想主义的美国青年,也抱着同样的目标。他不见了,落得无影无踪。"

"喔,"艾丽卡说,"我不是什么英雄豪杰。我只是有些非常普通的想法。我想问一问,你知不知道阿卜杜勒·哈姆迪的儿子在卢克索的古玩店开在哪里?"

艾哈迈德扭过脸去。陶菲克·哈姆迪饱受摧残的尸体又闪现在他的脑海里。当他回过脸看着艾丽卡时,他的面色十分紧张。"陶菲克·哈姆迪像他父亲一样,最近也被人杀害了。出了点麻烦,我虽然还摸不着头脑,但是我的部门和警察局正在调查。你已经碰到了不少麻烦,我希望你还是集中精力搞你的翻译工作。"

听到陶菲克·哈姆迪的噩耗,艾丽卡感到大为震惊。又是一起谋杀案!她想弄明白这是怎么一回事,但是劳累了一整天,脑子思索不起来了。艾哈迈德觉察到她很疲乏,就提出要送她回宾馆,艾丽卡欣然同意了。他们于十一点钟之前到达宾馆。艾丽卡对艾哈迈德的盛情款待表示了感谢,然后回到房间里,谨慎地锁上了门。

　　她慢吞吞地脱下衣服,准备上床睡觉。在擦去脸上的化妆品时,她想起了艾哈迈德。他感情强烈,给她留下了深刻的印象。尽管他发作了一番,整个晚上,她还是过得十分愉快。就寝仪式做完后,她钻进被窝里。就在进入梦乡之前,她又想起了艾哈迈德和帕梅拉;她在琢磨……但是,她最后想到的是来自古时候的一个名字:内内夫塔。

第五天

卢克索　上午六点三十五分

艾丽卡来到卢克索，由于太过兴奋，太阳还没出来就醒了。她向旅客服务部订了早餐，就在阳台上吃。服务员送早餐时，还带来了伊冯的一封电报："今日到新冬宫宾馆。望今晚见你。"

艾丽卡感到惊讶。她原以为电报是理查德打来的。和艾哈迈德一起待了一个晚上之后，她有些迷惑不解了。真是令人难以置信，就在去年，她还在渴望理查德向她求婚。可是眼下，她却发觉自己同时被三个不同的男人吸引住了。她与理查德的关系开始破裂时，她曾担心，自己不再会被情爱所打动，可是事实并非如此。这虽然使她感到宽慰，但眼前的情况仍然令人烦恼不安。她将剩下的咖啡一饮而尽，决心把一切情感问题抛置脑后。她从餐桌上站起来，回到房间，为一天的活动做准备。

她腾空了手提包，装上她根据宾馆建议定做的盒饭、手电筒、火柴、香烟，以及阿卜杜勒·哈姆迪给她的那本一九二九年版的《贝德克尔旅游手册》。她把散了套的封皮和杂七杂八的文件搁到衣柜上。刚想转身，又看见了封皮上的名字：纳赛夫·马尔默德，开罗解放大街一百八十号。陶菲克的遇害并没有完全割断她与阿卜杜勒·哈姆迪的联系！回开罗后，她要去找纳赛夫·马尔默德。于是，她小心地把封皮装进手提包里。

从冬宫宾馆走不多远，就来到路坎达大街古玩店。尽管已经见到大批穿着艳丽的游客，有些店还没开门。艾丽卡随便选了一家，走了进去。

这家店使她想起了阿卜杜勒古玩店，不过货物要多得多。艾丽卡看了看那些比较引人注目的样品，把真品和赝品分开。店主是个名叫大卫·儒朗的身材矮胖的男子，一开始直围着她打转转，后来才回到柜台后面。

在几十件据称是史前制造的罐子中，只有两件，艾丽卡觉得是真的，而且很一般。她举起一只："多少钱？"

"五十镑，"儒朗说，"旁边的那只十镑。"

艾丽卡看看那只。上面有漂亮的装饰。太漂亮了，尽是些螺旋，只是方向不对。艾丽卡知道，史前的罐子上常带螺纹，不过都是逆时针方向的。眼前这只罐子上的螺纹却是顺时针方向的。"我只对古董感兴趣。事实上，我在这里没发现几件真品。我希望能见到点不寻常的东西。"她放下赝品罐子，走到柜台跟前，"我被派来这里买几件特好的古董，最好是新王国时期的。我把钱都准备好了。你有东西给我看看吗？"

大卫·儒朗朝艾丽卡打量了半响，没有回答。接着，他弯下身，打开一个小橱柜，抽出一只斑痕累累的拉美西斯二世的花岗岩头像，放在柜台上。鼻子掉了，下巴上又有裂缝。

艾丽卡摇了摇头。"不，"她说，向四周环视了一下，"这是你们最好的？"

"眼下是的。"儒朗把破损的雕像收了起来。

"这样吧，我给你留个名。"艾丽卡说罢，就在一张纸条上写了起来，"我住在冬宫，你要是打听到不寻常的古董，请跟我联系。"她顿了顿，指望那人拿出点别的东西看看，不想他只耸了耸肩。双方尴尬地沉默了一阵之后，她便走了。

她又走进五家古玩店，结果都一样。没有人拿出不同凡响的东西。她见到的最好的古玩，是哈特谢普苏特女王时代的一座上光仆人俑。她给每个店都留了姓名，但是并不抱有很大希望。最后，她索性不找了，朝渡口走去。

她要过河到西岸去，只付了几分钱就坐进一艘旧船，船里挤满了提着照相机的游客。他们一上岸，一大群出租汽车司机、渴望当导游的人和叫卖刻有圣甲虫护身符的小贩，向他们蜂拥而来。艾丽卡登上一辆破烂不堪的公共汽车，车上挂着一块硬纸板，纸板上歪歪扭扭地写着"国王谷"几个字。等所有的游客都上了车，汽车便驶离了渡口。

艾丽卡激动不已。平展碧绿的耕田，在沙漠边缘突然停止，举目远眺，底奔山巍然屹立，悬崖峭壁，满目荒凉。山脚下，可以看见一些著名的纪念物，如提埃尔巴哈利的十分雅致的哈特谢普苏特寺庙。就在哈特谢普苏特寺庙右边，有个名叫基尔纳的小村庄，建在斜山腰上。在水浇地过去的沙漠里，坐落着一片泥砖房子。大多数房子呈现淡褐色，和沙石崖壁的颜色差不离。有几座房子，特别是有座矗立着矮墩墩尖塔的小清真寺，因为粉刷过，显得十分醒目。房子中间，有一道道开口，直凿进基岩里。这是通向无数地下墓穴的入口。基尔纳村的人们居住在贵族坟墓之间。不知有多少次，政府曾试图让村民们搬家，可是遭到他们的坚决抵制。

汽车倾斜着来了个急转弯，然后来到一个岔路口，向右拐去。一刹那间，艾丽卡瞥见了塞提一世的殡仪寺。真是目不暇接啊！

沙漠起处，界线极其分明。青翠的甘蔗田不见了，代之而来的是寸草不生的荒沙顽石。公路笔直地通到山里，然后便盘旋前进，通至一条越来越窄的山谷。天气像火炉一样酷热，空中无风无息，令人感到十分沉闷。

公共汽车驶过一座石壁小岗房，在一个大停车场停了下来。停车场上已经停满了公共汽车和出租汽车。尽管气温在华氏一百度以上，这里仍然是游人如织。在左面的一道高岗上，有个小吃部，生意颇为兴隆。

艾丽卡戴着一顶土色宽边帽，这是她买来遮太阳的。她简直难以相信，她终于来到了图坦卡蒙墓的发掘地——国王谷。峡谷四周，山峦起伏，一座三角形的山峰高耸于群峰之上，尖削陡峭，恰如一座天然金字塔。褐色石灰石形成的峭壁直垂谷底，与一条条用小石头铺成的齐整的小路相会合，石头小路都向停车场聚拢。在悬崖和小路的交界处，是黑咕隆咚的陵墓入口。

虽然公共汽车上的大多数乘客都跑到小吃部喝冷饮去了，艾丽卡却匆匆来到塞提一世陵墓的入口处。她知道，这是国王谷最大、最壮观的陵墓，她想先睹为快，看看能不能找到内内夫塔这个名字。

她歇了口气，然后迈步跨进通往过去的门槛。虽然她早就知道这里的装饰物保管得很好,如今亲眼一看,它们那鲜艳不褪的颜色仍使她为之惊讶。那油彩看上去像是昨天涂的一样艳丽。她顺着一条走廊缓步走去,然后走下一级台阶,两眼不觉被墙上的装饰吸引住了。上面尽是塞提和埃及诸神在一起的肖像。顶棚上画着展翅作势的巨鹭。肖像之间,写着大段大段引自《死者书》的象形文字。

艾丽卡直等着一个大观光团走过去,才得以穿过架在一口深井上面的木桥。艾丽卡往井下望去,心想这是不是挖来阻挡盗墓贼的?竖井过去,是一条长廊,由四根粗壮的圆柱支撑着。接着,又是一级阶梯,这级阶梯在古时候是封闭的,隐蔽得严严实实的。

艾丽卡一面步步深入地朝墓穴深处走去,一面对于这手工雕石所付出的艰辛惊叹不已。当她走下第四级阶梯、进到山内几百码时,她觉得呼吸困难起来。她在想,古时候的工人挖墓时,空气不知道是怎样的。尽管周围的游客川流不息,洞里却没有通风设备,缺氧给艾丽卡带来一种窒息的感觉。她没有幽闭恐惧症,但是也不喜欢被禁闭。因此只得下意识地抑制自己的害怕心理。

一走进墓室,艾丽卡便不顾呼吸困难,仰着脖子欣赏穹状屋顶的天文学图案。她还发现了一条隧道,这是什么人在较近的年代里挖掘的。这人自以为能找到其他密室,可是他什么也没找到。

待在墓里,她越来越感到局促不安,不过她认为,她应该去参观一个小侧室,那里有天空女神努特的一幅名画,形状像头牛。她在游客中穿行,来到侧室门口,可是往里一瞧,发现里面水泄不通,便决定只好不看努特了。猛一转身,她咚地撞到一个在她后面走进侧室的男人身上。

"对不起。"艾丽卡说。

那男子先是微微一笑,然后返身走回墓室。又一群游客拥来,她身不由己地被挤进了小侧室。她竭力想使自己镇静下来,可是挡住她路的那个人却使她心神不宁。她以前曾见过他——黑头发,黑衣服,咧嘴一笑,露出一颗尖门牙。她记得在埃及博物馆里曾见过这颗尖门牙。

她知道游客常常出没同一地方,那她为什么对这个人如此大惊小怪呢?她知道,她行动怪诞,而她的恐惧心理则是由前几天的意外事件和眼下墓里的闷热气氛,共同引起的。艾丽卡把提包背带往肩上拉了拉,使劲挤进了墓室。那个人不见了。一小级阶梯通到墓室上方,直至出口处。艾丽卡登上台阶,两眼向四下扫视。她极力稳住自己不要跑。接着,她停下脚步。只见那人在她左边的一根方柱后面,闪来闪去。这只是转瞬即逝的一瞥,不过她现在确信,她不是凭空想象,那人确实行动诡秘。他在跟踪她。她凭着一阵冲动,跑上最后几级台阶,躲到一根柱子后面。室内共有四根柱子,每根柱子正面都装饰着一幅跟真人一样大小的塞提一世和一位埃及神的彩色浮雕像。

艾丽卡等候着,心里扑扑直跳,情不自禁地想起了近几天在她周围出现的暴力行动。她不知道会发生什么情况。随后,那人又出现了。他绕过她前面的柱子,一面观看着墙上的巨幅壁画。尽管他的嘴唇只张开了一条缝,艾丽卡还是可以看出,他右前方的门牙长得很尖。他径直走过去了,眼睛并没看她。

艾丽卡迅速迈开双腿,先走后跑,沿着走廊和阶梯原路返回,最后走进明媚的阳光之中。一回到露天,她的恐惧心理便自行消失,自己也觉得挺可笑的。她原来认定那个人心怀叵测，现在看来，她纯属神经过敏。她往后瞧了瞧，但是没有回到塞提墓里。找内内夫塔名字的事改日再说吧。

过了晌午时分，小吃部和客栈里门庭若市，结果，比较简陋的图坦卡蒙墓里几乎空无一人。早些时候，人们还列队等着进去呢。艾丽卡利用游客休息的机会，走下著名的十六台阶，来到墓口。就在进去前，她回头望了望塞提墓。可是什么人也没见到。沿着甬道往里走时，她琢磨起这样一个令人啼笑皆非的事实：新王国时期最无足轻重的法老的最小的陵墓，竟然是唯一可以称得上完好无损的陵墓。而即使图坦卡蒙墓，也在古代被盗掘过两次。

她跨进前室的门槛，心里不由得回忆起1922年11月开墓的那个重大日子。那一天，霍华德·卡特及其一伙发现了考古史上发掘出来的最令人眼花缭乱的珠宝，这该是多么激动人心啊！

艾丽卡对这次发掘情况了若指掌，说得出墓里大多数物品是在什么位置发现的。她知道，图坦卡蒙的与真人一样大小的雕像立在墓室入口的两侧，三张灵床靠墙摆着。随后，她又记起卡特发现的奇怪的混乱状态。这是个谜，一直没有解开。很可能，混乱状态是盗墓者留下的，但是为什么那些陪葬物没有恢复原状？

一帮法国游客正在往外走，为了给他们让路，艾丽卡只好等一等再走进墓室。正当她立在那里时，那个在塞提墓里把她吓了一跳的穿黑衣服的人，走了进去，手里拿着一本打开的旅行指南。艾丽卡不由得呆住了。不过，她克服了自己的恐惧心理，她相信，这仅仅是凭空想象。何况，那人从她身旁走过时，似乎并没注意她。她仔细瞧了瞧他的鹰钩鼻子，这只鼻子赋予他一副猛禽的形象。

她鼓起勇气，硬着头皮走进熙熙攘攘的墓室。墓室被一道栏杆隔开，栏杆前站满了人，只是在那穿黑衣服的男子旁边有个空当。她先犹豫了一阵，然后走到栏杆前，观看着图坦卡蒙的庄严的粉红色石棺。室内的壁画与塞提墓里极为雅致的壁画比较起来，显得微不足道。当她的目光在室内扫来扫去时，艾丽卡无意中看见了那人的旅行指南展开的一页。那是卡纳克神庙的平面图。这跟国王谷毫不搭界呀。霎时，她又恢复了先前的恐惧心理。她赶紧离开栏杆，匆匆走了出去。回到阳光里，吸着新鲜空气，她又感到舒坦了些。但是，这回她敢肯定，她不是神经过敏。

在距离图坦卡蒙墓仅仅三十英尺的小吃部里，已经没有空桌子了，不过艾丽卡还是要感谢这群人：他们给她带来一种安全感。她坐在游廊的矮石墙上，手里端着一罐刚买来的冰冻果汁和从宾馆带来的盒饭。她目不转睛地盯着图坦卡蒙墓的洞口。望着望着，那人出现了。他穿过停车场，走到一辆黑色小轿车跟前。他坐到座位上，却不关门，两脚踩在地上。她在琢磨，他来这里用意何在；如果他有意要加害于她，机会多得很。她断定，他不过是在跟踪她，也许是奉官方之命。艾丽卡深深吸了口气，决定不理会他。不过，她还是要和其他游客待在一起。

她的午餐是几片羊肉三明治，她一面若有所思地嚼着，一面朝路对面不远处的图坦卡蒙墓洞口望去。一想到维多利亚时代游览国王谷的数以千计的游客，她就感到宽慰一些。当年，他们就坐在这里喝着凉柠檬水，殊不知离他们十码远的地方，有通往世界上最大地下宝库的暗道。而塞提一世的陵墓也很靠近这小吃部。

她吃第二片三明治的时候心里在想：拉美西斯六世的陵墓距离图坦卡蒙墓有多近啊。就在上方偏左一点。艾丽卡记得，就是由于修建拉美西斯六世墓时，在图坦卡蒙墓的入口上面修盖了工棚，才推迟了卡特的发现。后来，他挖了一条直通那里的壕沟，才发现了那十六步下墓台阶。

艾丽卡停下嘴，在心里把这些材料串联起来。她知道，古代的盗墓者是由原始的入口进入图坦卡蒙墓的，因为卡特描写过门被捣毁的情况。但是由于工棚修在那里，到开建拉美西斯六世墓时，图坦卡蒙墓的入口一定被盖住，被人遗忘了。这就意味着图坦卡蒙墓应该是在第二十王朝初（也许是第十九王朝）被盗的。倘若该墓是在塞提一世统治时期被盗的，那又怎么样呢？

艾丽卡咽下吃的。图坦卡蒙墓被亵渎了，而他的名字又出现在西提的雕像上，这两者之间会不会存在某种联系呢？当她心里这样思忖时，她仰起头来，瞧着一只孤鹰盘旋上升，双翅一动不动。

她动手把三明治纸包装回饭盒里。坐在汽车里的那个人还没离开。附近有张桌子腾出来了，艾丽卡拿起东西，走了过去，顺手把提包放在地上。

尽管沉闷的热气像一条厚毯子似的笼罩着峡谷，艾丽卡却思绪万千。倘使盗墓人被抓住后，塞提的雕像被放进图坦卡蒙墓里呢？但她立刻又觉得这个想法是荒唐的，那样做毫无意义。况且，这些雕像要是真的放在图坦卡蒙墓里，早就被卡特编入目录了，因为卡特素以严谨细致著称。不，艾丽卡知道，她的思路不对，但是她认识到，由于卡特的发现太重大了，图坦卡蒙墓被盗的问题被忽略了。这位少年国王的墓被人亵渎，这个事实可能具有重要意义，而认为墓是在塞提一世统治时期被盗的想法，也颇有意思。突然间，艾丽卡恨不得立刻回到埃及博物馆。她想看看卡特的笔记。费克里博士说过，这些笔记都复印在缩微胶卷上，存在档案室里。即使她了解不到令人震惊的东西，它也可以成为一篇上好文章的主题。她还琢磨，最先参加发掘图坦卡蒙墓的人中，是否还有健在的？她知道，卡那封和卡特是去世了。想到卡那封之死，她记起了"法老的诅咒"，不由得对宣传机器的善于随机应变和公众的容易上当受骗，付之一笑。

饭一吃完，艾丽卡便打开《贝德克尔旅游指南》，想确定下面参观哪个墓。一个德国观光团从她身旁走过，她赶紧混了进去。在她头顶，那只正在盘旋的雀鹰突然俯冲下来，向一只不提防的小雀猛扑过去。

哈利法伸手关掉他租来的汽车里的收音机，一面眼睁睁地看着艾丽卡步履维艰地走进越来越热的峡谷。"Karrah[1]。"他张口骂了一声，抽身从阴凉的汽车里走出来。他无法理解，为什么有人会心甘情愿地跑到这酷热地方折腾自己。

卢克索　晚上八点

艾丽卡穿过将新旧冬宫宾馆隔开的宽阔花园时，终于领悟到，为

---

[1] 阿拉伯粗俗语，相当于"狗东西，见鬼"。

什么那么多维多利亚时代的阔佬愿意到上埃及过冬。虽然白天很热，但是一旦太阳落山，气温骤然下降，就会变得凉爽宜人。她绕着游泳池边走过，只见一群美国儿童在水里玩得正欢。

这是奇妙的一天。她在墓里看到的古画真是惹人注目，难以置信。后来，她从西岸回到宾馆，发现两张便条，都是请帖。一张来自伊冯，一张来自艾哈迈德。决心很难下，不过她还是决定跟伊冯相见，心想他说不定发现了有关雕像的新线索。他在电话上说过，他们将在新冬宫的餐厅里吃饭，他八点来叫她。她一时心血来潮，跟他说，她愿意在前厅和他碰头。

伊冯穿着深蓝色的双排纽扣运动夹克和白色便裤，漂亮的褐发梳得整整齐齐。他用手臂挽着艾丽卡，两人一起步入餐厅。

这座餐厅建造没多久，但是显出了衰败的样子。那些不协调的装饰表明，人们曾试图把它修成一座雅致的大陆式餐厅，可是失败了。不过，当伊冯给她讲起他欧洲童年的故事时，艾丽卡马上忘记了周围的环境。他描述起他和他父母亲拘谨而冷漠的关系，那副神态直叫人觉得好笑，而并无悲怜之感。

"你的情况怎么样呢？"伊冯问道，一面在夹克衫里摸香烟。

"我来自另外一个世界。"艾丽卡垂下眼睛，旋动着她的葡萄酒杯，"我是在中西部一座小城市的一幢房子里长大的。我们有个很小而亲密无间的家庭。"艾丽卡抿了抿嘴唇，耸了耸肩膀。

"哦，还不仅仅如此吧，"伊冯笑吟吟地说，"不过，不要放任我唐突无礼⋯⋯你不一定非告诉我不可。"

艾丽卡并非不想讲，只是她觉得，伊冯不见得愿意听俄亥俄州托莱多的事情。况且，她不想谈起她父亲因飞机失事而丧生的情况，也不想谈起她和她母亲因太相似了反而难以相处的情况，不管怎样，她还是想听伊冯说话。

"你结过婚吗？"艾丽卡问。

伊冯纵声笑了，然后端详着艾丽卡的面孔。"我结婚了。"他漫不经心地说道。

艾丽卡移开眼睛。她知道，她那瞬息而来的失望情绪，肯定可以从她的瞳孔里看出来。她早知不问就好了。

"我还有两个可爱的小家伙呢，"伊冯接着说，"让·克洛德和米歇尔。只是我从来不见他们。"

"从来不见？"不见自己的孩子，这是多么不可思议啊！艾丽卡抬起目光，她抑制住了自己的情感。

"我很少去见他们。我妻子愿意住在圣特罗佩。她喜欢逛商店和晒太阳，我觉得这不自由。两个孩子上寄宿学校，他们喜欢圣特罗佩的夏天。所以……"

"所以你一个人住在乡下别墅里。"艾丽卡说，想活跃一下气氛。

"不，那是个沉闷的地方。我在巴黎的韦纳维街有一套漂亮的房间。"

一直到喝咖啡时，伊冯才愿意谈论塞提一世的雕像和阿卜杜勒的被害。

"我带来这些照片给你看看，"他说着从衣袋里掏出五张照片，摆在艾丽卡面前，"我知道，你看见过杀害阿卜杜勒·哈姆迪的几个人，不过只是一眨眼的工夫。你认得出这些人吗？"

艾丽卡把照片一张张地拿过来，仔细地审视着。"认不出来，"她最后说，"不过，这并不意味他们不在场。"

"我懂，"伊冯说，一面拿起照片，"那仅仅是个可能。告诉我，艾丽卡，你自从到上埃及以来，有没有遇到什么问题？"

"没有……只是我肯定在被人跟踪。"

"跟踪？"伊冯说。

"这是我能想到的唯一解释。今天在国王谷，我见到一个人，我想我先前在埃及博物馆见过他。他是个阿拉伯人，长着一只鹰钩鼻子，脸上带着冷笑，有只门牙是尖的。"艾丽卡翘起嘴唇，用手指点着右面的门牙，这个动作把伊冯逗笑了，虽然她发现了哈利法这件事，使他感到怏怏不乐。"这没有什么好乐的，"艾丽卡接着说，"他假装是个游客，可是旅游手册都翻错了页，真把我吓坏了。伊冯，"她说着，转换了话题，"你的这架飞机怎么样？现在在卢克索吗？"

伊冯摇摇头，心里有点慌乱。"是的，当然。飞机是在卢克索。你问这干什么？"

"因为我想回开罗。我有点事要办，大约要半天工夫。"

"什么时间？"伊冯问。

"越快越好。"艾丽卡说。

"今天夜里行不行？"他正想让艾丽卡回到开罗。

伊冯如此痛快，艾丽卡不觉有点吃惊。不过她相信他，特别是现在，她知道他结了婚。"干吗不行？"她说。

虽然她以前从未乘过小型喷气式飞机，但她总是想象里面的空间要比现在大得多。机内有四个大皮座位,她在一个座位上坐下,系上安全带。在与艾丽卡贴近的椅子上,坐着拉乌尔,他试图同她搭话,可是艾丽卡更关心眼下的事情,关心飞机会不会起飞。她不相信空气动力学的原理。坐在大飞机里,她倒不担心,因为如此庞大的机体居然能飞行,这个概念太荒谬了,以至于她根本不去考虑它。飞机越小,她越是讨厌地感到这个问题。

伊冯雇了一位驾驶员,不过,由于他受过飞行训练,他通常更愿意自己驾驶飞机。当时没有飞机来往,他们即刻获准起飞。刀状的小喷气式飞机沿着跑道轰鸣前进,随即蹿上空中,艾丽卡的手指捏得煞白。

飞机一进入航道,伊冯便放开操纵装置,回来与艾丽卡交谈。艾丽卡开始放松了,她说:"你提起过,你母亲是英国人,你看她会不会认识卡那封一家人?"

"噢,认识的。我见过现在的这位伯爵,"伊冯说,"你为什么问这个?"

"事实上,我想知道卡那封伯爵的女儿是否还活着。我想,她的名字叫伊夫琳。"

"这个我也不了解,"伊冯说,"不过我可以查出来。你为什么问这个?难道你对'法老的诅咒'发生兴趣啦?"在半明半暗的机舱里,他咧嘴笑了。

"也许是,"艾丽卡逗趣地答道,"关于图坦卡蒙墓,我有个推测,想调查一下。等我得到更多的材料以后,再告诉你。不过,你若是能替我查明卡那封女儿的下落,我将感激不尽。对啦,还有一件事。你听说过内内夫塔这个名字吗?"

"哪来的?"

"与塞提一世有联系。"

伊冯想了想,然后摇摇头。"从没听说过。"

飞机在开罗上空来来回回地兜了一阵,才被允许降落。不过,手续却很简短,因为飞机早就取得了飞行许可证。刚过凌晨一点,他们就来到子午线宾馆,管理人员对伊冯极其热忱,他们虽说宾馆满员了,可还是设法在伊冯的屋顶套房隔壁,为艾丽卡找了一个额外房间。伊冯邀请她在安顿好以后,到他屋里喝点酒。

艾丽卡只带来她的帆布提包,装了最起码的一点衣物、化妆品和读物。她将旅游手册和手电筒留在了她卢克索的房间里。所以,她没有什么东西好"安顿"的。她通过连门,走进伊冯套房的主室。

艾丽卡进来时,他已脱掉夹克衫,卷起了袖子,正在开一瓶佩里尼翁牌甜汽酒。她伸手去接香槟杯子,顷刻间,他们的手碰到一起了。艾丽卡忽然意识到,他极其英俊。她感到,似乎自他们第一次相遇以来,他们一直在向今天夜里迈进。他已结了婚,显然不很正经。不过她也一样。她还是将息一下吧,至于今夜怎么度过,完全听其自然。为了转移目标,她觉得只好谈话。"是什么东西使你对考古学这么感兴趣?"

"我还是在巴黎当学生的时候,就开始感兴趣了。有些朋友劝我上东方语言学校。我着迷了,头一次发狂似的用起功来。我从来不是个好学生。我学习阿拉伯语和科普特语。可我感兴趣的是埃及,我想,这只是个借口,不是个理由。你想到阳台上看看风景吗?"他向她伸出手。

"想看看。"艾丽卡说，她的脉搏加快了。这正是她所需要的。她不在乎他是不是在利用她，不在乎他是不是见了迷人的女人就要跟她上床。有生以来第一次，她被欲望驱使着。

伊冯拉开门，艾丽卡从格子花架下走了出去。面对繁星满天的夜空，她俯瞰着开罗全城，玫瑰的芳香阵阵扑鼻。矗立着粗壮尖塔的城堡仍然灯火通明。吉齐拉岛位于他们正前方，四面被黑沉沉的尼罗河环抱着。

艾丽卡能够感到，伊冯就立在她的身后。当她仰脸望着他那轮廓鲜明的面孔时，他正仔细地打量她。他慢慢地伸出手，拿指尖理她的头发，然后托住她的后脑勺，将她往他身前拉。他敏感地察觉到她的冲动，先是轻轻地亲她，接着热烈起来，最后则变得狂热了。

艾丽卡对自己的强烈反应感到惊愕。自从认识理查德以来，伊冯是她接触的第一个男人。她不知道她的身体会作何反应。可是眼下，她向伊冯张开了双臂，她和他一样兴奋。

他们的身体缓缓倒向东方地毯，衣服翩然散落下去。在埃及柔和静谧的夜光下，他们恣意放荡地做起爱来。慵慵懒懒、怦然颤动的卢克索成为他们激情荡漾的见证者。

第六天

开罗　上午八点三十五分

艾丽卡躺在自己的床上醒来了。她隐隐约约记得，伊冯说他愿意一个人睡。她翻过身来，想到昨天晚上的事，惊愕地发现她并不感到内疚。

她走出房间时，快九点了。伊冯穿着一件蓝白条纹的晨服，正坐在阳台上，阅读阿拉伯语的《金字塔报》。早晨的阳光从格子花架上射进来，一条条的，给屋里洒上斑斑亮点，宛若一幅印象派的绘画。早饭已经准备好，盖在银盘子底下。

一见到艾丽卡，他便站了起来，热烈地拥抱她。

"我很高兴，我们来到开罗。"说着，他给她拉出椅子。

"我也很高兴。"艾丽卡说。

这是一顿愉快的早餐。伊冯谈吐幽默，使艾丽卡兴致勃勃。可是，一吃完最后一片吐司，她便急着要继续进行她的调查。

"噢，我要去博物馆啦。"说罢，叠起她的餐巾。

"要人陪伴吗？"伊冯问。

艾丽卡朝他望望，记起了理查德不耐烦的样子。她不想让人在后面催着。最好还是一个人去。

"说老实话,我要干的那种事有点令人厌烦。你要是不愿意在档案室里待一上午的话,我还是自己去为好。"艾丽卡将手伸过桌子,触触伊冯的胳膊。

"那好,"他说,"我让拉乌尔开车送你去。"

"不必啦。"她推辞说。

"法国人的盛情厚意嘛。"伊冯高兴地说。

费克里博士把艾丽卡领进图书馆主室旁边一个闷热的小房间。在靠墙的一张桌子上,摆着一台显微阅读器。

"塔拉特将取来你要的胶卷。"费克里博士说。

"非常感谢您的帮助。"艾丽卡对他说。

"你在找什么材料?"费克里博士问。他的右手突然痉挛似的抖动起来。

"我想了解一下古时候掘开图坦卡蒙墓的盗贼。依我看,这方面的发现没有引起人们应有的注意。"

"盗墓贼?"他问道,然后移步离开了房间。

艾丽卡在显微阅读器前坐下,拿手指咯咯地敲着桌子。她希望埃及博物馆的资料尽可能多些。塔拉特走进来,递给她一只装满胶卷的鞋盒子。"你买刻有圣甲虫的护身符吗,小姐?"他小声问道。

艾丽卡也没顾得上回答,就开始查看缩微胶卷。好在保存原始资料的阿什莫林博物馆做了卡片,上面有英文标签,读起来很方便。材料如此丰富,她倒真有点惊讶了。她把身子坐舒服些,显然,她要在那里待一阵子。

艾丽卡打开阅读器，插上第一卷胶卷。幸运的是，卡特的日志书写得苍劲有力，工工整整。艾丽卡很快翻到描写石匠工棚的那部分。毫无疑问，这些工棚修建在图坦卡蒙墓入口的正上方。艾丽卡现在确信，盗墓贼一定在拉美西斯六世没有即位以前，就把图坦卡蒙墓给盗窃了。

她继续浏览，读到这样一节，在这一节里，卡特列举了种种理由，说他为什么在发现图坦卡蒙墓之前，就认准该墓的存在。艾丽卡觉得最惹人注目的物证，是西奥多·戴维斯发现的一只上过蓝色彩釉的陶器杯子，上面刻着图坦卡蒙的名字。谁也没有考虑过，这只小杯子为什么隐藏在山腰上的一块石头下面。

当第一卷胶卷读完了，艾丽卡又安上另一卷。她现在阅读的是关于这次发现本身的资料。卡特详细描写了图坦卡蒙墓的外门和内门在古代被重新封闭的情况，用的都是墓地自己的封条；而图坦卡蒙的原始封条只有在每道门的底部才能找到。卡特详细解释了他为什么确信门被撬开，并又被封过两次，但是没有解释其所以然。

艾丽卡闭上眼睛，休息了片刻。想象的翅膀把她带回到那位少年法老安葬时的庄严仪式。接着，她心目中又想象起盗墓者来。他们盗墓时是满怀信心呢，还是害怕激怒阴间的守护？后来，她想到卡特。他第一次进墓时，情形是怎样的？从他的笔记里，艾丽卡进一步证实：他是由他的助手卡伦德，以及卡那封勋爵、卡那封的女儿和一个名叫萨瓦特·拉曼的工头，陪同进去的。

在以后几个小时中，艾丽卡几乎动也不动。她能感受到卡特那种敬畏而神秘的心情。他不厌其详地描述了每件物品的位置：那只雪花石膏制作的莲花瓣形杯子和附近的一盏油灯就占据了好几页的篇幅。当她仔细研究有关这只杯子和这盏灯的材料时，她想起在别处读到过的一份材料。卡特在他大发现后所进行的巡回演说中，曾经提到：这两件物品的奇怪方位使他设想，它们是某个更大秘密的线索；他希望陵墓被彻底检查完了之后，这个谜能被解开。他接着说，他发现的被胡乱丢在地上的那堆金戒指表明，盗墓者在行盗中间受了惊。

艾丽卡从阅读器上抬起眼睛，意识到因为墓被掘开过两次，卡特便设想它两次被盗。不过，那的确只是个设想，也许还有别的解释同样说得通。

初步读完卡特的墓地笔记之后，艾丽卡又给显微阅读器装上一卷标明"卡那封勋爵：文件与书信"的胶卷。她发现大多是些事务性信件，表示他支持这些考古学活动。她迅速地往前拉动胶卷，最后见到上面的日期同发现陵墓的时间相吻合。如她所料，一旦卡特报告找到了入口阶梯，卡那封的信件也随之增多。艾丽卡停下来阅读卡那封一九二二年十二月一日写给英国博物馆的沃利斯·巴奇爵士的一封长信。为了整个地用一个镜头拍下来，信被大大缩小了。艾丽卡只好瞪大眼睛来看。笔迹也不如卡特的工整。信中，卡那封以激动的笔调描述了这次"发现"，列举了艾丽卡在图坦卡蒙文物巡回展出中见到的许多件著名的展品。她快速地读着，忽然，一句话跃入她的眼帘："我没有打开那些盒子，不知道里面装着什么；但是有几件纸草书、彩陶、珠宝、花束和插在安克①烛台上的蜡烛。"艾丽卡瞧着"纸草

---

① 安克，古埃及宗教象征永恒生命的符号，形似基督教的十字架，但上方呈现一环状。

书"几个字。据她所知，图坦卡蒙墓里并未发现纸草书。事实上，这正是一件令人失望的事情。人们本来希望，图坦卡蒙墓能为了解他所置身的动乱时代提供点内幕材料。可是，因为没有发现文献，这希望破灭了。然而在这里，卡那封倒是在向沃利斯·巴奇爵士描述了一份纸草书。

艾丽卡回头再读卡特的笔记。她把开墓那天和随后两天的笔记重新读了一遍：卡特没有提到任何纸草书。事实上，他倒提到：他对没有文献而感到失望。真是咄咄怪事。回过头来再看卡那封给巴奇的信，艾丽卡将卡特的笔记和他提到的其他文献一一做了对照。唯一的出入就是那些纸草书。

到了下午，艾丽卡终于走出了沉闷的博物馆。她慢吞吞地朝熙熙攘攘的解放广场走去。虽然饥肠辘辘，她还想在回子午线宾馆之前，再干一件事。她从手提包里取出《贝德克尔旅行指南》的封皮，读了读上面的姓名和地址：纳赛夫·马尔默德，解放大街一百八十号。

穿过宽阔的广场，这本身就是件了不起的事情，因为广场上到处是布满灰尘的公共汽车和拥挤不堪的人群。到了解放大街的街角，她向左拐弯。

"纳赛夫·马尔默德。"她自言自语地说。她不知道会遇见什么情况。解放大街是一条比较时髦的大街，街上有几家漂亮的欧式商店和办公大楼，一百八十号是座现代化的多层高楼，全由大理石和玻璃建成。

纳赛夫·马尔默德的办公室设在八层。艾丽卡乘着电梯，想起这里午休时间很长，恐怕不到下午晚些时候见不到纳赛夫·马尔默德。可是，他的办公室开着门，她便走了进去，同时注意到门上的标记：

"纳赛夫·马尔默德，国际司法局：进出口处"。

办公室的接待处没有人。桃花心木的办公桌上摆着时髦的奥里维提打字机，表明生意很兴隆。

"喂。"艾丽卡喊道。

一个矮墩墩的男子出现在门口，身上穿着做工精致的三件套西服。他约莫五十来岁，要是在波士顿的金融区散散步，倒是挺合时宜的。

"有事吗？"他以公事公办的口气问道。

"我找纳赛夫·马尔默德先生。"艾丽卡应道。

"我就是纳赛夫·马尔默德。"

"你能和我谈一会儿吗？"艾丽卡问。

纳赛夫回头瞧瞧他的办公室，同时噘起嘴。他右手还拿着钢笔，显然，他正在忙乎什么。他扭回脸对着艾丽卡，似乎有点犹豫不决地说："嗯，就谈几分钟。"

艾丽卡走进宽敞的楼角办公室，顺着解放大街望去，可以瞧见广场和远处的尼罗河。纳赛夫安然地坐到他的高背办公椅上，挥手示意艾丽卡坐到旁边的一张椅子上。"我能帮你做点什么，小姐？"他一边问，一边把指尖触到一起。

"有个名叫阿卜杜勒·哈姆迪的人，我想打听一下他的情况。"艾丽卡停了停，看他有没有反应。马尔默德没有反应。他在等待，心想她还要说下去。可是当艾丽卡不往下说了时，他说："这个名字很陌生。我怎么会认识这个人呢？"

"我在琢磨，他会不会碰巧是你的委托人。"艾丽卡说。

马尔默德摘下放大镜，搁在桌子上。"倘使他是我的委托人，我想我不见得会愿意透露他的情况。"他并无恶意地说。他是个律师，因此，只愿收集情况，而不愿提供情况。

"我倒掌握这个人一些情况，倘若他是你的委托人的话，你准会感兴趣的。"艾丽卡同样采取圆滑的态度。

"你怎么知道我的名字？"他问。

"从阿卜杜勒·哈姆迪那里。"艾丽卡说，她知道这样说略有点违背事实。

马尔默德打量了一阵艾丽卡，走进外间办公室，然后带回了一只马尼拉纸文件袋。他坐到办公桌后面，重新戴上放大镜，打开文件袋。袋里只装着一张纸，他一分钟就浏览完了。

"不错，看起来我确实是阿卜杜勒·哈姆迪的代理人。"他从眼镜顶上，用期待的目光向艾丽卡看去。

"唉，阿卜杜勒·哈姆迪死了。"艾丽卡决定不用"遇害"这个词。

马尔默德若有所思地瞅了瞅艾丽卡，然后把手里的材料又看了一遍。"谢谢你提供的消息。我得调查一下我对他的资产应负的责任。"他立起身，伸出手，赶快结束了这场会见。

艾丽卡朝门口走去，说："你知道贝德克尔是什么意思吗？"

"不知道。"他说，一面催她快走出外间办公室。

"你是否有过一本《贝德克尔旅游指南》？"艾丽卡在门口停住了。

"从来没有。"

她回到旅馆，伊冯正在等她。他又带来一组照片给艾丽卡看。有个人倒模模糊糊有点面熟，可是她不敢肯定。她觉得，她认出凶手的可能性很小，于是就照实对伊冯说了。可是伊冯却一味坚持："我希望你能加以合作，而不是告诉我怎么做。"

艾丽卡走到漂亮的阳台上，想起了前一天夜里的事情。眼下，伊冯的兴趣好像全放在谈正经事上。她感到高兴的是，她跟他尽管风流了一番，眼睛起码是睁着的。他的欲望一时满足了，便把注意力转到塞提雕像上。

艾丽卡安然自若地承认这一现实，但是这使得她想离开开罗，回到卢克索。她走回套间，把自己的打算告诉伊冯。开始，他抱怨了两句，但是她没有顺从他，并且以此为乐。他显然不习惯被人这样对待。不过，最后他让步了，甚至提出让艾丽卡乘用他的飞机。他说，他也将尽快地回到卢克索。

艾丽卡满心欢喜地回到卢克索。尽管她还记得那个尖牙齿的人，她感到待在上埃及比待在粗野的开罗舒坦得多。她到达宾馆时，发现艾哈迈德来过几张便条，要她给他打电话。她把便条放在电话机旁边，然后走到通阳台的落地长窗跟前，伸手打开。刚过五点，太阳的热量已经大部分散失。

虽然飞行时间很短，旅途很舒适，艾丽卡还是冲了个澡，洗洗尘，消消乏。她走出浴盆后，给艾哈迈德打了个电话。艾哈迈德听到她的声音，似乎感到既宽慰，又高兴。

"我很担心，"艾哈迈德说，"特别是那阵子，宾馆里的人说没看见你。"

"我昨晚去开罗啦。伊冯·德玛尔让带我坐飞机去的。"

"原来如此。"艾哈迈德说。尴尬地停了一阵,艾丽卡蓦然想起,自打他们第一次谈话起,他一听说伊冯,便显出莫名其妙的样子。

"唔,"艾哈迈德终于说,"我打电话想问你愿不愿意今晚去参观卡纳克神庙。今晚满月,神庙开放到午夜。值得一看。"

"我很想去。"艾丽卡说。

他们商定,艾哈迈德九点来接她,先看卡纳克神庙,然后吃饭。艾哈迈德说,他认识尼罗河畔一家小饭馆,是一位朋友开的。他向她保证说,她会喜欢这个饭馆的,说罢挂上电话。

艾丽卡身穿褐色的圆口紧身衫。由于皮肤被晒成深褐色,头发里夹着一绺绺浅色发丝,她觉得自己很有女性的气质。她向旅客服务部要了一杯葡萄酒,带着那本《贝德克尔旅游指南》,坐在阳台上,手里拿着那张撕破的封皮,放在面前看着。

阿卜杜勒·哈姆迪这本旅游手册的脱落的封皮背面,工工整整地写着纳赛夫·马尔默德的名字。这没有问题。那马尔默德为什么要说谎呢?她拿起旅游手册,仔细地查看着。这是一本装订得很牢的书,不光用胶水黏合,还用线缝上了。里面插有种种纪念物的许多简图和线条画。艾丽卡一页页地翻着,不时地停下来看看插图,或是读上一小节。还有几张折页地图,一张埃及的,一张塞加拉的,还有一张卢克索墓地的。她依次查看着。

她叠回卢克索地图时,发现很难将它恢复到原状。后来她注意到,这纸张摸上去和别的地图纸不一样。再仔细一瞧,发现地图印在两张压在一起的纸上。她举起手册,对着正在落山的太阳看那地图:就在这份卢克索墓地图的背面,粘着一份材料。

艾丽卡走进屋里，关上阳台的一扇门，将地图贴到门玻璃上，让太阳光从反面照过来。看得出来，里面装着一封信。字体很小，印得也模糊，但用的是英文，还看得清楚。信是写给纳赛尔·马尔默德的。

亲爱的马尔默德先生：

这封信是我的儿子照我的话代写的。我不能动笔了。我是个老人，所以，你读到这封信时，不要为我的命运感到悲伤。你应该利用信里提供的材料，去打击那些不肯出钱而想叫我保持沉默的人。近些年来，我们最珍贵的古代文物就是通过以下途径被运出我们国家的。有个外国代理商（我不想说出他的姓名）出钱雇我，要我打进这条运输线，以便他能把文物捞到自己手里。

一旦发现珍品，拉希布·扎义德和他那在"珍品"古玩店的儿子法兹，就向可能购买的人寄去照片。感兴趣的便来到卢克索观看古玩。一俟成交，买主必须把钱立刻打到苏黎世信用银行的账户上。然后，古玩被装上小船，往北发到开罗的爱琴海假日有限公司。公司老板是斯特凡诺斯·马科里斯。到了开罗，古玩被打进不起疑心的观光团的行李捆中（大件拆散），随观光团一起，由南斯拉夫温斯基航空公司的班机运往雅典。他们收买航空公司的职员，把特别行李留在飞机上，以便继续运往贝尔格莱德和卢布尔雅那。然后，古玩通过陆路运往瑞士，再行转移。

最近，开辟了一条经由亚历山大的新路线。扎义德·纳吉布控制的费却斯棉花出口有限公司，将古玩打进大包，运往马赛的皮尔斯·费维美术馆。到写本信时为止,这条路线还没经过考验。

您的忠实的仆人

阿卜杜勒·哈姆迪

艾丽卡把地图叠好,放回《贝德克尔旅游指南》里。她感到愕然。毫无疑问,正如她见到斯特凡诺斯·马科里斯时所猜测的那样,杰弗里·赖斯购买的那座塞提雕像,是通过雅典方面运走的。这倒很巧妙,因为观光团的行李从不像单人旅行者的行李那样,受到严格的检查。谁会料到,一位来自乔利埃特[①]的六十三岁的贵妇人,竟在她那粉红色的参孙牌提箱里装着埃及的无价之宝?

艾丽卡回到阳台,靠在栏杆上。太阳恋恋不舍地沉落到远方的山背后。西岸灌区的中央,矗立着美门农的巨像,笼罩在淡紫色的阴影之中。她思考着该怎么办。她想把旅游手册交给艾哈迈德,或者伊冯——很可能是给艾哈迈德。不过,这或许应该等到她快离开埃及的时候,这样最保险。揭露黑市路线固然重要,艾丽卡还对塞提一世雕像及其出土地点感兴趣。激动之中,她想象这种地方还会发现什么东西。她不想让警察打断她的调查研究。

对于保留这本旅游手册的危险性,艾丽卡力求采取实事求是的态度。显而易见,那个老头是个敲诈勒索者,所以才灾难临头。同样显而易见的是,艾丽卡是在最后一分钟被纳入他的计划的。实际上,谁

---

① 美国伊利诺伊州一城镇。

也不知道她了解内情,而直到几分钟以前,她也不知道自己掌握内情。她决定把这情况先搁起来,等她快离开埃及的时候再说。

当夜幕徐徐降临尼罗河谷地时,艾丽卡重温起自己的计划来。她将继续装成买古董的,走访"珍品"古玩店。这家古玩店,她恐怕早已见过了,只是商店名目繁多,她记不住罢了。然后,她将设法查明卡特的工头萨瓦特·拉曼是否还活着。他起码该有七十八九岁了。她要同那头一天就进入图坦卡蒙墓的人谈谈,了解一下卡那封给沃利斯·巴奇爵士信中提到的纸草书的情况。同时,她希望伊冯能像他许诺的那样,打听一下卡那封勋爵女儿的下落。

"那是芝加哥大楼。"艾哈迈德指着右边一座引人注目的建筑物说道。马车载着他们,顺着树木成林的尼罗河边,悠然自得地奔驰在巴赫尔大街上。马蹄发出有节奏的嘚嘚声,像海浪拍击石滩一样,十分悦耳。天色很暗,因为满月还没有爬到棕榈树和沙漠高岗的上方。从北面吹来的微风力量太弱,搅不动平静如镜的尼罗河水面。

艾哈迈德又穿着洁白无瑕的棉布衣服。艾丽卡向他晒得黝黑的面孔瞧去时,只能看见闪亮的眼睛和洁白的牙齿。

她跟艾哈迈德待在一起的时间越长,越不明白他为什么要见她。他热情友好,但总是与她保持着明显的距离。他触到她的唯一一次,是帮她上马车的时候,他抓住她的手,轻轻地推了一下她的腰背。

"你结过婚吗?"艾丽卡问道,希望了解一些这个人的情况。

"没有,从来没有。"艾哈迈德直冲冲地说。

"对不起,"艾丽卡说,"我想我不该问。"

艾哈迈德抬起胳膊，搭在艾丽卡后面的靠背顶上。"没什么。又不是秘密。"他的声音又变得润畅起来，"我没有时间谈情说爱。我恐怕是在美国变娇气了。埃及这里的情况不大一样。不过，这大概仅仅是个借口。"

他们经过一群式样奇特的西方住宅。房子建在尼罗河岸，四周围着刷得雪白的高墙。每座大门前面都立着一个身穿军服、腰佩自动手枪的士兵。可是，这些士兵并不专心致志。有一个甚至把武器搁在墙头上，跟一个过路行人说话。

"这些楼是做什么用的？"艾丽卡问。

"那是一些部长的住宅。"艾哈迈德说。

"为什么要派兵看守？"

"在这个国家，当部长是有危险的。你无法取悦每个人。"

"你就是位部长。"艾丽卡关切地说。

"是的，不过遗憾的是，人们不太关心我这个部。"他们默默地乘车跑着，初映的月光透过沙沙作响的棕榈树，洒到地上。

"那是文物部设在卡纳克的办事处。"艾哈迈德指着河边的一幢大楼说。正前方，艾丽卡看得见雄伟的阿蒙神庙的头几座大塔门，映照在初升的月色之中。到了入口处，他们走下马车。当他们走过一段很短的、两旁排列着羊头狮身人面像的通道时，艾丽卡不由得感到心旷神怡。初升的月光半明半暗，掩盖了神庙破败的一面，使之看上去还在使用。

他们在深紫色的阴影中小心翼翼地走着，来到了主院。突然，艾哈迈德一把抓住艾丽卡的手，穿过宽阔的大院，走进了圆柱支撑的大厅。简直像是回到了过去。

大厅里石柱林立、高大无比，直插夜空。顶棚大都失落，一道道月光洒下来，给石柱、浩瀚的象形文字和雄浑的浮雕，镀上了银色的光辉。

他们也不言语，只是手拉手地漫游着。过了半个小时，艾哈迈德拉着艾丽卡从一道侧门走出来，领着她走回第一道塔门。北面有一级砖砌台阶，攀上一百四十英尺，来到神庙顶端。从那上面，可以纵观一英里见方的整个卡纳克地区，真令人望而生畏。

"艾丽卡……"

她转过身。艾哈迈德歪着脑袋，用欣赏的眼光看着她。

"艾丽卡，我发现你非常美丽。"

她喜欢听恭维话，但是听后总觉得有点难为情。她转过眼去，艾哈迈德伸出手，用指尖轻柔地抚摸着她的前额。"谢谢你，艾哈迈德。"她简单地说道。

她仰起脸来，发现艾哈迈德还在打量她。她感觉得到，他在进行思想斗争。"你使我想起了帕梅拉。"他终于说道。

"噢？"艾丽卡说。她使他想起了一位从前的女友，这并不是她要听的话，不过她看得出来，他这是一句恭维话。她淡淡地一笑，转脸向月色如水的远方看去。也许由于她和帕梅拉相像的缘故，艾哈迈德才来见她。

"你长得更美，不过，使我想起她的，不是你的容貌，而是你的坦率和热情。"

"你瞧，艾哈迈德，我有些弄不懂。上次我们在一起，我天真地问起了帕梅拉,问你叔父见过她没有,你就大发脾气。现在你又谈起她。我觉得这不公平合理。"

他们默不作声地站了一阵。艾哈迈德的强烈感情真有点诱惑力量,不过也有点吓人,摔茶杯的情景,她还记忆犹新。

"你觉得你可以在像卢克索这样一个地方生活吗?"艾哈迈德问道,眼睛仍然盯着尼罗河。

"我不知道,"艾丽卡说,"我从来没想过这个问题。这地方很美。"

"岂止是美,还是永恒的。"

"我会留恋哈佛广场的。"

艾哈迈德哈哈地笑了,消除了紧张气氛。"哈佛广场。多妙的地方。对啦,艾丽卡,我考虑了你想干预黑市的决定。我想我的告诫并不过分。一想到你把自己卷进去,我简直要吓坏了。请你不要介入。你要是出了事,我将不堪忍受。"

他俯身向前,轻轻地亲了一下她的鬓角。"来。你应该看看月光下的哈特谢普苏特方尖塔。"他握住她的手,领着她沿砖砌的台阶往回走去。

晚饭很不寻常。由于在卡纳克的名胜古迹中走了一个多小时,他们直到十一点钟以后才开始吃饭。这家尼罗河畔的小饭馆建在像把伞似的高大枣椰树下。枣子快好摘了,圆圆的红果实被一只小网袋套在树上。

饭馆的拿手菜是青椒、洋葱和用大蒜、欧芹、薄荷腌泡过的羊肉拼成的冷盘。冷盘里加配了剥皮西红柿和洋蓟，下面有一层米饭。这家露天饭馆，显然受到卢克索新兴中产阶级的欢迎。这些人说起话来手舞足蹈，笑声朗朗。饭馆里看不到游客。

自他们谈论塔门以来，艾哈迈德一直轻松自如。他一面若有所思地捋着小胡子，一面听艾丽卡向他介绍她最近完成的博士论文《新王国象形文字的句法演变》。当她告诉他，她用古埃及的爱情诗作为主要资料来源时，他开心地笑了。写一篇如此深奥的学术论文，竟然以爱情诗为依据，真是天下奇谈。

艾丽卡问起艾哈迈德的童年。他对她说，他是在卢克索长大的，一直过得很幸福。所以，他喜欢回来。只是在被派到开罗之后，他的生活才变得复杂化起来。他告诉她，在一九五六年的战争中，他的父亲受了伤，哥哥被打死。他母亲是当地第一批获得中学和大学学位的女性之一。她曾试图到文物部工作，可那时由于性别关系，她不能如愿以偿。目前，她住在卢克索，在一家外国银行做非全日性工作。艾哈迈德说，他有个妹妹，受过律师训练，眼下在内务部海关局工作。

饭后，喝了几小杯阿拉伯咖啡。趁谈话的自然间歇时间，艾丽卡决定问个问题。"卢克索这里有没有中心登记处？要是有人想找人，中心登记处知道到哪里去找。"

艾哈迈德没有立即回答。"几年前，我们搞过一次人口普查，但是恐怕不很成功。普查的材料在中心邮局隔壁的政府大楼里可以找到。另外，还有警察局。你为什么问这个？"

"只是好奇。"艾丽卡支吾地说。她心想要不要告诉艾哈迈德她对图坦卡蒙墓的盗墓贼感兴趣，可又怕他出来阻挠她，更糟糕的是，要是她告诉他她在寻找萨瓦特·拉曼,他会讥笑她的。这事想起来,倒真有点蹊跷。她掌握的关于这个人的最近材料,还是五十七年以前的。

恰在这时,艾丽卡瞧见了那个穿黑衣服的男子。她看不见他的脸,因为他背冲着她。不过,他弓着背吃饭的样子,她却很熟悉。他是这里没有穿阿拉伯衣服的少数几个人中的一个。艾哈迈德察觉到她的异常反应,便问:"怎么啦?"

"哦,没事,"艾丽卡说,从恍惚中醒来,"真的没事。"

不过,这事使她感到不安。她本来认为穿黑衣服的人为官方干事,可是她与艾哈迈德待在一起这个事实,使她对自己的看法产生了很大的怀疑。他是谁呢?

第七天

卢克索　上午八点十五分

从卢克索神庙前面的小清真寺里，传来播放录音的声音，将艾丽卡从噩梦中惊醒。她梦见自己在前面跑，一只无形而可怕的怪物在后面追，周围老有东西挡着她，使她越来越跑不动。她醒来时，身子缠在被单里，才意识到她肯定一直在辗转反侧。

她起身下床，打开窗子，透透早晨的新鲜空气。清新的空气往脸上一吹，噩梦便全然消失了。她站在大浴盆里，匆匆忙忙地用海绵搓了个澡。不知什么原因，没有热水，等她洗完时，身上竟然冷得发抖。

早饭后，艾丽卡离开宾馆，去找"珍品"古玩店。她在手提包里装上手电筒、宝丽来照相机和旅游手册。她穿着舒适的新棉布便裤，这是她在开罗买的，用来替换在神庙撕破的那条。

她顺着路坎达大街溜达，注意到她已经走访过的几家店铺的名字。"珍品"古玩店不在其中。一个她认得的店主告诉她，"珍品"古玩店在萨沃伊旅馆附近的门塔扎大街。艾丽卡轻易地找到了这个地方和古玩店。"珍品"古玩店隔壁有个铺子，铺面上着粗糙的门板。她虽然读不出铺子的全名，但是见到"哈姆迪"几个字，心里便明白是怎么回事了。

她抓紧手提包，走进"珍品"古玩店。店里有很多古董可供挑选，但仔细一瞧，便可断定，大多数是赝品。店里已有一对法国夫妇，他们正为一只小铜人拼命讨价还价。

艾丽卡在这里见到的最有趣的古董，是一个黑色木乃伊般的仆人俑，面部画得十分精致。底座已经脱落，雕像靠在橱架的角上。那对法国夫妇没买成铜像，他们一走，店主就朝艾丽卡走来。他是个仪表堂堂的阿拉伯人，长着银灰色的头发，蓄着整齐的小胡子。

"我叫拉希布·扎义德。想看看什么吗？"他说，从法语转到英语。艾丽卡感到奇怪，他怎么会知道她的国籍。

"是的，"艾丽卡说，"我想看看那座黑色的奥西里斯塑像。"

"啊，好的。这是我最好的古董之一。从贵族墓里发掘的。"他用指尖轻轻地提起塑像。

他转身时，艾丽卡舔了舔手指尖。他把塑像递给她，她立刻伸手去接。

"要十分当心。这玩意儿很娇气。"扎义德说。

艾丽卡点点头，用指头反复地在塑像上擦来擦去。指尖是干净的。釉彩并不褪色。她仔仔细细地瞧了瞧雕刻工艺和眼睛的着色。这是关键部位。她很满意，塑像是件古董。

"新王国的，"扎义德说罢，手抓着塑像向后移了移，好让艾丽卡从远处欣赏，"像这种玩艺儿，我一年只能搞到一两次。"

"多少钱？"

"五十镑。通常我会多要些，可是你长得这么漂亮。"

艾丽卡笑了。"我给你四十。"她说。她十分清楚，他不指望会拿到他开口要的价格。同时她还知道，她还的价格也偏高了一点。但是她觉得，重要的是要证明她的诚意。何况，她喜欢这尊塑像。即使日后证明是件非常巧妙的赝品，它仍然可以用作装饰品。他们按四十一镑达成交易。

"其实，我是代表一大集团来这里的，"艾丽卡说，"我想买一些非常特别的东西，你有吗？"

"我也许有几件你会喜欢的东西。不过，是不是换个合适的地方，再拿给你看。你想喝点薄荷茶吗？"

艾丽卡走进"珍品"古玩店后屋时，心里涌起了一股忧虑。她不敢想象阿卜杜勒·哈姆迪被割断喉咙的情景。幸运的是，"珍品"古玩店的构造不同，开门就是一个阳光灿烂的院落。它没有阿卜杜勒古玩店那种令人幽禁的感觉。

扎义德唤来儿子。他长着黑头发，跟他父亲一模一样，只是瘦长一些。扎义德吩咐他给客人叫些薄荷茶来。

扎义德坐回到椅子上，向艾丽卡提了些客套问题：喜不喜欢卢克索？去过卡纳克没有？国王谷怎么样？他告诉她，他非常喜爱美国人，说他们多么友好。

艾丽卡自言自语地补充说："……还那么容易上当。"

茶端来了，扎义德取出一些十分有趣的古董，包括几座小铜像、一尊破旧而可辨认的阿蒙霍特普三世[①]的头像，以及一套木雕像。最

[①] 阿蒙霍特普三世，古埃及第十八王朝国王（公元前 1417—前 1379）。

漂亮的是一个年轻女人的雕像，她的裙子前面写着象形文字，安详的面孔给人以永恒的感觉。她的标价是四百英镑。经过一番仔细的检查，艾丽卡断定，这件文物是真实可靠的。

"我对那座木头雕像比较感兴趣，可能还有那尊石头头像。"艾丽卡用一本正经的口气说。

扎义德大为激动地搓着手掌。

"我将征求一下我的委托人的意见，"艾丽卡说，"不过我知道有一样东西，我若是见到了，他们会让我立刻买下来。"

"什么东西？"扎义德问。

"一年前，休斯敦的一个人买了一座与真人一般大小的塞提一世雕像。我的委托人听说，又发现了一座类似的雕像。"

"我可没有那玩意儿。"扎义德平心静气地说。

"噢，你要是碰巧听说这样一座雕像的话，我就住在冬宫宾馆。"艾丽卡把自己的名字写在一张小纸条上，递给了他。

"这几件怎么办？"

"我刚才说过，我要问问我的委托人。我确实喜欢那座木头雕像，可是我得问问看。"艾丽卡拎起她刚买的东西（这时已用阿拉伯纸包装好），走回前屋。她深信，自己表演得不错。她离开时，注意到扎义德的儿子正在跟一个人讨价还价。这是一直在跟踪她的那个阿拉伯人。她没停下脚步，也没朝他的方向看，径自离开了古玩店，不过直觉得背上一阵发冷。

拉希布·扎义德等儿子一打发走那位顾客，便关上前门，插上门闩。"到后屋来。"他指使儿子说。一俟回到后屋，他觉得十分保险时，便说:"那天,斯特凡诺斯·马科里斯来这里时,他要我们提防的就是这个女人。"他甚至关上了通院子的旧木门,"你去中心邮局,给马科里斯打个电话,告诉他,那个美国女人进店了,特别问起了塞提的雕像。我去找穆罕默德,叫他通知别人。"

"这个女人会怎么样呢?"法兹问。

"我看是明摆着的。这使我想起了两年前从耶鲁来的那个小伙子。"

"他们会用同样方法处置这个女人?"

"毫无疑问。"他父亲说。

卢克索的政府大楼里一片混乱,使艾丽卡大吃一惊。有些人等的时间太长了,竟在地板上睡着了。在一间大厅的角上,有一家人搭起了帐篷,好像已在那里待了好几天似的。公务员立在柜台后面,全然不理这些人,漫不经心地互相交谈着。每张办公桌上都有一堆填好的表格,遥遥无期地等着签字。真是可怕。

艾丽卡找到一个会说英语的人,从她那里获悉,卢克索还不是个行政中心。该地区的县城设在阿斯旺,所有的人口普查统计数字都贮存在那里。艾丽卡告诉那女子,她想寻找一个人,他五十年前生活在西岸。那女子瞧瞧她,好像她疯了似的。她告诉她,这是不可能的,不过她可以到警察局查查。总是存在这种可能:她寻找的人与当局有些纠葛。

警察比公务员容易打交道。起码,他们是友好而专心的。事实上,她来到柜台前时,主室里穿着军服的军官大都在望着她。所有的牌子上都写着阿拉伯语,于是艾丽卡来到一个无人等候的地方。有位身穿白色制服的漂亮小伙子,从一张办公桌后面走出来,想帮帮她的忙。遗憾的是,他不会说英语。好在他从旅游处的警察里找到一个会说英语的人。

"我能为你做点什么?"他笑吟吟地问。

"我想查查霍华德·卡特的一个名叫萨瓦特·拉曼的监工是不是还活着。他以前住在西岸。"

"什么?"警察疑惑地说,他咯咯笑了,"我碰到过一些稀奇古怪的请求,不过这肯定是最有意思的一个。你是说发现图坦卡蒙墓的那个霍华德·卡特吧?"

"正是。"艾丽卡说。

"那是五十多年以前的事情啦。"

"这我知道,"艾丽卡说,"我想查查他是否还活着。"

"小姐,"警察说,"人们连西岸住着多少人都搞不清,更不用说找某一家人啦。不过,我可以告诉你,我要是处在你的位置该怎么办。你到西岸去,走访一下基尔纳村的那座小清真寺。那里的阿訇是个老头,会说英语。也许他能帮助你。不过,这也难说。政府一直想把基尔纳村挪个地方,让村民搬出古墓区。可是一直争吵不休,引起了一些纠纷。这伙人可不友好。所以你要当心。"

拉希布·扎义德朝两边望了望,知道没有人看见他,便一头扎进用白灰粉刷过的小巷。他一溜小跑,来到一扇厚实的木门前,砰砰地敲了起来。他知道,穆罕默德·阿卜杜拉勒在家里。眼下是午休时间,穆罕默德·阿卜杜拉勒总是要睡觉的。拉希布又敲敲门。他怕不等他进屋就先被哪个陌生人看见。

门上打开了一个小小的窥视孔,一只布满血丝、睡意蒙眬的眼睛向外张望着。接着,门闩被拉起,门打开了。拉希布迈过门槛,门又砰的一声关上了。

穆罕默德·阿卜杜拉勒穿着一件皱巴巴的长袍。他身材魁梧,圆脸厚唇,浓眉大眼。鼻孔向外张开,很像一副弓形。"我跟你说过,千万别到我家。你这次冒险来,一定得有充足的理由。"

拉希布一本正经地向穆罕默德问了好,然后说:"我要是觉得事情不紧要,就不会来这里。那个美国女人,艾丽卡·巴伦,今天早晨跑到'珍品'古玩店,说她代表一大帮买主。她很厉害,懂得古董,还买了一座小雕像。然后,她特别问到塞提雕像。"

"就她一个人?"穆罕默德问,由气愤变得警觉起来。

"我想是的。"拉希布说。

"她特意提出要塞提雕像?"

"一点不错。"

"嗯,这就使我们迫不得已啦。我来安排。你告诉她,她明天晚上可以看塞提雕像,条件是她单独来,而且要无人跟踪。叫她黄昏时来基尔纳清真寺。若依我的想法,早该把她干掉了。"

拉希布料他讲完了,便说:"我还叫法兹与斯特凡诺斯·马科里斯联系,告诉他这个消息。"

穆罕默德挥手打来,像条蛇似的,一巴掌击在拉希布的脑袋上。"妈的!你为什么擅自决定去告诉斯特凡诺斯?"

拉希布抖抖缩缩的,生怕再挨一巴掌。

"他嘱咐我,要是见到那个女人,就给他报个信。他和我们一样担心。"

"你不接受斯特凡诺斯的命令,"穆罕默德喊道,"你接受我的命令。你得懂得这点。好啦,你给我出去传话去。必须处置掉这个美国女人。"

卢克索墓地　基尔纳村　下午二点十五分

那位警察说得对,基尔纳不是个友好的去处。这个村庄和柏油路之间隔着一座小山,当艾丽卡步履艰难地向山上爬去时,她没有像走访别的村子那样,明显地产生一种受人欢迎的感觉。她没看见什么人,零星遇到几个,个个都缩到阴影里,对她怒目而视。甚至连癞皮狗也猖猖狂吠。

还坐在出租汽车里的时候,她就开始感到不痛快了。当时司机说,把车开到国王谷或其他再远的地方都行,就是不同意去基尔纳村。他把她扔在一座沙土山的山脚下,说他的汽车开不进村子。

天气热得炙人,远远超过了一百华氏度,连个阴凉地方都没有。埃及的阳光照射下来,岩石被烤得滚烫,浅黄色的土地发出耀眼的反光。在骄阳的焦烤下,地上片草不生,寸荠不见。然而,基尔纳的村民却拒绝迁移。他们要像他们的祖父、曾祖父那样,世世代代都生活在这里。艾丽卡心想,倘使但丁见过基尔纳,他准会把它列入地狱的范畴。

这里的房屋都用泥砖砌成,不是保留着天然色,就是被刷成白色。艾丽卡往山上爬高一些，看见在房子之间露出地面的岩层上，偶尔凿着几个洞。这是一些古墓的入口。有些房子设有庭院，院里搭着个稀奇古怪的玩意——一个六英尺长的平台，离地四英尺高，由一根细圆柱撑着。平台用干泥加稻草做成，和泥砖很相似。艾丽卡弄不清楚它们是做什么用的。

清真寺是一幢刷得洁白的平房，上面有座粗壮的尖塔。艾丽卡第一次看见基尔纳时，就注意到了这幢房子。和村里的房子一样，这幢房子是用泥砖盖成的。艾丽卡在想，一场大雨落下来，整个房子会不会像沙城堡一样被冲掉。她走进一道低矮的木门，不觉来到一个小院，迎面见到一条浅廊，廊里支着三根圆柱。房子右边，有一道简陋的木门。

艾丽卡不知道能不能进去，便在门口停住，一直等到两眼适应了屋内阴暗的光线为止。内壁都粉刷过，然后画上了复杂的几何图案。地板上铺着豪华的东方地毯。一位大胡子老头，身着飘逸的黑袍，跪在一座面向麦加的壁龛跟前。他一边念叨，一边伸开两手，托在双颊下边。

老头虽然没有转身，但他一准是发觉了艾丽卡，因为他马上低下头，吻了一下经书，然后站起身来，面对着她。

艾丽卡不知道怎样向伊斯兰圣徒打招呼，只好临时应酬一下。她微微鞠了一躬，然后说："我向您打听一个人，一位老人。"

阿訇拿凹陷的黑眼睛打量艾丽卡，接着示意叫她跟他走。他们穿过院子，走进艾丽卡刚才见到的那道门。这门通到一个简陋的小屋，屋子一头有张小床，另一头有张小桌子。他向艾丽卡指了指一把椅子，自己也坐了下来。

"你为什么要来基尔纳找人？"阿訇问道，"我们这里对陌生人好起疑心。"

"我是个埃及学家，想找找霍华德·卡特的一个工头，看他是否还活着。他的名字是萨瓦特·拉曼。他以前住在基尔纳。"

"是的，我知道。"阿訇说。

艾丽卡刚感到一线希望，不想阿訇又说了下去。

"他死了二十来年啦。他是个虔诚的信徒。本寺的地毯都是他慷慨捐助的。"

"原来如此。"艾丽卡说，显然有些失望。她立起身来，"嗯，他是一片好意。谢谢你的帮助。"

"他是个好人。"阿訇说。

艾丽卡点点头，往外走进刺眼的阳光里，心想怎么才能找到一辆出租汽车赶回渡口。她刚要走出院子，阿訇叫了起来。

艾丽卡转过身。他正立在他房间的门口。"拉曼的寡妇还活着。你想和她谈谈吗？"

"她会愿意和我谈吗？"艾丽卡问。

"这没问题，"阿訇大声说道，"她给卡特做过女管家，英语说得比我好。"

当艾丽卡跟着阿訇爬上山腰时，她不懂为什么有人在大热天穿这么厚的长袍。即使像她穿得那么轻便，腰背上也已觉得汗水漉漉的。阿訇领着她来到一座粉刷过的房子跟前。这房子位于村子西南部，地基比别的房子都高些。紧靠房后，悬崖峭壁拔地而起。房子右边，可以看见一条小径，凿在石壁上。艾丽卡猜测，小径通往国王谷。

房子粉刷过的正面墙上，布满一幅幅褪了色的像是孩子画的图画，有火车、轮船，还有骆驼。"拉曼记载了他去麦加的朝圣。"阿訇一边解释，一边敲门。

就在房前的院子里，有个艾丽卡先前见到过的平台。她问阿訇，这是做什么用的。

"到了夏天，人们有时睡在外面。他们用这些平台防蝎子和眼镜蛇。"

艾丽卡顿时觉得背上起了一层鸡皮疙瘩。

一个年迈的老太太打开了门。她认出是阿訇，脸上浮起了笑容。他们用阿拉伯语说话。说完话后，她把布满皱纹的面孔转向艾丽卡。

"欢迎。"她带着浓重的英国调说道，一面把门开大点，让艾丽卡进去。阿訇则告辞而去。

像那座小清真寺一样，这座房子凉快得出奇。别看外表十分粗糙，里面却很引人入胜。木头地板上铺着鲜艳的东方地毯。家具很简单，但做得颇为精致。墙壁上过灰泥和油漆。有三面墙上摆满了许多带框的照片。另一面墙上挂着一把长柄铁铲，铲头上刻着字。

老太太自我介绍说，她是爱伊达·拉曼。她自豪地告诉艾丽卡，到四月份，她就满八十岁了。出于阿拉伯人的真诚好客，她端出一杯冷果子露，并且解释说，这是用开水制成的，因此，艾丽卡不必害怕细菌感染。

艾丽卡很喜欢这个女人。她头上有几根稀稀拉拉的黑头发，从圆脸蛋上往后梳去。她性情开朗，身上穿着一件宽松的棉布衣服，上面印着色彩鲜艳的羽毛。她的左腕上戴着一只金黄色的塑料镯子。她不时地微笑着，显露出她只有两颗牙齿，还都在下龈上。

艾丽卡解释说，她是个埃及学家。显然，爱伊达非常乐于谈论霍华德·卡特。她告诉艾丽卡，虽然这个人有点奇怪，十分孤僻，她还是很敬慕他的。她回忆说，卡特非常喜爱他的金丝鸟，后来被眼镜蛇吃了，他伤心透啦。

艾丽卡啜饮着果子露，不觉被她的故事迷住了。显而易见，爱伊达像她一样，对她们的见面感到高兴。

"你还记得图坦卡蒙墓被打开的那一天吗？"艾丽卡问。

"噢，记得，"爱伊达说，"那是最神奇的一天啦。我丈夫成了一个无比快乐的人。随后不久，卡特答应帮助萨瓦特取得在国王谷开办小吃部的权利。我丈夫猜测，马上会有数以百万计的旅客来参观卡特发现的古墓。他猜对了。他继续帮助开墓，不过，他的主要精力是花在建造客栈上。事实上，他几乎完全是自力更生建成的，甚至夜里都得干……"

艾丽卡让她漫无边际地谈了一阵，然后问："开墓那天的事情你都记得吗？"

"当然记得。"爱伊达说道，对打断她的话头，有点惊讶。

"你丈夫有没有说起过一件纸草书？"

老太太的眼睛顿时一沉。她的嘴动了动，但是没有出声。艾丽卡感到一阵激动。她屏住呼吸，注视着老太太的奇怪反应。

最后，爱伊达说话了："你是政府派来的吧？"

"不是。"艾丽卡答道。

"那你为什么提出这样一个问题？谁都知道发现了什么。都写在书上。"

艾丽卡把冷饮放在桌子上,解释说,令人奇怪的是,卡那封给沃利斯·巴奇爵士的信和卡特的笔记说得不一致,卡特的笔记没有提到纸草书。她再次向她安慰说,她不是政府派来的,她的兴趣纯属学术性的。

"没有,"经过一阵尴尬的冷场之后,爱伊达说,"没有纸草书。我丈夫绝不会从墓里取出一份纸草书。"

"爱伊达,"艾丽卡温和地说道,"我从没说你丈夫取出过纸草书。"

"你说啦。你说我丈夫——"

"不。我只是问他有没有提起过一件纸草书。我不是指责他。"

"我丈夫是个好人。他很有名望。"

"的确。卡特是个苛求的人。你丈夫必须出类拔萃才行。谁也没有对他的名望提出过非议。"

又冷场了好长时间。最后,爱伊达又转脸看着艾丽卡。"我丈夫死了二十多年啦。他嘱咐我千万别提纸草书。我就一直没说,即使他死后,我也没说。不过,也没有人向我提起过。所以,一听你说起,我不禁大吃一惊。在某种意义上,跟人说说,心里倒痛快些。你不会告诉当局吧?"

"不,不会的,"艾丽卡说,"由你看着办。这么说是有一份纸草书,你丈夫从墓里拿回来的?"

"是的,"爱伊达说,"许多年以前。"

艾丽卡这下明白是怎么回事了。拉曼搞到了纸草书,并把它卖了。再要找到,可就难啦。"你丈夫是怎样把纸草书拿出坟墓的?"

"他告诉我,他是在那头一天拾到的,就在墓里发现的。大家见了珍宝都很激动。他以为那是一种咒文,要是让人知道了,恐怕工程会被停止。卡那封伯爵很相信魔法。"

艾丽卡想象着那天的热闹情景。卡特因为急于打开封得严严实实的墙壁，进到墓室里去，在一开始就没看见那份纸草书。其他人则被光彩夺目的珍宝搞得眼花缭乱。

"纸草书是份咒文？"艾丽卡问。

"不。我丈夫说不是的。他从未拿给任何埃及学家看过。他只是一小节一小节地抄下来，找专家翻译。最后，他又拼到一起。不过，他说，那不是咒文。"

"他说过那是什么吗？"

"没有。他只说过，那是法老的时候，有个很聪明的人写的。他想留下这样的记载：图坦卡蒙帮过塞提一世的忙。"

艾丽卡心里一跳。和那尊塑像上的铭文一样，纸草书将图坦卡蒙与塞提一世联系到一起了。

"你知道纸草书的下落吗？你丈夫卖了没有？"

"没有。他没卖，"爱伊达说，"在我手里。"

艾丽卡脸上立刻变得煞白。当她呆若木鸡地坐着时，爱伊达蹒跚地走到挂在墙上的铁铲跟前。

"霍华德·卡特把这把铁铲送给了我丈夫。"爱伊达说。她将木柄从刻有字迹的铁铲上拔下来。柄头有个洞。"这份纸草书五十年没有动了。"她接着说，一面把已经破裂的纸草书抽出来。然后展开放在桌子上，拿铲头、铲柄压住两边。

艾丽卡慢慢站起来，两眼贪婪地看着上面的象形文字。这是一份官文，上面盖着国玺。突然，艾丽卡望见了塞提一世和图坦卡蒙的铭名图案。

"我可以拍照吗?"艾丽卡问,简直不敢喘气。

"只要不损害我丈夫的名声就行。"爱伊达说。

"这我可以保证。"艾丽卡说着,便笨拙地摆弄她的宝丽来照相机,"不经过你的许可,我不会做出任何事情。"她拍了几张照片,仔细查看一下照片有没有拍坏。"谢谢你,"她拍完后说,"好啦,把纸草书放回去吧,不过请小心点。这或许是无价之宝,可能使拉曼一家扬名天下。"

"我更关心的是我丈夫的名声,"爱伊达说,"再说,我死了,拉曼家也就结束了。我们有两个儿子,都在战争中牺牲了。"

"你丈夫还从图坦卡蒙墓里拿过别的东西吗?"艾丽卡问。

"哦,没有!"爱伊达说。

"那好,"艾丽卡说,"我把这份纸草书翻译过来,告诉你上面的内容,你好决定怎么办。我对官方什么也不说。全由你看着办。眼下,不要给任何人看。"艾丽卡已经有点妒忌她的发现了。

她走出爱伊达·拉曼的住宅,心里盘算如何回宾馆最好。步行五英里去渡口吧,这滋味太难受了。于是,她决定大胆地沿屋后小径,走到国王谷。在那里肯定可以叫到出租汽车。

往山顶上爬时虽然又热又累,景色却十分壮观。基尔纳就在她上方。村子那边,雄伟的哈特谢普苏特女王神庙遗迹依偎在群山之中。艾丽卡继续往山顶爬着,然后朝山下望去。整个青翠的山谷展现在她的面前,尼罗河蜿蜒从中间流过。艾丽卡举手打个眼罩,转身向西边看去。正前方是国王谷。艾丽卡居高远眺,可以看见国王谷那边的底奔山脉与撒哈拉大沙漠浑然相接,赭色的峰峦一望无际。她产生一阵无法抑制的孤独感。

从山上下到谷底，相对比较容易，虽然下陡径时，还得当心别踩到松软的地方。这条小径与另一条小径相汇合，那条小径起自真理村，据艾丽卡所知，古代墓地的工人就住在那里。当她到达谷底时，她感到又热又渴。尽管她想赶快回到宾馆，动手翻译纸草书，但还是向拥挤不堪的小吃部走去，先喝一杯。爬楼梯时，她情不自禁地想起了萨瓦特·拉曼。

这确确实实是个奇异的故事。那位阿拉伯人偷了一份纸草书，因为他怕它被视为一份古代的咒文。他担心，这样一份咒文会断送发掘工作！

艾丽卡买了一杯百事可乐，在游廊上找了一个空座。她环视了一下客栈的构造。全是用当地的石头砌成的。拉曼能盖这座楼，艾丽卡感到惊异。她要是能见到这个人就好了。她还有个特别的问题想问一下。当拉曼得知纸草书不是咒文时，为什么不设法再送回去？显然，他不想把它卖掉。艾丽卡能想到的唯一解释，是他害怕引起不良后果。她喝了一大口百事可乐，抽出一张珍贵的纸草书照片。说明书上说，纸草书要按通常的方式，从右下方向上阅读。在一开头，她就发现了一个专有名称，简直不敢相信自己的眼睛。她慢声慢调地自言自语地念了起来："内内夫塔……天啊！"

见一群游客正在上一辆公共汽车，艾丽卡心想，也许她可以和他们一起乘到渡口。她把照片放回到手提包里，匆匆寻找女厕所。一位侍者告诉她，厕所在小吃部的下面，但当她找到入口时，一闻到小便的臭气，就不想进去了。她决定等回到宾馆再解。她跑到公共汽车跟前，最后几位旅客正在上车。

卢克索　下午六点十五分

艾丽卡立在阳台边上，把胳臂伸过头顶，不由得松了一口气。她已经译完了纸草书。这事并不困难，虽然她不一定懂得其中的意思。

举目向尼罗河望去，艾丽卡瞧着一艘豪华的大客轮徐徐驶过。刚才翻译纸草书时，她完全沉浸在怀古之中，现在出现这艘现代轮船，未免太不相称。宛如一只飞碟落进波士顿州政府大厦。

艾丽卡回到她一直伏案工作的上面铺着玻璃板的桌子跟前，拿起译文，读了一遍：

少年国王图坦卡蒙在这寒碜的墓冢里，仅以少量的物品供万世之用，永久的安息受到打扰。对此，我——活着的神（愿他永生）、法老、我们两国的国王、伟大的塞提一世的主建筑师内内夫塔，表示虔诚的赎罪。石匠埃米尼企图盗窃图坦卡蒙墓未遂，犯下了不可言状的渎圣罪，为此，他罪有应得地被施以剌刑，抛在西部沙漠上，以飨豺狼。但是，他的罪行起到了一个崇高的作用。它开阔了我的视野，使我认清了贪婪不义之徒的手段。因此，我这个主建筑师现在知道了确保活着的神（愿他永生）、法老、我们两国的国王、伟大的塞提一世永远安全的途径。活着的神左塞尔的建筑师和梯形金字塔的建造者伊姆荷太普，活着的神胡夫的建筑师和大金字塔的建造者奈费尔霍特普，在他们的纪念物中运用了这一途径，但是对其并不充分理解。因而，在第一个黑暗时期，活着的神左塞尔和活着的神胡夫的永久的安息，遭到了破坏。但是，我这个主建筑师内内夫塔却懂得这个途径，懂得盗墓贼的贪婪。因此可以照做不误，少年国王图坦卡蒙法老墓于今日被重新封闭。

　　　　　腊神之子塞提一世法老十年，萌芽二月，第十二日。

　　艾丽卡把译文放在桌上。翻译中，最使她伤脑筋的，就是"途径"这个字眼。象形符号的含意是"方法"、"方式"，甚至"诡计"，可是从全句分析，只有"途径"最讲得通。但它究竟是什么意思，她却捉摸不透。

　　翻译纸草书使艾丽卡感到完成了一件了不起的事情。它还使古埃及的生活变得生机盎然。她笑内内夫塔是那样骄傲自大。尽管他自以为了解盗墓贼的贪婪，了解那个"途径"，塞提宏伟的陵墓封了不到一百年，就被人盗窃，而图坦卡蒙卑微的陵墓却又是三千年安然无恙。

　　艾丽卡又拿起译文，把提到左塞尔和胡夫的部分重读了一遍。蓦然间，她感到遗憾，自己还没参观过大金字塔①呢。当初，她没像其他游客一样抢着去看吉萨金字塔时，她心安理得地觉得，不去是对的。现在，她倒希望自己去看过了。奈费尔霍特普用这种"途径"建造了大金字塔，却又不解其妙，这怎么可能呢？艾丽卡凝视着远方的群山。尽管大金字塔的形状和规模富有这样那样的神秘意义，艾丽卡发现了又一层意义，一层更古老的意义。即使在内内夫塔的时代，大金字塔也已成为古代建筑。事实上，艾丽卡认为，内内夫塔对大金字塔

---

① 大金字塔，开罗近郊吉萨的古埃及三大金字塔，其中以古王国第四王朝法老胡夫的金字塔最大。

了解的情况可能还不及她了解的多。她决定去参观大金字塔。在它的阴影里站站，或到它的深处走走，也许会弄清楚内内夫塔所说的"途径"二字的意义。

艾丽卡看看时间。没有问题，可以赶上七点半去开罗的火车。她极为兴奋地把宝丽来照相机、旅游手册、手电筒、牛仔裤和干净的衬衣装进帆布手提包。然后匆匆洗了个澡。

离开旅馆之前，她给艾哈迈德打了个电话，告诉他她要回开罗待上一两天，因为她急于想看看胡夫的大金字塔。

艾哈迈德立即起了疑心。"卢克索这里有这么多东西好看。不能等一等吗？"

"不。突然间，我禁不住要看看大金字塔。"

"你要见伊冯·德玛尔让吗？"

"也许。"艾丽卡含含糊糊地说道。她思忖，艾哈迈德会不会吃醋。"有什么话要我转告他吗？"她知道，她在诱他上钩。

"没有，当然没有。连我的名字也别提。回来后给我打个电话。"没等她说声再见，艾哈迈德就挂上了电话。

当艾丽卡登上开往开罗的列车时，拉希布·扎义德走进了冬宫宾馆。他要亲自告诉艾丽卡，假如她能按他们的要求办，她当天晚上就能见到塞提一世的雕像。但是，艾丽卡不在房间里，于是他决定等一会儿再来，他若是不把口信传给她，他担心穆罕默德饶不了他。

开往开罗的列车离站后，哈利法走进中心邮局，电告伊冯·德玛尔让：艾丽卡已启程去开罗。他还补充说：她行踪诡秘；他待在萨沃伊旅馆，等待进一步指示。

第八天

开罗　上午七点三十分

吉萨金字塔区于上午八点开放。因为还要等三十分钟，艾丽卡便走进美纳宾馆，想再吃些早点。一位黑发女服务员把她引到阳台上的一张桌前。艾丽卡叫了咖啡和西瓜。吃饭的人寥寥无几，游泳池里更是空无一人。正对着她，在一排棕榈树和桉树上方，矗立着胡夫的大金字塔。三角形的塔身，古朴自然，直插晨空。

还是个孩子的时候，艾丽卡就听说过大金字塔，所以她已经做好了思想准备，最后见到这座纪念物时，可能会略感失望。但是，情况并非如此。大金字塔雄伟匀称，她已经感到惊心动魄，敬畏不已了。当然，使她激动的不仅仅是规模，更主要的是这个建筑物体现了人类企图在无情的时间的面孔上，留下自己的痕迹。

艾丽卡从手提包里拿出《贝德克尔旅游指南》，找到了大金字塔，研究起内部结构图来。她记起了内内夫塔，设想他会如何看待这种设计。她感到，她很可能知道些内内夫塔所不知道的情况。之前一些仔细的调查表明，像大多数金字塔一样，大金字塔在修建的过程中做过重大的修改。事实上，据说大金字塔经历了三个明显的阶段。第一个阶段，计划修造一个小得多的建筑，墓室放在地下，凿在基石上。后来，工程扩大，计划在塔身内部修个新墓室。艾丽卡瞧瞧结构图上的这个房间。它被错误地标作王后墓室。艾丽卡知道，除非她得到文物部的特别许可，否则她不能参观那间地下墓室。但是，王后墓室却是对外开放的。

她看看表，快到八点了。艾丽卡想赶在前面进入金字塔。她知道只要满载游客的公共汽车一到，狭窄的甬道里就不好受了。

有些人一个劲地要她骑上他们的毛驴、骆驼走，可是艾丽卡都谢绝了。她沿路向大金字塔矗立的高地走去。她越走近，大金字塔越显得雄伟。虽然她能够援引建塔过程中所使用的数百万吨重的石灰石的统计数字，但是这些数字从来没感动过她。可是现在，她走在它的身影下，好似在梦幻中游动。即使没有原来的白色石灰石装饰面，阳光照在金字塔的表层，仍然使人感到火辣辣的。

艾丽卡走近一个洞口，这个洞口是由马蒙哈里发于公元820年下令挖掘的一道开口扩建而成的。入口处别无他人，她连忙走了进去。顿时，耀眼的白昼被暗淡的阴影和微弱的白炽灯光所取代。

哈里发的隧道同一条狭窄的上坡甬道衔接。靠近接口处，有几块花岗岩封石，早在古时候就把甬道封住了，现在还原封未动。上坡甬道只有四英尺高，艾丽卡不得不低着脑袋行走。为了便于攀登，滑溜溜的路面铺上了水平凸条。甬道约略一百英尺长，当艾丽卡来到大走廊底端时，使她感到欣慰的是，她能直起身来了。

大走廊顺着上坡甬道的坡度向上倾斜。由于顶盖上的梁托结构离地二十多英尺高，人们从甬道的狭窄天地走出来时，不由得感到豁然开阔，心旷神怡。艾丽卡的右方，有一道保护格栅，盖着一个竖坑的入口，竖坑向下通往地下墓室。前方是她所要寻找的通道。艾丽卡重又弯下身子，走进通往王后墓室的长长的水平甬道。

到了王后墓室，艾丽卡又能直起身来。室内空气窒闷，使她想起了在塞提一世墓里的难受感觉。她闭上眼睛，试图集中一下思绪。室内没有装饰，大金字塔里所有的内壁上都没有装饰。她拿出手电筒，在室内照来照去。拱顶是用巨大的石灰石板砌成锯齿形图案。

艾丽卡打开《贝德克尔旅游指南》，翻到金字塔结构图。她又在设想：像内内夫塔这样的建筑师进入大金字塔，会有何等感想？她知道，即使在他的时代，大金字塔也已有一千多年的历史了。艾丽卡从示意图上知道，她眼下站在王后墓室，恰好位于原墓室的上方，国王墓室的下方。金字塔在做第三次也是最后一次改建时，墓室被设计在塔内更高的地方。新室被称为国王墓室，艾丽卡觉得该去参观一下。

她弯着身子，走回低矮的甬道，来到大走廊，发现有个人正朝她走来。在狭窄的甬道里，两人擦肩而过是很困难的，于是她停下等着。就在退路一时受阻的当儿，她感到了一阵幽禁的恐怖。突然，她意识到头上有几千吨重的岩石。她闭上眼睛，喘着粗气。空气是沉闷的。

"天啊，只是一间空室。"一位美国金发游客埋怨说。他穿着一件短袖圆领紧身汗衫，上面写着："黑洞看不见。"

艾丽卡点点头，然后顺着隧道走去。来到大走廊时，这里已是熙熙攘攘。她跟在一个肥胖的德国人后面，爬上大走廊顶端，又登上几级木头阶梯，来到通往国王墓室的通道。然后俯身从一道矮墙底下钻过去。两边可以见到用以封闭通道时放大吊门的沟槽。

艾丽卡不觉来到一个粉红色花岗岩墓室，约莫十五英尺宽，三十英尺长。顶棚是由九块石板呈水平状态砌成的。墓室一角，有一只被严重损坏了的石棺。室内约有二十来个游客，空气很沉闷。

艾丽卡又在思忖，这种建筑方法怎么能挡住盗墓贼？她察看了吊门那里，也许内内夫塔指的就是这个：用花岗石封闭墓室。不过，许多金字塔里都用过吊门。大金字塔里的吊门也没有任何独特之处。另外，梯式金字塔里并未用过吊门，而内内夫塔却说，这个"途径"在两种金字塔里都使用过。

国王墓室虽然很大，怎么也容纳不下胡夫这样一位大法老的全部随葬品。据艾丽卡分析，其他墓室大概是用来贮存法老的财宝，特别是王后墓室，甚至大走廊，可能都被作此用场了。尽管许多埃及学家提出，建造大走廊是为了安放上坡甬道封石的。

艾丽卡不知道如何解释内内夫塔的话。如同对待它的其他不解之谜一样，大金字塔对此仍然保持缄默。越来越多的人挤进国王墓室。艾丽卡觉得自己有些气闷。她把旅游手册收起来，但在离开墓室之前，还想看看石棺。她轻轻地挤过人群，朝那只花岗岩石箱里望去。她知道，关于石箱的来历、年代和用途，历来众说纷纭。要装王棺，未免显得太小。因此，有些埃及学家怀疑它不是石棺。

"巴伦小姐。"一个尖细响亮的嗓音轻轻喊道。

艾丽卡听到有人喊自己的名字，不由得惊愕地转过身来。她细细看她跟前的人。似乎没有人在朝她的方向看。接着，她眼睛往下一扫。一个十岁上下的天使般的男孩，穿着一件污秽的长袍，正对着她微笑。

"巴伦小姐吗?"

"是的。"艾丽卡犹犹豫豫地说。

"你必须去'珍品'古玩店看雕像。今天就去。还要单独一个人去。"

男孩说罢转过身,消失在人群之中。

"等一等!"艾丽卡喊道。她挤过人丛,顺着大走廊的斜坡往下望去。男孩已经走下四分之三的距离。艾丽卡开始往坡下走去,但是这带木楞的坡道,向下走比向上走还难。那个男孩倒似乎若无其事,飞快地跑进上坡甬道入口,忽然不见了。

艾丽卡放慢速度,走得稳当一点。她知道,她绝对追不上了。她一想到他的口信,不禁觉得一阵激动。"珍品"古玩店!她的计策成功了。她找到了雕像!

卢克索　中午十二点

伊万杰洛斯猛一使劲,把拉希布·扎义德拉了起来。他牢牢地抓住他的长袍的前襟。"她在哪儿?"他对着那位阿拉伯人惊恐万状的面孔,咆哮着说。

斯特凡诺斯·马科里斯随随便便地穿了一件开口衫,放下他一直在查看的小铜像,转向那两个人。"拉希布,我不明白,你既然告诉我艾丽卡·巴伦去你店里买雕像,可为什么迟迟不告诉我她在哪儿?"

拉希布吓坏了,可他拿不准谁更使他感到可怕,是穆罕默德,还是斯特凡诺斯。不过,他感到伊万杰洛斯的手指死死抓住他的长袍,于是断定,还是斯特凡诺斯更可怕。"好吧,我告诉你。"

"放开他,伊万杰洛斯。"

那位希腊人突然松开手,拉希布向后趔趄了两下,然后站稳脚跟。

"说吧。"斯特凡诺斯说。

"我不知道她眼下待在哪里,可我知道她住在哪里。她在冬宫宾馆租了个房间。不过,马科里斯先生,我们会处置这个女人的。我们已做好了安排。"

"我要亲自处置她,"斯特凡诺斯说,"这是真的。不过,不用担心,我们会回来告别的。谢谢你的帮助。"

斯特凡诺斯向伊万杰洛斯示意,两人走出古玩店。拉希布一动也不敢动,直至他们走得不见了。然后,他跑到门口,眼睁睁地望着他们,直到看不见为止。

两个希腊人走后,拉希布把儿子喊来,对他说:"卢克索这里要出大乱子。今天下午,你带你妈、你妹妹到阿斯旺去。那个美国女人一出现,我向她报个信,就去找你们。你要现在就走。"

斯特凡诺斯·马科里斯叫伊万杰洛斯在冬宫宾馆的外厅等着,而他自己向登记处走去。服务员是个漂亮的努比亚人,皮肤黑黑的。

"有个艾丽卡·巴伦住在这里吗?"斯特凡诺斯问。

服务员翻开每日登记表,手指顺着名单滑下去。"有的,先生。"

"好的。我想留个信。你有纸和笔吗?"

"当然有,先生。"服务员彬彬有礼地递给斯特凡诺斯一张信纸、一只信封和一支钢笔。

斯特凡诺斯假装在写信。其实,他只是在纸上胡乱画上几笔,然后装到信封里封上。他把信递给服务员,服务员转身投进218号信箱里。斯特凡诺斯向他道了谢,然后去叫伊万杰洛斯。两人一起往楼上走去。

他们敲敲218号房间的门,没人回答,于是斯特凡诺斯叫伊万杰洛斯开锁,他自己在一旁放哨。这把维多利亚时代的锁很好开,他们简直像是有一把对口钥匙似的,转眼便进到屋里。斯特凡诺斯顺手关上门,扫视着房间。"咱们搜吧,"他说,"然后,我们就待在这里,等她回来。"

"她一回来,我就干掉她吗?"伊万杰洛斯问。

斯特凡诺斯微微一笑。"不,我们要跟她谈一会儿,不过由我先谈。"

伊万杰洛斯哈哈地笑了。他拉开五斗橱最上面的抽屉,艾丽卡的尼龙紧身短裤叠成一摞一摞的,十分整齐。

开罗　下午二点三十分

"你肯定吗?"伊冯怀疑地问道。拉乌尔从他的杂志上抬起眼来。

"几乎是肯定的。"艾丽卡说,伊冯的惊讶使她感到高兴。她在大金字塔里接到口信后,便决定要见伊冯。她知道,他很乐意听到雕像的下落。而且,她敢肯定,他会愿意带她去卢克索的。

"这简直令人不敢相信,"伊冯说,他的蓝眼睛闪闪发光,"你怎么知道他们计划给你看塞提雕像？"

"因为那是我自己要求看的。"

"你叫人不可思议，"伊冯说，"我千方百计地想找到那座雕像，不想叫你就这样发现了。"他挥手做了个表示轻而易举的姿势。

"喔，我还没见到呢，"艾丽卡说，"我今天下午得赶到'珍品'古玩店，还得单独一个人去。"

"我们这个小时里就可以动身。"伊冯伸手去拿电话。他感到惊讶，雕像居然回到了卢克索；实际上，他对此感到有点怀疑。

艾丽卡站起来，伸伸身子。"我坐了一夜火车，想冲个澡，你要是不介意的话。"

伊冯向隔壁房间做了个手势。艾丽卡拿起手提包，走进浴室，伊冯便趁机给飞行员打电话。

伊冯布置好了飞行计划，然后听听淋浴的声音，最后转脸对着拉乌尔。"这可能是我们一直在期待的一个机会。不过，我们需要万分小心。现在是必须依靠哈利法的时候啦。给他打个电话，通知他，我们六点半到他那里。告诉他艾丽卡今晚和我们要找的人碰面。告诉他，肯定要出麻烦，他应该做好准备。告诉他，要是那个姑娘遇害，他也完蛋。"

小喷气式飞机微微向右偏转，然后舒展自如地倾斜着，约在卢克索以北五英里处兜了个大弯，飞过尼罗河谷地。它绕了一千英尺，随后拉直向北飞去。就在这时，伊冯降低空速，拉起机头，在一个气垫上平稳着陆。发动机反向推力引起的颤抖，在很短一段距离内就使飞机减慢到滑行速度。伊冯离开操纵装置,回来与艾丽卡交谈,而让飞行员驾机向终点滑行。

"来,我们再重温一遍计划。"他说,一面转过躺椅,面对着艾丽卡。他语气严肃,使她局促不安起来。在开罗时,一想到去看塞提雕像,不知多么激动人心,可是真的到了卢克索,她却感到一阵阵惶恐。

"我们一下飞机,"伊冯接着说,"你就单独乘出租汽车,直奔'珍品'古玩店。拉乌尔和我在新冬宫宾馆200号房间等你。不过,我敢肯定,雕像不在店里。"

艾丽卡蓦地抬起头。"雕像不在店里,你这是什么意思?"

"放在那里太危险了。不,雕像放在别的什么地方。他们会带你去看的。事情必定如此。不过,这也不要紧。"

"雕像原来放在阿卜杜勒古玩店呀。"艾丽卡分辩说。

"那是偶然的,"伊冯说,"雕像当时正在转运。这回我敢肯定,他们要带你去别的地方看雕像。究竟什么地方,你要确切记住,以便以后你能找回去。等他们给你看雕像时,你要和他们讨价还价,不然,他们会起疑心。不过记住,他们要什么价,我都愿意给,只要他们保证在埃及以外交货。"

"比如通过苏黎世信用银行?"

"你怎么知道的?"伊冯问。

"就像我知道去'珍品'古玩店一样。"艾丽卡说。

"那是怎么回事?"伊冯问。

"我不告诉你,"艾丽卡说,"现在还不能告诉。"

"艾丽卡,这可不是闹着玩的。"

"我知道不是闹着玩的,"她气冲冲地说。伊冯越来越使她感到焦虑不安。"正是因为这样,我现在先不告诉你。"

伊冯端详着她,茫然不知所措。"那好,"他终于说道,"不过,你要尽快地回到我的宾馆。我们不能让雕像再次落入地下。告诉他们,我们二十四小时以内就可以付款。"

艾丽卡点点头,朝窗外望去。尽管时过六点,跑道上依然热气腾腾。飞机停止滑动,发动机停止轰鸣。她深深吸了口气,解下了安全带。

哈利法躲在商业航空终点站的一个观察点里,眼望着小喷气式飞机的门打开了。他一看见艾丽卡,便转身向一辆正在等候的汽车疾步走去,查了查自动手枪在不在,最后爬进驾驶员的位置,心想今晚这二百美元日薪,他将受之无愧啦。他给汽车挂上挡,向卢克索驶去。

冬宫宾馆,艾丽卡的房间里,伊万杰洛斯从左胁下面拔出他的伯莱塔手枪,抚摸着那上面的象牙把。"把那玩意儿收起来!"斯特凡诺斯厉声地在床上说道,"你拨弄那东西,搞得我都心惊肉跳的。看在基督的面上,你放松一点。那姑娘会来的。她的东西都在这里。"

乘车进城时,艾丽卡本想在宾馆停一下。带着照相机和换洗衣服跑来跑去,实在没有必要。可是,她又担心拉希布·扎义德不等她赶到就关店,便决定接受伊冯的建议,直奔古玩店。到了拥挤不堪的门塔扎大街街头,她叫司机停车。"珍品"古玩店离此还有半个街区。

艾丽卡紧张起来。伊冯不知不觉地增加了她的忧虑。她不由得想起,她亲眼看见一个人为了这座雕像而被人杀害。她干吗还要去看它呢？当她走近时，她看得出，店里挤满了游客，于是她打门前走过去了。过了几个店，她又停下，转过身，望望古玩店门口。转眼，走出一帮德国人，他们一边大声地开着玩笑，一边加入傍晚出来采购、散步的人流中去。机不可失，时不再来。艾丽卡噘起嘴唇呼了口气，然后大步流星地朝古玩店走去。

经过这番担忧之后，她惊奇地发现：拉希布并非鬼鬼祟祟，而是热情好客。他从柜台后面走出来，好像艾丽卡是个久别重逢的好友似的。"我很高兴又见到你，巴伦小姐。我简直无法形容我有多么高兴。"

艾丽卡起初很谨慎，可是经不住拉希布一片诚心，她让他轻轻地拥抱自己。

"想喝点茶吗？"

"谢谢，不用啦。我一得到信，就以最快的速度赶到这里。"

"啊，是的。"拉希布说，他兴奋地拍拍手，"雕像。你可真够幸运，因为我们要给你看一件珍品。一座和你一样高的塞提雕像。"拉希布闭上一只眼睛，估量着她的身高。

艾丽卡不敢相信，他竟然如此无所谓似的。这就使她的恐惧成为幼稚可笑的了。

"雕像在这里吗？"艾丽卡问。

"哦，不在，亲爱的。我们是背着文物部给你看的。"他眨眨眼睛，"所以，我们必须谨慎从事。因为这是一个大件珍品，我们不敢把它放在卢克索这里。雕像在西岸，不过我们可以按照你所代表的买方的意愿，运到任何地点。"

"我怎么能见到雕像呢?"艾丽卡问。

"非常简单,但是你首先得明确,你只能一个人去。由于显而易见的原因,我们不能把这种珍品拿给许多人看。你若是有人伴随、跟踪,那你就会失去看雕像的机会。明白吗?"

"明白。"艾丽卡说。

"很好。你现在只要渡过尼罗河,乘出租汽车到一个名叫基尔纳的小村庄去。基尔纳位于——"

"我知道这个村子。"艾丽卡说。

"那就更方便了,"拉希布笑着说,"村子里有个小清真寺。"

"我知道。"艾丽卡说。

"啊!好极了。那你就一点不费事了。今晚黄昏时到达清真寺。有一位像我一样的商人在那里与你碰头,把雕像拿给你看。就这么简单。"

"好的。"艾丽卡说。

"还有一件事,"拉希布说,"到了西岸,最好雇一辆出租汽车,叫车在村子下面等你。额外多付他一镑钱。不然,你以后回渡口时,很难叫到车。"

"非常感谢你。"艾丽卡说。拉希布的关心使她感到乐滋滋的。

拉希布望着艾丽卡顺着门塔扎大街向冬宫宾馆走去。她回头望了一下,他招招手。接着,他迅速关上店门,用一根木梁顶牢。在一块地板底下的暗洞里,藏着他最精致的古董和古陶。然后,他锁上后门,离家向车站走去。他肯定可以赶上七点钟开往阿斯旺的火车。

艾丽卡沿着河边向宾馆走去时,心里觉得比拜访"珍品"古玩店前好多了。她原来那些行踪诡秘的设想是没有根据的。拉希布坦率、友好，能体贴人。她唯一感到失望的是，要到晚上才能见到雕像。艾丽卡抬头看看天空，估算太阳什么时候能落山。她还有一个小时，可以有充裕的时间回到宾馆，换上牛仔裤，再去基尔纳村。

艾丽卡走近现代城镇环抱的雄伟的卢克索神庙时，突然停住了，她还没有考虑被人跟踪的问题呢。要是有人跟踪她，整个计划便都完了。她迅速转过身，眼睛在街上扫了一下，看有没有人盯梢。她把那个人忘得一干二净了。街上行人很多，但是见不到穿着黑衣服、长着鹰钩鼻子的男子。艾丽卡又看看表。她得弄清楚，有没有人跟踪她。她返身来到神庙，很快买了一张门票，穿过塔门，沿着塔中间的走廊走去。她走进拉美西斯二世的宫廷，只见四周围着两排雄伟的贴着纸草书的圆柱。然后马上向右转弯，迈进阿蒙神的小教堂，站在这里，院子和门口都能看见。约有二十来个人正在转来转去，拍摄着拉美西斯二世的塑像。艾丽卡决定等上十五分钟。要是没有人出现，她就忘掉盯梢这事。

她向小教堂里望去，观看着里面的浮雕。这都是拉美西斯二世时期雕刻的，缺乏她在阿拜多斯所见到的工艺质量。她认出了阿蒙、漠特和空苏①的雕像。当她回头扫视院子时，大吃了一惊。哈利法绕过塔门的边缘，离她站的地方不过五英尺远。他同样吃了一惊，急忙伸手到夹克兜里掏手枪，不想又突然停住。他抽出手，脸上露出半笑不笑的样子。接着，他便走开了。

---

① 在埃及神话中，阿蒙为主神，漠特为天空女神，空苏为二者之子。

艾丽卡眨眨眼睛。她惊魂稍定以后，跑出小教堂，朝双排圆柱后面的走廊望去。哈利法已经不见了。

艾丽卡把提包背带拉到肩上，赶紧离开神庙。她知道，她陷入了困境，她的跟踪者可能毁掉一切。她来到尼罗河沿岸的空地，向两旁望了望。一定得甩掉他。她看看表，发现时间不多了。

哈利法只有一次没有跟踪她，那是她参观基尔纳村，沿着沙漠山梁去国王谷的时候。艾丽卡心想，她可以反过来利用这条路线。她现在先到国王谷，然后沿着小径去走访基尔纳，叫出租汽车在村子下面等她。接着她认识到，这个计划未免有点滑稽可笑。很可能，哈利法没有跟踪她去国王谷的唯一原因，是他知道她到哪里去，不愿意冒着酷暑去受罪。他没有上当。她倘若果真想甩开他，那一定得在人群之中。

她再看看表，心里产生了一个主意。眼下快到七点钟了。有一班七点三十的快车开往开罗，头天夜里她就是乘的这趟车。当时，车站里，站台上，拥挤不堪。她从没想过这么妙的点子。唯一的缺点是，这样一来她就见不到伊冯了。也许可以在车站打个电话。于是，她叫来一辆马车。

不出她所料，车站里挤满了旅客，她好不容易才挤到售票口。她走过一大摞苇笼，里面装满了唧唧直叫的小鸡。一小群山羊、绵羊被拴在一根柱子上，它们哀婉的咩咩叫声和满是灰尘的大厅里不和谐的嘈杂声交织在一起。艾丽卡买了一张去纳格-哈姆迪的头等车票。现在的时间是七点十七分。

顺着站台往前走，比刚才到售票口还要困难。艾丽卡也不往后望。她推推搡搡地挤过一伙互相喊叫的亲友，终于来到了比较安静的头等车厢跟前。她爬上二号车厢，把车票向列车员亮了一下。时间是七点二十三分。

艾丽卡径自朝厕所奔去，不料锁上了。对面的那个也是如此。她毫不犹豫地扭身迈进三号车厢，顺着中间过道匆匆走去。有个厕所没人用，她便走了进去。她锁上门，一面尽量憋住少吸点臭气，一面解开棉布便裤，脱了下来。接着，她往腿上穿牛仔裤，身子一扭，裤子穿上啦，肘部却嗵的一声撞在洗槽上。时间是七点二十九分。她听到了哨声。

几乎在惊慌之中，她换上一件蓝外套，捋起浓密的头发，戴上卡其布太阳帽。她往镜子里一瞧，希望自己变了个样。然后，她走出厕所，简直飞也似的穿过走道，来到隔壁车厢。这是个二等车厢，更加拥挤。大多数乘客还没入座，大家都忙着把自己的行李物品放到头顶的行李架上。

艾丽卡一节车厢一节车厢地走着。当她到达三等车厢时，发现那些鸡和羊就放在两节车厢相接的地方。要走过去是不可能的。她往窗外望出去，打量着转来转去的人群。现在是七点三十二分。列车陡然一晃，开始向前移动了，艾丽卡就势跨到站台上。顿时，叽叽喳喳的声音更响了，有几个人边喊边挥手。艾丽卡从站台走进车站，第一次寻找起哈利法来。

人群开始陆续散去。艾丽卡顺着簇拥的人群挤到街上。一来到外面，她就匆忙过街，来到一家小咖啡馆，在一张桌前坐下，抬眼可以望见车站。她叫了一小杯咖啡，两眼直盯着车站出口处。

无须久等。哈利法粗野地拨开人丛，横冲直撞地跑出车站。即使从她坐的地方，艾丽卡也可以感到他怒气冲冲。只见他一步迈进一辆出租汽车，顺着马哈塔大街向尼罗河畔开去。艾丽卡喝着咖啡。太阳已经落山，夜幕正在降临，她来不及了，便一把拿起手提包，匆匆走出咖啡馆。

"我的天啊！"伊冯嚷道，"我为什么要一天付你二百美元？你能回答我吗？"

哈利法皱皱眉头，查看着左手的指甲。他知道，他大可不必忍受这种喋喋不休的训斥，可是他又叫这项任务给迷住了。艾丽卡·巴伦蒙骗了他，而他又是一个输不得的人。要是老输的话，他早就不在人世了。

"好啦，"伊冯用厌恶的口气说，"我们怎么办？"

哈利法是拉乌尔推荐的，因而他觉得自己的责任比哈利法还大。

"你应该派人去接那班车，"哈利法说，"她买了一张去纳格-哈姆迪的车票，可是我认为，她其实没有走。我想，这是她想甩掉我而耍的诡计。"

"好吧，拉乌尔，派人去接那趟火车。"伊冯果断地说。

拉乌尔走向电话机，很高兴能有点事干。

"你听着，哈利法，"伊冯说，"让艾丽卡溜掉，这就影响了整个行动计划。她从'珍品'古玩店接到指示。你到那里，查明她被派到哪里去了。我不管你采取什么方式，只要查明就行。"

哈利法一声没吭，忽地离开他一直靠着的五斗橱，走出了宾馆。

他知道,那位店主无法向他保守秘密,除非他不要命了。

当艾丽卡从公路向高山爬去时,只见砂岩质的悬崖峭壁高耸入云,下面的基尔纳村已经笼罩在一片黑暗之中。她雇来晚上乘用的出租汽车等在山脚下,车门敞开着。

她步履艰难地走过昏暗的泥砖房子。家家院里烧干粪的炊火清晰可见,照亮了轮廓鲜明、形状奇特的夏天睡台。艾丽卡记起了建睡台的缘由——因为有眼镜蛇和蝎子。尽管夜色温柔,她却不由得打起了寒战。

昏暗的清真寺,还有那座粉刷过的尖塔,显现出一片银白色。清真寺就在前方约一百英尺处。艾丽卡停下脚步喘口气。回首眺望峡谷,卢克索的灯光,特别是高层建筑的新冬宫宾馆,历历在目。一串彩灯像圣诞节装饰物似的,标示出阿布-哈格格清真寺的寺园。

艾丽卡刚想继续往前走,突然,脚旁的黑影里有什么东西在动。她惊叫一声,往后一跳,差一点摔倒在沙地里。她刚想逃跑,汪的一声狗叫,接着又是一声狂吠,刺破了夜空。一小群恶狗顿时围住了她。她弯下腰,捡起一块石头。这一定是个很熟悉的动作,因为还没等石头抛出,狗就四散逃窜了。

艾丽卡经过村里时,有十来个人打她身边走过。他们都穿着黑长袍,裹着黑围巾,在黑暗中沉默不语,面目不清。艾丽卡心想,要不是她白天打村里走过,到这夜里,她八成还找不到路呢。一声粗犷的驴叫突然打破了沉静,然后又戛然停住了。从她走着的地方,艾丽卡能依稀看见爱伊达·拉曼的住宅,高高地偎依在山坡上。窗口射出油灯的隐约亮光。屋后，通往国王谷的小径拔地而起，攀上山冈。

此时，她距离清真寺不到五十英尺。寺里没有亮光。她放慢了脚步。她知道，她迟到了，错过了约会的时间。眼下不是黄昏，而是黑夜。也许他们断定，她不会来了。或许她应该向后转，回到宾馆，或者去找爱伊达·拉曼，把她发现的纸草书的内容告诉她。艾丽卡停住脚步，望着清真寺。看样子，寺里没有人。接着，她想起拉希布·扎义德和他那随随便便的态度，便耸了耸肩，向寺门走去。

门慢慢开了，露出了院子。清真寺的正面好像吸引、反射星光似的，使得院子比街上明亮。她一个人都没见到。

艾丽卡悄悄走进去，顺手带上门。寺里没有一点动静。她只能偶尔听见底下村里的狗叫声。最后。她索性穿过一道拱门，向前走去。推推寺门，门锁着。再顺着一道小门廊走去，敲敲阿訇的房门。没有回音。寺里空无一人。

艾丽卡回到院子里。他们准是断定她不来了。她瞧瞧街门。可是，她没有马上离开，而是回到门廊底下，坐下来，背靠着寺庙的正面。她前面，从黑咕隆咚的拱门中望去，可以看见院子。越过围墙，能看见东方的天空，由于月亮喷薄欲出，天空变得明亮起来。

艾丽卡在手提包里东翻西找，终于找到一盒香烟。她点燃一支，想壮壮胆，然后借助火柴光，看看表。时间是八点十五分。

月亮升起的时候，院子里反倒变得更暗了。她坐的时间越长，越是想入非非，自我捉弄。村里每有声响，她都要心惊肉跳。十五分钟以后，她再也忍受不了啦。她站起身，拍拍裤子后面的灰尘。然后穿过院子，猛地一拉，打开了街门。

"巴伦小姐。"一个身着黑外套的人说道。他站在泥街上,就在院门外面。由于月亮正当头,艾丽卡看不清他的面孔。他鞠了一躬,然后继续说:"对不起,我来晚了。请跟我来。"他微微一笑,露出几颗大牙。

两人再没说话。据艾丽卡猜测,那人是个努比亚人。他领着她往村顶上的山腰爬去。他们循着许多小道中的一条,借助淡色沙岩反射的月光,走起来倒也轻松。他们走过几个矩形的墓口。

努比亚人累得气喘吁吁,来到切进山腰的一段斜坡时,显然松了一口气,停下脚来。斜坡底部有个墓口,被一道沉重的铁栅封住了。铁栅上面挂着个"三十七号"的牌子。

"对不起,你得在这里略等几分钟。"努比亚人说。艾丽卡还没来得及回答,他已回头朝基尔纳村走去。

艾丽卡望望他离去的身影,再瞧瞧铁门。她转过身,张口想说些什么,可是努比亚人已经走得太远了,除非大声吆喊才行。

艾丽卡走下斜坡,抓住铁门便摇。"三十七号"的牌子嘎啦嘎啦直响,但是铁门一动不动。门锁上了。艾丽卡只能看清里面墙上有些古埃及的装饰。

她走回斜坡上,进"珍品"古玩店以前的恐惧感又袭上心头。她站在墓口,望着努比亚人走进下面的村庄。远方,有几条狗在汪汪吠叫。身后,她感到巍然屹立的悬崖,预示着不祥。

猛然,她听见身后咔嗒一声,十分响亮。她吓得两脚发软。接着,听到金属摩擦的刺耳的嘎嘎声。她想跑,可是动弹不得,因为她脑际浮现出许多可怕的形象,夺墓而出。后面的铁门关上了,她听到了脚步声。她硬着头皮,慢慢转过身来。

"晚上好,巴伦小姐。"一个人说着向斜坡上走来。他像努比亚人一样,也穿着黑外套,只是头上戴着兜帽,兜帽下面,系着一块白头巾。"我名叫穆罕默德·阿卜杜拉勒。"他鞠了一躬,艾丽卡镇定了一些。

"一再推延,向你表示道歉,不过遗憾的是,这样做是必要的。你马上要见到的雕像十分贵重,我们怕你被当局跟踪。"

艾丽卡认识到,她甩掉盯梢的人,还真事关重大呢。

"请跟我来。"穆罕默德说着走到艾丽卡前头,开始向山坡上继续爬去。

艾丽卡最后望了一眼下面的村庄。等候在柏油马路上的出租汽车几乎看不清了。她加快脚步,跟上穆罕默德。

他们来到峭壁底部时,穆罕默德向左转弯。艾丽卡抬头看石壁,差一点摔了个仰面朝天。他们又走了五十英尺,绕过一块巨石。艾丽卡再次加快脚步,追上穆罕默德。巨石后边又是一道斜坡,和37号墓前的斜坡相似。这里也有一道沉重的铁栅,但这次没标号码。艾丽卡在穆罕默德身后停下,只见他在摸弄一大串钥匙。她变得惊慌起来,可是眼下又不敢露出害怕的样子。

艾丽卡全然没有想到,雕像会放在这么偏僻的一个地方。铁门平常很少开,现在一开,便发出了刺耳的嘎嘎声。

"请。"穆罕默德简单地说,示意叫艾丽卡进去。

这是一座没有装饰的陵墓。她扭身看着穆罕默德顺手关上门。只听见一记响亮的咔嗒声,锁扣上了。苍白的月光透过铁栅,射了进来。

穆罕默德擦燃了一根火柴,越过艾丽卡,沿一条窄廊走去。她无可奈何，只得紧跟在后面。他们借助一个很小的光亮转动着，她有一种无能为力的感觉：她已经全然无法控制事态的发展。

他们走进一间前室。艾丽卡看得出，墙上有些模模糊糊的线条画。穆罕默德俯下身，拿火柴去点一盏油灯。灯光闪烁了一阵，他的影子也在墙上的古埃及诸神中跳跃着。

突然，一道强烈的金灿灿的反光，攫住了艾丽卡的目光。啊，西提雕像原来在这里！擦得锃亮的金像放射出比灯光还强烈的光芒。霎时间，敬畏战胜了恐惧，艾丽卡走到塑像跟前。用雪花石膏和绿色长石制成的眼睛，实在令人神往，她逼着自己往下看那些象形文字。这是塞提一世和图坦卡蒙的铭名图案。那句铭文和休斯敦那座雕像上面的铭文一模一样："愿塞提一世永生，他在图坦卡蒙以后执政。"

"美极了，"艾丽卡发自肺腑地说道，"你要多少钱？"

"我们还有别的呢，"穆罕默德说，"等你都看了以后再做抉择。"

艾丽卡转脸望着他，想告诉他她这就满意了。但她没有说出来。她又一次吓呆了。穆罕默德把兜帽掀到脑后，露出了小胡子和金包牙。他是杀害阿卜杜勒·哈姆迪的凶手之一！

"我们在隔壁房间还有大批雕像供你挑选，"穆罕默德说，"请。"他半鞠了个躬，手向窄廊指去。

一阵冷汗凉彻艾丽卡全身。墓门已经锁上了，她得拖延时间。她不想再往墓里走了，便掉头向门口走去，可是穆罕默德从后面赶了上来。"请吧。"他说，并轻轻向前推了她一把。

他们沿一条倾斜的甬道走着，他们的影子怪里怪气地在墙上移动。艾丽卡看见前面有个凹进处，切进甬道两边。一根粗梁立在地上，插进凹室。艾丽卡走过时，发现大梁支撑着一座巨大的石头吊门。

一过吊门，甬道就终止了，有一级阶梯是凿在岩石上的，十分陡峭。往下通到黑暗之中。

"还有多远？"她问，声音比往常要高。

"没有多远。"

因为灯光在她的后面，艾丽卡的影子落在她前面的阶梯上，挡住了她的视线。她用脚摸着往前走。就在这时，她感到什么东西打在她的背上，起初她以为是穆罕默德的手。后来她意识到，他一脚踢中她的腰背。

她赶紧伸出手，扶住了阶梯旁边的光墙。可是，由于这一脚踢得较重，她两腿失去控制，人也随之倒了下去。她一屁股坐在地上，但是阶梯太陡，她欲停不能，继续往下滑，掉进一片漆黑之中。

穆罕默德赶紧放下油灯，从凹进处抽出一把石锤。他瞄准砸了几下，敲开了支梁，牵动了处于平衡状态的吊门。四十五吨重的大花岗石沿一道短坡徐徐滑下，然后随着一声震耳欲聋的巨响，吊门盖上了，封住了古墓。

"没有美国女人在纳格-哈姆迪下车，"拉乌尔说，"火车上甚至连和艾丽卡的容貌特征相似的人都没有。看来，我们是上当受骗了。"他站在阳台门口。河对岸，月色皎洁，照耀着墓地周围的群山。

伊冯坐在屋里，揉着太阳穴。"眼看要拿到手了，却又从指缝里滑走了，难道我总是命该如此？"他转身对着哈利法，"伟大的哈利法了解到些什么情况呀？"

"'珍品'古玩店里没有人。别的店还开着，游客盈门。显然，艾丽卡一走,古玩店就关门了。店老板名叫拉希布·扎义德,似乎没人知道他的去向。我可找了又找,问了又问。"哈利法微笑着。

"你给我把'珍品'古玩店和冬宫宾馆监视起来。你和拉乌尔就是通宵不睡,我也在所不惜。"

伊冯剩下一个人时,起身来到阳台上。夜色宁静而柔和。餐厅传出钢琴的声音,穿过棕榈树,荡入空中。伊冯觉得有些紧张,不由得在小阳台上踱起步来。

艾丽卡一骨碌滚到阶梯脚下,坐在地上,一条腿别在身子底下。她的手擦破了,别处倒没伤着。提包里的东西大多撒了出来。洞里像地狱那样阴森森的,她试图往四下看看,不想伸手不见五指。她像个瞎子似的,在提包里摸索手电筒。手电筒已经不在里面了。

艾丽卡挣扎着跪起来,两手在石头地上摸来摸去。她找到了照相机,似乎完好无损,随后又找到了旅游手册,可是仍然不见手电筒。她手触到了墙,吓得往后直缩。她对蛇、蝎、蜘蛛的恐惧心理一股脑儿冒出来,可把她吓坏了。一想起阿拜多斯的眼镜蛇,她便不寒而栗。她顺着墙,往回走到拐角处,然后摸回到台阶跟前,找见了那盒香烟。玻璃纸盖底下,还夹着一盒火柴。

她擦亮了一根火柴,伸手擎着。原来她待在一个约莫十英尺见方的房间里,房间有两道门,后面还有个楼梯。墙上画着古代埃及日常生活的情景。她处在一座贵族坟墓里。

忽然,就在火柴要烧着指尖的时候,她瞥见她的手电筒靠在远处墙上。她又划着一根火柴,借着忽忽闪闪的亮光,走过去捡起手电筒。

前面玻璃已经打碎了，但是灯泡还在。她一揿开关，电筒豁然亮了。

她索性不考虑自己的处境，回到台阶跟前，爬到顶端，拿起手电在吊门四周照来照去。那块花岗岩封石恰好盖住洞口，封得严严实实。她用力推去，封石凉气袭人，牢固如山。

她回到台阶底部，开始探查坟墓。前室的两道门，左边的通往一间墓室，右边的通往一间储藏室。她先走进墓室。除了一只雕凿得很粗糙的石棺以外，室内空空如也。顶棚漆成深蓝色，缀着数百颗金色的五角星。墙上装饰着《死者书》里的场面。从后面墙上可以看出，她是在谁的墓里：法老阿蒙霍特普三世的书记大臣阿莫斯。

电筒围着石棺照时，艾丽卡发现一个颅骨，躺在地板的破布中间。她犹犹豫豫地走向前去。眼窝成了黑窟窿，下颌向下脱落，使嘴部显出一副痛苦不尽的表情。所有的牙齿都完好无缺，颅骨不是那么老朽不堪。

艾丽卡俯视着颅骨，恍然悟到，她在观看一具尸体的残骸。尸体蜷缩在石棺旁边，好像在睡觉似的。透过腐烂的衣服，可以见到肋条和脊椎骨。就在颅骨下面，艾丽卡看见一个金光闪闪的东西。她颤颤巍巍地弯下腰，拾起发亮的东西。这是一枚耶鲁大学一九七五届的戒指。艾丽卡小心翼翼地把它放回原地，立起身来。

"看看隔壁房间去。"她大声说道，心想用自己的声音壮壮胆。她眼下还不想思考问题，只要有地方供她探索，她就能避而不去考虑当前的现实。她像个游客似的，走进下一个、也是最后一个房间。房间和墓室一样大小，除了几块石头和少许沙子，里面也是空空如也。墙上的装饰和前室一样，也是日常生活的画面，只是没有画完罢了。右边墙上本来准备画一幅大丰收的场面，人物都用红赭石画成。画幅下缘留有一条宽宽的白灰墙，准备写象形文字。拿电筒在房间里四下照了一遍之后，艾丽卡又回到前室。她已经无事可做了，不觉心惊胆战起来。她动手把撒在地板上的东西拾起来，重新装进手提包里。寻思可能丢了什么东西，她爬上高高的台阶，来到花岗岩封石跟前。顿时，她心里掠过一种无法遏制的幽禁恐怖。她试图抑制住自己的感情，可是无济于事，便用双手去推那石头。

"救人啊！"她声嘶力竭地喊道。喊声撞到石壁上，在墓穴深处回荡。接着，又是万籁俱寂，静得使她感到窒息。她觉得自己似乎需要空气。她的呼吸变得吃力起来。她用手掌拍击花岗岩封盖，越拍越重，后来手都感到痛了。她噙着泪水，继续敲击，抽抽搭搭的，浑身都在颤抖。

敲着敲着，力气耗尽了，她慢慢跪下双膝，仍然哭得不可开交。死亡，被人遗弃，种种可怕的念头一齐涌上她的心头，使她又发出阵阵抽泣和颤抖。她恍然大悟，自己被活埋了！

面对着冷酷的现实，艾丽卡稍微恢复了一点理智。她举起手电筒，走下高高的台阶，来到前室。她在思谋，不知道伊冯什么时候会开始担心出事了。他一旦有所怀疑，就很有可能去"珍品"古玩店，可是拉希布·扎义德知道她在哪里吗？她的出租汽车司机会不会想到去报告，说他送一个美国姑娘去基尔纳，但是她一直没回来？艾丽卡无法回答这些问题。但是提出这些问题本身，却带来了一线希望，激励她坚持下去。后来她看得出来，手电筒变暗了。

她关上电筒，在提包里搜索着，找到了三盒火柴。这倒没有多大意义，不过在找火柴的时候，她发现了一支毛笔。一碰到笔，她就想起了一个主意。她可以在未完成的墓室墙壁上留下个遗言什么的，解释一下她的遭遇。她可以用象形文字写，这样她的追捕者可能就弄不清它的意义。她并不存在任何幻想，这样做除了能使她的脑子有点事情干之外，毫无价值。但是，这也是个不坏的主意。在她心里，恐惧已经让位给绝望，真是抱恨终生。做点事情，至少能转移她的注意力。

艾丽卡用几块石头把手电筒支起来，开始编排遗言的间隔距离。她心想，越简单越好。间隔距离一排好，便着手打草图。打了一半，手电筒骤然暗了起来。接着，又亮了一下。片刻之后，便成了一个暗淡的红点。

艾丽卡还是不肯考虑自己的困境。她划亮火柴，继续用象形文字写遗言。她蹲在右边的墙角下，遗言是从地板到没完成的丰收画底部，一列列地写上去。她间或还痛哭失声，她承认，她是自作聪明，反而陷入了绝境。人人都告诫她不要介入，可她谁的话也不听。她真是个傻瓜。埃及学并没有训练她如何对付犯罪分子，特别是像穆罕默德·阿卜杜拉勒这样的犯罪分子。

只剩下一盒火柴了。艾丽卡不想考虑她还余下多少时间……氧气还能持续多久。她弯下身子，想在接近地板的地方画只鸟。还没等她画出个轮廓，火柴突然灭了。灭得太快，艾丽卡在黑灯瞎火中骂了一句。她又划着一根，但等她弯下腰，也马上熄灭了。艾丽卡划着第三根，小心翼翼地往写字的地方凑近。火柴着得很平稳，接着突然摇曳起来，好像见到了风似的。艾丽卡舔舔手指，感到一股气流，从泥灰墙上离地不高的一条直上直下的小缝里吹进来。

黑暗中，手电筒还发出微弱的亮光，艾丽卡拿着照亮，取来刚才支电筒用的一块石头。这是一块花岗岩，很可能是石棺盖上掉下来的。艾丽卡把它拿到进风的地方，接着又擦亮一根火柴。

她左手举着微弱发光的火柴，右手拿石头向泥墙裂缝的地方砸去。不见效果。她继续拼命狠敲，直到火柴熄灭。接着，她在黑暗中摸着了裂缝，又盲目地胡乱敲了一分多钟。

她终于镇静下来，又擦亮一根火柴。原来裂缝的地方，现在出现了一个小洞，不大不小，她可以伸进去一根指头。洞那边有个空间，而且更重要的是，有股冷气流。艾丽卡继续用花岗石敲那地方，后来觉得石头下面有东西在动。她划亮一根火柴。地板和墙壁相接的地方出现了一条裂缝，裂缝弯曲着通到慢慢扩大的洞口。艾丽卡左手擎着火柴，一个劲儿地敲这地方。蓦然，一大块泥灰脱落了，转瞬间只听它砸到地上。现在，墙洞的直径有一英尺长。当她又划着一根火柴时，气流却把它吹灭了。她小心翼翼地将手伸进洞里，好像伸进野兽嘴里似的。她能够摸到，里面是一道平滑的泥灰墙。她把掌心向上，摸到了天花板。她又发现了一个房间，建在她所在房间的斜下方。

艾丽卡又来了兴致，慢慢地扩大洞口。她摸黑干着，不愿再浪费火柴。最后，洞口够大了，她可以把头伸进去。她找到了几块卵石，趴在前室的地板上，把头钻进洞里。她放开石头，听着落地声。屋子似乎不深，看样子有个沙地板。

艾丽卡把香烟从盒里倒空，点燃了纸盒。纸盒起火后，她就势捅进洞里，松开手，火焰熄灭了，但余烬盘旋下降。降了八英尺左右，落到地上。艾丽卡又找到些小卵石，头伸在洞里，向各个方向掷去，想了解一下里面的虚实。这好像是个四方房间。使她感到欣喜的是，有一股源源不断的气流。

艾丽卡坐在一片漆黑之中，心里盘算着怎么办。要是下到刚发现的房间里去，就可能再也回不到眼下所在的这个墓里。可是这又有什么关系呢？真正的问题是鼓起勇气下到洞里。她只剩下半盒火柴了。

艾丽卡拾起提包，嘴里数到三，硬是把它扔进洞里。她匍匐着往墙根退，将两腿下到洞里。她觉得像是被吞噬了似的。她将身子慢慢向下蠕动，直到脚趾触到平滑的泥灰墙，像潜水员要跳进冷水里一样，艾丽卡扭动身子，通过墙洞。滑进黑咕隆咚的空间。她好像下落了好久好久，两臂打连枷似的舞来舞去，想让脚先着地。她落地时失去了平衡，不过没有伤着，仰面朝天地摔在布满碎石的沙地上。

她掉进一个未知世界，惶恐之中跌跌撞撞爬起来，不想又失去平衡，摔了个大马趴。猝然爆起一片尘土，呛得她连气都透不过来。她伸出的右手触到了什么东西，她还以为是根木头。她抓住它不放，心想它能像火炬一样点亮。

最后，她终于站起来了。她把那根木头换到左手，好使右手伸到牛仔裤袋里掏火柴。可是那东西摸上去，不再像是木头了。她两手往上一摸，意识到这是一具木乃伊的前臂和手，黑暗中只觉拖着裹布。她厌恶地把那东西扔掉了。

艾丽卡战战栗栗地从口袋里掏出火柴，擦着一根。火光穿过尘埃，艾丽卡不由得发现，她进入了一座地下陵墓，墓壁上光秃秃的，什么装饰也没有，墓里摆满了半裹着的木乃伊。尸体被扯开，剥光了珍宝，然后胡乱抛在地上。

艾丽卡慢慢转过身，发现顶棚有部分坍陷的迹象。屋顶见到一个又矮又暗的门洞。她抓起提包，在齐膝深的瓦砾堆里挣扎着往前走。火柴烧着了她的手指，她连忙把它甩灭，一面继续往前走，伸着手去摸墙，再摸到门口。她走进隔壁房间。又划着一根火柴，发现屋内同样摆满了奇形怪状的尸体。墙上有个神龛，里面尽是些干枯的断头。又是些塌方的迹象。

对面墙上，有两道离得很远的房门。艾丽卡走到屋子中间，把火柴擎到眼前，断定空气是从较小的门道进来的。火柴熄灭了。她伸着两手，向前移动。

猛然，出现一阵巨大的骚动。塌方！艾丽卡急忙朝墙扑去，只觉沙土直往她头上、肩上洒落。

可是没有听到轰隆声。骚动还在继续，空中尘土飞扬，充斥着刺耳的尖叫声。接着，不知什么东西落到她的肩上，活跳跳的，还会抓人。她伸手到背上驱赶那动物时，碰到了它的翅膀。这不是塌方，而是她惊动了无数只蝙蝠。她用手臂捂住头，靠墙蹲下身子，使劲喘着气。蝙蝠渐渐平息下来，她得以走进隔壁房间。

艾丽卡慢慢认识到，她陷进了古都底比斯一片杂乱无章的平民墓中。这些地下墓逐渐嵌进山腰，构成迷宫形状，以便埋葬数以百万计的死者。有时，地下墓无意中同别的墓打通了，眼下这些墓就是和阿莫斯墓相通的。只是接口处涂上了泥灰，被人遗忘了。

艾丽卡继续往前走。蝙蝠的出现虽然使她感到毛骨悚然，也使她受到鼓舞。这里一定跟外面相通。最后，她试图点燃木乃伊裹布，发现烧得很旺。事实上，她发觉，带着裹布的木乃伊碎块烧起来像火炬一样。她索性硬着头皮，把它们一块块拾起来。前臂最好，拿起来容易。借助更加明亮的火光，她穿过许多条走廊，爬上几级台阶，终于吸到了新鲜空气。艾丽卡灭掉火炬，最后几步是借着月光走出来的。当她进入埃及的温煦夜色时，她距离早先和穆罕默德一起进山的地方，只有几百英尺远。她下面就是基尔纳村。村里灯光稀落。

艾丽卡哆哆嗦嗦地在墓口站了一阵，望着月亮和星星，从来没有这样激动过。她知道，她大难不死，实属三生有幸。

眼下，首先要找个清静的地方镇定一下，弄点喝的。她的喉咙被尘土呛得发干。她还想洗个澡，这场经历好似灰尘一样，粘住她不掉。但是最要紧的，她想找见一两张友好的面孔。而两全其美的最近去处，便是爱伊达·拉曼的住宅。她看得见，那房子就依偎在山腰上，窗口还亮着灯光。

艾丽卡离开偏僻的地下墓，小心翼翼地沿悬崖底端走去。除非是回到卢克索，不然她不想冒险让穆罕默德或者那个努比亚人看见。就她的内心愿望来说，她还是想回去找伊冯。她要把雕像的位置尽可能确切地告诉他，然后离开埃及。她已经领教够了。

当她到达爱伊达住宅的正上方时，艾丽卡开始往下走。头一百码是沙地，一踩老深，后来是松散的砾石，在明晃晃的月光下，踏上去吱嘎作响，真够吓人的。最后，她来到屋后。

艾丽卡待在黑影里等了几分钟，窥视着村里的动静。结果什么动静也没发现。一俟认定平安无事，她便绕过房屋，走进院子，抬手叩门。

爱伊达·拉曼用阿拉伯语嚷了一声。艾丽卡回喊了一声她的名字，问道能不能和她谈谈。

"走开。"爱伊达在门里面喊道。

艾丽卡吃了一惊。爱伊达原来是那样热情友好。"求求你，拉曼太太，"她在外面冲着里面说，"我需要喝杯水。"

插栓一拉，门打开了。爱伊达·拉曼穿着她们第一次见面时穿的棉布衣服。

"谢谢你，"艾丽卡说，"对不起，打扰你了。我渴得很。"

爱伊达看上去比两天前苍老多了。本来显而易见的幽默感也不见了。"好吧，"她说，"不过请在门口这里等着。你不能逗留。"

当老太太去端喝的时，艾丽卡环视了一下房间。一切都很熟悉，这使她感到宽慰。那把长柄铁铲放在托架上。带框的照片井井有条地挂在墙上。许多都是霍华德·卡特和一个戴头巾的阿拉伯人的合照。艾丽卡心想，这个阿拉伯人一定是拉曼。相框当中有块小镜子，艾丽卡被自己的外表吓了一跳。

爱伊达·拉曼取来一些果子露，就是她头一次来访时，她拿给她喝的那一种。艾丽卡慢慢喝着。大口喝使她喉咙发痛。

"我家里人听说你哄骗我向你透露了纸草书，个个都很气愤。"爱伊达说。

"你家里人？"艾丽卡说，一喝东西，她就来劲了，"我记得你说过，你是拉曼家族的最后一个人。"

"是这样。我的两个儿子都牺牲了。可我还有两个女儿，都成了家。我把你的来访告诉了我的一个外孙。他气坏了，拿走了纸草书。"

"他拿走干什么？"艾丽卡惊慌失色地问道。

"我也不知道。他说这玩意儿要精心保管,他要把它放到个妥善的地方。他还说,这纸草书是份咒文,既然你看见了,你非死不可。"

"你相信吗?"艾丽卡知道,爱伊达一点不傻。

"我不知道。我丈夫不是这样说的。"

"拉曼太太,"艾丽卡说,"我翻译了纸草书全文。你丈夫说得对。根本没有什么咒文。写纸草书的是一位古代建筑师,为塞提一世法老修墓的。"

一条狗在村里汪汪吠叫。有人回喊了两声。

"你必须走啦。"爱伊达·拉曼说,"你必须走了。万一我外孙回来,可不得了。快走吧。"

"你外孙叫什么名字?"艾丽卡问。

"穆罕默德·阿卜杜拉勒。"

艾丽卡一听到这个名字,像挨了一记耳光。

"你认得他?"爱伊达问。

"我想我今晚遇见过他。他住在基尔纳这里?"

"不。他住在卢克索。"

"你今晚见过他了?"艾丽卡紧张地问道。

"今天,不是今晚。请吧,你必须走啦。"

艾丽卡赶紧离开,她比爱伊达还要紧张。可是,到了门口,她又停下。有些零散现象凑合到一起了。"穆罕默德·阿卜杜拉勒做什么工作?"艾丽卡当下记起,阿卜杜勒·哈姆迪在旅游手册里的那封秘密信里写道:有位政府官员卷进去了。

"他是墓地看守长,顺便帮他父亲在国王谷经营小吃部。"

艾丽卡会意地点点头。看守长，对于策划黑市行动来说，倒是个十全十美的职位。接着，艾丽卡想到了小吃部和拉曼。"小吃部，就是你丈夫萨瓦特·拉曼开办的那个吗？"

"是的，是的，巴伦小姐，请你快走吧。"

忽然间，一切都明白了；忽然间，她觉得她能够解释一切了。而这一切都取决于国王谷的小吃部。

"爱伊达，"艾丽卡兴奋不已地说，"你听我说。正如你丈夫所说的，没有什么'法老的诅咒'，我可以证实这一点，如果你肯帮忙的话。我只是需要时间。我要求你别告诉任何人，甚至别告诉你家里人，说我回来见过你。他们不会问起的，这我向你保证。所以，我只是求你不要首先提起。"

"你能证实我丈夫说得对？"

"完全能证实。"艾丽卡说。

爱伊达点点头："那好。"

"哦，还有件事，"艾丽卡说，"我需要一支手电筒。"

"我只有一盏油灯。"

"那也蛮好。"艾丽卡说。

艾丽卡离开时，紧紧拥抱了爱伊达一下，可是老太太无动于衷，畏畏缩缩的。艾丽卡拿着油灯和几盒火柴，站在房影里，注视着村子。村里死一般的寂静。月光已经越过头顶，正挂在西边天空。卢克索还在忙碌着，只见灯火通明。

艾丽卡登上她两天前走过的那条小路，沿着山冈走着。在月光中爬山，比在烈日炎炎下轻快多了。

艾丽卡知道，她违背了她最近下的决心：把剩下的谜底留给伊冯和警察局去解。但是，和爱伊达的谈话重新激起了她对过去的陶醉之感。从阿莫斯墓下到公墓，为她找到了这一切互无关联的事件的答案，包括雕像铭文的奥秘和纸草书的意思。艾丽卡知道，穆罕默德·阿卜杜拉勒绝对想象不到她获得了自由。因此，她感到相当安全。即使他想检查一下阿莫斯墓，他大抵也得花上好几天时间，才能拉起吊门。艾丽卡觉得她还有时间，因而想走访国王谷和拉曼的小吃部。如果她没搞错的话，她将发现一个真相，使图坦卡蒙墓黯然失色。

到了山顶，她停下来歇口气。沙漠里吹来的风，吹拂着光秃秃的峰峦，发出柔和的呼啸声，更增加了孤寂凄凉之感。从她站立的地方，能望见幽暗荒凉的国王谷，人工凿成的羊肠小道纵横交错。

艾丽卡可以看见她的目的地了。小吃部和客栈轮廓清晰地耸立在小石岗上。一看见这些，她劲头更足了，加紧向前赶路，不过下坡时还是小心翼翼的，唯恐踩落了卵石，稀里哗啦地滑下山坡。她不想惊动可能待在谷里的任何人。一踏上通往古墓工人村的小路，路面随即平坦，她走起来轻松多了。在踏上一条修得很精致的墓间石头小路之前，她停下来听了一阵。听到的只是萧瑟的风声和飞来飞去的蝙蝠的偶尔尖叫声。

艾丽卡迈着轻快的步伐，走到峡谷中心，登上小吃部正面台阶。不出她所料，门窗紧闭，还上了锁。回头走到走廊上，她的视线循着图坦卡蒙墓、塞提一世墓和小吃部组成的三角形望去。然后，她绕到石楼后面，冲着难闻的臭气，走进女厕所。她划火点亮爱伊达·拉曼的油灯，开始察看起来，目光寻视着地基线。结构上没有任何奇异现象。

男厕所里，小便的气味更重。这气味来自一条长长的小便池，小便池沿正面墙根，用砖头砌成。小便池上方，有一条二英尺高的供电线、水管通过的狭小孔道，向前伸到走廊底下；男厕所与楼前地基不相毗连。艾丽卡朝小便池走去。那条狭小孔道口恰好齐肩高。她把油灯举到洞口，往里面看去，不想灯光只照到五六英尺远。只见泥地上乱丢着一只沙丁鱼空罐头盒和几只瓶子。

艾丽卡踩着一只废桶，爬进孔道里。她把提包留在孔道口。她避开瓶瓶罐罐，像螃蟹似的往前爬行，一直爬到正面的石壁跟前。在这狭小的孔道里，厕所的味道更加难闻，她的兴致一落千丈。但是，她已经爬了这么远，便硬着头皮查看粗糙的石壁，从一端看到另一端。可是一无所获！

艾丽卡用手腕托着头，自认算计错了。本来还觉得妙不可言呢。她深深地叹了口气，接着想转回身来。可是谈何容易，只好倒退着向厕所那里蠕动。她一手擎着油灯，一手吃力地撑着往后退，然而身下的土是松的，一按一滑。她试图抓得紧些。退着退着，感到土下有个光滑的东西。

艾丽卡扭了扭身子，向下看去。她的右手揿在一个金属面上。她刮掉一些浮土，一块铁板便露了出来。她放下油灯，开始用双手撮开浮土。从铁板四周可以看出，铁板嵌在一块经过雕凿的岩床上。她把所有的泥土刮开后，才能提起铁板的一边，越过周围的土墩竖起来。铁板下面的基岩上，凿了一个竖洞。

艾丽卡把灯举在洞口上方,发现这洞约有四英尺深,其实是一条隧道的起点,隧道直通大楼前面。她没有搞错!她慢慢抬起头,向黑暗中凝视着。顿时,她感到扬扬得意,激动不已。她体会到霍华德·卡特一九二二年十一月的心情啦。

她赶快把提包拖到孔道里头,然后下进浅坑,把灯擎在隧道口。隧道向下倾斜,陡然变得宽阔起来。她深深吸了口气,向前走去。起初,她得半弯着腰,一边走,一边估计着隧道的长度。隧道直通图坦卡蒙墓。

纳西夫·布洛斯穿过国王谷黑乎乎、空荡荡的停车场。他现年十七岁,是三个夜警中最年轻的。他边走边把那支老掉牙的步枪背带往肩上拉了拉。这支枪是第一次世界大战期间,什么人扔在埃及的。他气鼓鼓的,因为从警卫室到峡谷顶头的巡查任务并没轮到他,他本来可以在警卫室歇着,喝两杯。不想他的同事又一次欺他年轻,资历浅,硬叫他去巡查。

明朗的夜色使他顿息心头之怒。眼下只觉烦躁不安,一心想解解闷儿。可是,峡谷里万籁俱寂,每座坟墓都被牢固的铁门封住了。纳西夫宁愿碰到一个贼,他好试试枪法。于是他又想入非非起来,臆想自己为了保护峡谷,与一群强盗展开了搏斗。

他在图坦卡蒙墓的入口对面停下脚,心想这墓倘若是现在发现的,而不是半个世纪以前发现的,那该多好。他抬头望望小吃部,要是处在卡特的时代,那就是他站岗的地方。他会藏在游廊的栏杆后面,谁若是企图逼近坟墓,他那杆杀人如麻的步枪,准叫他一命呜呼。

纳西夫抬头一望,发现厕所门洞开着。据他了解,这门以前从没开着过。于是他心里盘算,是不是走到楼前瞧瞧。随后,他往峡谷里望去,决定回来时再查看厕所。他一面走,一面设想自己赴开罗出差,带着一帮他逮捕的犯人。

艾丽卡估计,她应该很挨近图坦卡蒙墓了。因为隧道底部又圆又不平,她走起来速度很慢。前头有个向左急转弯,直到转过弯之后,她才能看见前面。接着,隧道急转直下,通进一个房间。她两手撑着粗糙不平的隧道石壁,一点一点地向下移动,最后一脚踏在平滑的地板上。她走进了一间地下墓室。

艾丽卡猜想,她眼下正处在图坦卡蒙墓前室的正下方。她把油灯举过头顶,灯光射出去,照亮了砌得平平整整然而没有装饰的墙壁。房间大约有二十五英尺长、十五英尺宽,天花板由一整块巨大的石灰石搭成。艾丽卡的目光落到地板上,见到一大堆乱糟糟的骷髅,有的或多或少地带着干枯的皮肉。她把灯光再凑近点,能够看出每副颅骨都被沉重的钝器击碎打穿了。

"天啊。"艾丽卡悄声说。她知道眼下是怎么一回事啦。这是古墓工人惨遭杀害后留下的遗骨,眼前这间墓室就是他们挖掘的。

她慢吞吞地穿过这间使人毛骨悚然地想起古代惨杀的墓室,走下长长的一级台阶,来到一垛砖石墙跟前。拉曼在墙上开了一个大洞,艾丽卡走进另一个大得多的房间。当灯光划破黑暗、照亮房间时,艾丽卡不觉倒抽了一口气,赶忙靠到墙上,设法镇定下来。展现在她面前的,是一个考古学奇境。房间由巨大的方柱支撑着。墙上画着古代埃及诸神的精美肖像。各神前面都有一幅塞提一世的肖像。艾丽卡找到了这位法老的财宝。内内夫塔认识到,要贮藏珍宝,最保险的地方,是放在另一些财宝的下面。

艾丽卡小心翼翼地往前走着,手里举着油灯,摇曳的灯光照到室内悉心摆放的无数件物品上。和图坦卡蒙的小墓比起来,这里一点也不凌乱。样样东西都井井有条。一辆辆完好无损的镀金马车亭亭而立,像是在等待套马似的。靠右面墙,排列着巨大的保险箱和立柜,都用杉木作料,乌檀镶面。

有只小象牙匣敞开着,里面的东西——精致无比的珠宝首饰——都被仔细地排在地板上。显然,这里曾是拉曼行盗的地方。

艾丽卡绕着方柱徘徊,又发现一级阶梯。这级阶梯通往一个同样大小的房间,里面也装满了金银财宝。有几条甬道,通到另外几个房间。

"天啊。"艾丽卡又一次说道,只是这次带着惊讶而不是惊恐的神情。她省悟到,她进入了一大片墓室,墓室向下向外延伸,方向使人捉摸不定。

她知道,她在目睹着令人不可思议的财宝。她走着走着,想起了著名的提埃尔巴哈利地下室。这是十九世纪头十年后期发现的,被拉苏尔家族偷偷摸摸地盗窃了十年之久。在这里,拉曼家和阿卜杜拉勒家显然在干同样的勾当。

当她走进另一房间时,艾丽卡停住了脚。她站在一间空荡荡的墓室里。室里有四个按照奥西里斯式样建造的乌木柜,十分匹配。墙上的装饰都摹自《死者书》。拱顶漆成黑色，缀着金星。艾丽卡前面有一道门，先用砖石垒得严严实实，再用古墓封条封死。门两旁各有一座雪花石膏柱基，柱基正面雕着象形文字。艾丽卡一看就认出了那句铭文："愿塞提一世永生，他安息在图坦卡蒙下面。"

顿时，艾丽卡弄清楚了：动词是"安息"，不是"执政"，介词是"在……下面"，而不是"在……之后"。她还认识到，她终于看到了塞提一世两尊雕像的原始地点。两尊雕像放在砖石墙前面，相对而立达三千年之久。

艾丽卡恍然大悟：她眼下正站在伟大的塞提一世的墓室未曾开过的入口处。她发现的不单是一座宝库，而且是一座完完整整的法老墓。她看见的那座塞提雕像，同图坦卡蒙墓里发现的沥青雕像一样，是墓室的一个看守。塞提一世没有埋葬在一座按照新王国其他法老的式样建造的陵墓里。这是内内夫塔最终要弄的诡计。他在一座墓里葬下一具替尸，公开声称是塞提一世的尸体，而实际上，塞提却被埋在图坦卡蒙墓下方一座秘密的坟墓里。内内夫塔一举两得，既使职业盗墓者有墓可盗，又使他的君主受到别的法老享受不到的保护。内内夫塔大概还认为，即使有人偶然闯进图坦卡蒙墓，他们也万万想象不到，这座墓会对下面的巨大财富起到保护作用。他真懂得"贪婪不义之徒的行径"啊！

艾丽卡摇摇灯，看看还有多少油，心想还是返回为好。她慢吞吞地转过身，循着原路往回走，一面不住地对内内夫塔的计谋感到惊叹不已。他确实很聪明，不过也很狂妄自大。把纸草书留在图坦卡蒙墓里，这是他周密计划中最薄弱的环节。为同样聪明的拉曼解开这个谜，提供了线索。艾丽卡在揣摸：不知那位阿拉伯人是否像她那样，也去过大金字塔？不知他是否注意到那里的墓室便是一个建在另一个上面？要是他参观过贵族墓的话，不知他是否发现下面还有墓？

沿着狭窄的通道往上走时，艾丽卡不由得想到这次重大的发现，又要引起多大的赌注。难怪有人被杀。想到这里，艾丽卡停下脚步。她真想知道，有多少人惨遭杀害。五十多年以来，有人一直要保住这个秘密。耶鲁的那个年轻人……忽然，艾丽卡对人们联想中的所谓"法老的诅咒"提出了疑问。也许是为了保住秘密，才杀死这些人的。卡那封勋爵自己怎么样呢？……

走到最上层的墓室时，艾丽卡停下来瞧了瞧从象牙匣里取出来的珠宝。虽然她一直小心翼翼的，尽量不去碰摸任何东西，唯恐触动墓里的考古内容，但是伸手摸摸某些已经被人触碰过的东西，却使她感到十分惬意。她拾起一条挂链，上面有纯金制作的塞提一世的铭名图案。她琢磨着取点证物，以防伊冯和艾哈迈德不相信她的报告。于是她拿起挂链，爬上台阶，走进堆满不幸的古墓工人骷髅的房间。

隧道往上爬比往下走容易。到了尽头，她把油灯放在泥地上，纵身钻进小吃部下面供电线、水管通过的狭小孔道。她在考虑走哪条路回卢克索最好。眼下刚过午夜，所以，撞上穆罕默德或那个努比亚人的可能性很小。她最担忧的，是那个在穆罕默德手下干事的政府看守。她记得，在通往峡谷的柏油路上，就曾见到过一座门房。因此，她不能走大路，而要取小路，回到基尔纳村。

在这狭小的孔道里，搬弄铁板是很困难的。艾丽卡只好让它往泥土上滑，一下落到岩床上。然后，她捡起先前见到的那只沙丁鱼罐头盒,开始往铁板上堆浮土。

纳西夫来到离小吃部几百英尺远的地方,听到铁撞石头的哐啷声。蓦地,他从肩上拉下枪,朝厕所半开着的门冲去。他伸出枪托,把门全部推开。月光射进小小的门洞。

艾丽卡听见开门声,赶忙用手把油灯捻灭。她离男厕所的边沿大约有十英尺远。她的眼睛很快适应了昏暗的光线,看到了通往门厅的门。如同那天理查德进入她的旅馆房间时那样,她的心怦怦猛跳起来。

她看着看着,只见一个黑影悄悄溜进厕所。即使在半明半暗中,艾丽卡也能分辨出那支步枪。当那人慢吞吞地冲她照直走来时,她当即感到惊慌失措起来。他弓着身子,像猫逮耗子似的潜步移动。

也不知那人能看见什么,艾丽卡紧紧地趴在地上。他来到小便池墙根前,好似直勾勾地看着她。随后他停下了,直瞪瞪地凝视着,仿佛长达数小时之久。最后,他伸手抓起一把松土,扬起手臂,朝洞里掷去。艾丽卡眼睛一闭,有些土击中了她。那人重复掷了几次。有几块小石头落在光秃秃的铁板上,发出砰砰的响声。

纳西夫立起身子。"妈的。"他喃喃地说。他气冲冲的,连开枪打耗子的机会都没捞着。

艾丽卡稍稍松了口气,但是还不见那人走开。他站在那里,黑灯瞎火地望着她,枪又背到肩上。艾丽卡迷惑不解,直到后来才听到哗哗的小便声。

月光经船帆一反射,显得格外明亮。艾丽卡趁机看了看表。时间已过一点。船过尼罗河,走得很平稳,她差一点打起盹来。过河是最后一关,她想尽量放松一下。她可以肯定,卢克索是安全的。这次发现使她万分激动,早把墓里的可怕经历抛到九霄云外了。因为一心期待向人透露她的发现,她才没有睡着。

回头向西岸看去,艾丽卡感到非常庆幸。她从国王谷往上攀登,绕过沉睡的基尔纳村,穿过农田,安然无恙地来到尼罗河畔。碰到过几条狗,可是一俯身捡块石头,就都轰跑了。她伸伸疲惫不堪的双腿。

一阵风吹来,小船随之一歪。艾丽卡仰头望望船帆的优美弧线,只见繁星满天。把她的发现告诉谁最有意思呢,是伊冯、艾哈迈德,还是理查德?她也拿不准。伊冯和艾哈迈德会大加赞赏,理查德会大为惊讶。即使她母亲,这一次可真要感到高兴了:在乡下俱乐部里,她再也不用为女儿选择这一职业向人辩解了。

回到东岸,她欣喜地发现,冬宫的前厅里空无一人。她只好冲着服务台大叫,喊醒了服务员。

睡眼惺忪的埃及人,被她的到来吓了一跳,一声不吭地递给她一把钥匙和一只信封。艾丽卡走上宽阔的铺着地毯的楼梯,服务员从后面瞅着她,心想她干什么去了,身子弄得这么脏。艾丽卡瞧瞧信封。这是冬宫的专用信封,她的名字写得粗犷醒目。她走到走廊时,将手指伸进一个角里,把信封撕开,一面绕过整修时留下的废料堆。到了门口,刚想插钥匙开门,却又打开了信。信上胡乱画了几笔,毫无意思。再看看信封外面,艾丽卡不由得纳闷起来:这是不是有人在开什么玩笑。如果是这样,她却既不能理解,又无法欣赏。这就像你接到一个电话,打电话的人什么话也没说,就又挂上了。真有点让人惶恐不安。

艾丽卡瞧瞧她的房门。如果说她在这次旅行中有所教益的话,那就是:旅馆并非安全之地。她记得发现艾哈迈德危坐在她的房间里,理查德不期而入,她的房间被搜查。她又带着踌躇不决的心情,把钥匙插进锁眼里。

突然,她觉得听见了什么动静。处于她那种心理状态,听到这点动静就足够了。她撤下钥匙在锁眼里晃荡,撒腿顺着走廊奔去,慌张之中,手提包砰地撞到一堆建筑材料上。身后,只听有人从里面急速开门。

当伊万杰洛斯听到钥匙的声音时,他忽地跳起,冲到门前。斯特凡诺斯被响声吵醒,大声喊道:"杀死她。"伊万杰洛斯拔出伯莱塔手枪,猛地打开门,正好见艾丽卡跑下主楼梯,转眼不见了。

艾丽卡弄不清楚谁待在她的房间里,不过她也不幻想那个昏昏欲睡的服务员能保护她。何况,他根本不在服务台。她只好去新冬宫宾馆找伊冯。她跑出宾馆后门,溜进花园。

伊万杰洛斯尽管块头很大,发起攻势来,却能像鹰一样迅猛,特别是当他全力以赴的时候。一旦奉命使用暴力,他宛若一条狂犬。

艾丽卡穿过花坛,来到水池边沿。她想绕过去,不料一脚踩在湿砖上,侧着身子滑倒了。她慌忙爬起来,扔掉提包,又往前跑去。后面的脚步声越来越近。

伊万杰洛斯逼得很近了,可以十拿九稳地开枪了。"站住。"他大声喊道,一面拿枪向她后背瞄去。

艾丽卡心想，一切都完了。还有五十码，才能到达新冬宫。她精疲力竭地停下脚，胸脯一起一伏的，随即回头瞧瞧她的追击者。他离她仅有三十英尺远。她认出了他，他们在爱资哈尔清真寺见过面。他那天脸上的那道伤口，现在已经愈合，使他看上去像个弗兰肯斯坦式的恶魔①。他把手枪对准艾丽卡，枪口被一只可恶的消声器掩盖着。

伊万杰洛斯想确定怎么打法好。最后，他举起手枪，伸出胳膊，瞄准艾丽卡的脖颈，慢慢扣动扳机。

艾丽卡见他微伸着手臂，不由瞪大了眼睛。她知道，尽管她按照他的命令停了下来，他还是要开枪。"不！"

手枪由于装有消声器，轻微响了一声。艾丽卡没有感到疼痛，面前的人还看得清清楚楚的。接着，最奇怪的事情发生了。伊万杰洛斯的前额正中绽开了一朵小红花，随即他便一头栽到地上，手枪从手里落下来。

艾丽卡愕然动弹不得。两手贴在身旁一动不动。身后，听到灌木丛里有动静。接着是人的声音："你不该那么机灵地把我甩掉。"

艾丽卡慢慢转过身。站在她面前的是那个长着尖牙齿、鹰钩鼻子的男子。"真悬呀。"哈利法说着，指指伊万杰洛斯，"我想你要去德玛尔让先生的房间吧。你得赶快走。还会有麻烦。"

艾丽卡想说话，可是又说不出来。她点点头，蹒跚着从哈利法身旁走过，两条腿像橡皮似的，步履摇晃不定。她记不得，她是如何走到伊冯房间的。

---

① 弗兰肯斯坦是英国作家玛丽·W. 雪莱于1818年所著小说中的生理学研究者，他创造出一个怪物，而自己被它毁灭。

法国人打开门,她一下子倒在他的怀里,嘴里咕咕哝哝的,什么开枪呀、被封在墓里呀、发现塞提雕像呀。伊冯镇静自若,一面抚摸着她的头发,一面按她坐下,叫她从头说起。

她刚想开始说,只听有人敲门。

"谁?"伊冯喊道,顿时警觉起来。

"是哈利法。"

伊冯打开门,哈利法一把将斯特凡诺斯推进屋里。

"你雇我保护这位小姐,把企图杀害她的人抓来。瞧,抓来了。"说着向斯特凡诺斯指去。

斯特凡诺斯看看伊冯,再瞧瞧艾丽卡。一听说哈利法被雇来保护她,艾丽卡大为惊讶,因为伊冯总是有意贬低她的险情。艾丽卡感到局促不安起来。

"你瞧,伊冯,"斯特凡诺斯终于说道,"你我之间发生争执,未免有些滑稽。因为我把第一座塞提雕像卖给了休斯敦的那个人,你就对我怀恨在心。其实,我只不过把雕像从埃及运到了瑞士。我们之间其实并不存在竞争。你想控制黑市。很好。我只是想保护我的领域。我可以利用经过时间考验的手段,把你的东西运出埃及。我们应该合作。"

艾丽卡迅速瞥了伊冯一眼,看看他的反应。她想听他哈哈一笑,告诉斯特凡诺斯,他大错特错了,他伊冯一心想摧毁黑市呢。

伊冯用手指理理头发。"你为什么威胁艾丽卡?"他问。

"因为她从阿卜杜勒·哈姆迪那里了解了大量情况。我要保护我的线路。不过,你们俩如果是合伙干的,那就没有问题了。"

"你难道跟哈姆迪的被害和第二座雕像的失踪,一点关系都没有?"伊冯问。

"没有,"斯特凡诺斯说,"我发誓没有。我甚至还没听说过这第二座雕像。为此,我感到忧心忡忡。我担心自己被撇在了外面,而哈姆迪的信会落到警方手里。"

艾丽卡闭上眼睛,揣摩着事情的真相。伊冯并不是十字军式的英雄。他想控制黑市,那只是为了他个人的目的,而不是为了科学的、埃及的,或者世界的利益。在古董这个问题上,他用感情代替了道义。艾丽卡受了他的蒙骗,而且更糟糕的是,她差一点送了命。她的指甲抠进了沙发椅里。她知道,她必须逃走。她得把塞提墓的情况告诉艾哈迈德。

"斯特凡诺斯没有杀害阿卜杜勒·哈姆迪,"艾丽卡突然说道,"杀害阿卜杜勒·哈姆迪的人就在卢克索那里,他们操纵着古董的来源。塞提雕像被运回了卢克索。我亲眼见到的,可以领着诸位去看看。"她谨慎地使用了"诸位"二字。

伊冯回头望望艾丽卡,对她的突然镇定感到有点惊讶。她朝他笑笑,意思让他放心。她那自卫的本能给她带来了意想不到的力量。"此外,"艾丽卡说,"斯特凡诺斯的路线通过南斯拉夫,这比试图把东西打进棉花包里,从亚历山大运走,不知要强多少。"

斯特凡诺斯一边点头,一边对伊冯说:"精明的女人。她说得是。我的办法比把古董打进棉花包里强得多。你本来就是这么计划的吧?天哪,这顶多装运一两次就完了。"

艾丽卡伸伸懒腰。她知道,她必须使伊冯相信,古董牵涉到她个人的利害关系。"明天,我带你们去看看塞提雕像的地点。"

"在什么地方?"伊冯问。

"在西岸一座没有标号的贵族墓里。那位置很难说清楚。我要带你们去看。就在基尔纳村上头。那里还有其他几件十分有趣的东西。"艾丽卡伸手到牛仔裤口袋里去摸那条塞提金挂链。她掏出挂链,大模大样地往桌上一扔。"作为我发现塞提雕像的报酬,斯特凡诺斯帮我把这条挂链运出埃及就行啦。"

"这玩意儿好精致。"伊冯一边说,一边审视挂链。

"那里还有好多件,有的比这个精致得多。我只敢拿这条挂链。好了,我先洗个澡,休息休息。不知你们注意到没有,我整整折腾了一夜。"艾丽卡走到伊冯跟前,在他脸上亲了一下。这是她做过的最勉强的事啦。她谢谢哈利法在花园里救了她,然后便果敢地朝门口走去。

"艾丽卡……"伊冯镇定地说。

她转过身。"什么事?"

一阵沉默。"也许你该留在这儿。"伊冯说。明摆着,伊冯在盘算如何处置她。

"今晚吗?我太疲倦了。"艾丽卡说。她的话音很明白。斯特凡诺斯不禁捂着嘴笑了。

"拉乌尔,"伊冯喊道,"今天夜里,你要确保巴伦小姐的安全。"

"我想我会平安无事的。"艾丽卡说着,打开了门。

"为了保险起见,"伊冯说,"还是让拉乌尔陪你去。"

当艾丽卡和拉乌尔一起走回冬宫宾馆时,伊万杰洛斯的尸体还躺在水池边的月光下。他看上去像是在睡觉,只是从头底下淌出一摊黑乎乎的血,哩哩啦啦地滴进水里。拉乌尔走上前去,瞧瞧伊万杰洛斯是不是真的死了,艾丽卡却扭过脸去。忽然,她发现伊万杰洛斯的半自动手枪还扔在瓷砖上。

艾丽卡偷偷瞥了拉乌尔一眼。他正在用劲给伊万杰洛斯翻个身。他也不看艾丽卡,便说:"哈利法真了不起。打在他两眼中间。"

艾丽卡弯下腰,捡起手枪。手枪比她预料的要重。她把手指绕到扳机上。她憎恶这种武器,被它吓得要命。她以前从未拿过枪,但了解其杀伤力,于是浑身颤抖起来。她没有自欺欺人。她知道她根本不会射击,可她还是转过身,瞅着拉乌尔,只见他立起身,擦擦手。"他还没倒地就死了。"拉乌尔说着转向艾丽卡,"啊,我知道你找到了他的手枪。把枪交给我,我放在他手里。"

"不要动。"艾丽卡慢吞吞地说。

拉乌尔的眼睛在手枪和艾丽卡的面孔之间,来回骨碌。"艾丽卡,你这——"

"住口。脱下你的夹克。"

拉乌尔遵命,把他的夹克扔在地上。

"再把你的衬衣拉到头上。"艾丽卡命令说。

"艾丽卡……"拉乌尔说。

"快点!"她举起伊万杰洛斯的手枪,伸长了手臂。

拉乌尔从裤子下抽出衬衣,吃力地把它拉到头上。衬衣里面有件没袖的汗衫。左胁下面,挂着一支小手枪。艾丽卡绕到他后面,从皮套里拔出手枪,然后扔进水池里。听到手枪落到水里,她又有些犹豫不定,唯恐拉乌尔发怒。随后,她又觉得这个想法太荒诞。他当然要发怒啦。她持枪对着他嘛!

她叫拉乌尔放下衬衣,好看清道。接着,她命令他走到宾馆前面。他想跟她说话,她再次叫他住口。艾丽卡心想,在描述匪徒活动的影片中,不费一枪一弹,便能使一个人束手就擒,真是易如反掌。拉乌尔只要一转身,就能夺到手枪。但是他没有这样做。他们两人成一条直线,穿过阴影,绕到宾馆前面。

弯曲的车道边上,停着一溜出租汽车,在几盏古式街灯的辉映下,泛着红光。司机早已回家过夜了,他们的主要任务,是在旅馆和机场之间往返跑车。但是,由于最后一班飞机是在晚上九点至十点到达,所以他们眼下已经无事可做。游客进城或环城游览时,都愿意乘坐富有浪漫色彩的马车。

艾丽卡哆哆嗦嗦地握着伊万杰洛斯的手枪,押着拉乌尔顺着那溜老爷车走去,眼睛瞄着车内的点火装置。大多数点火钥匙都在上面。她想去找艾哈迈德,但是先得确定如何处置拉乌尔。

打头的汽车和其他汽车一样,只是后窗上装着线穗。点火钥匙留在点火装置上。

"趴下。"艾丽卡命令道。她唯恐有人从宾馆里走出来。

拉乌尔擅自向旁边跨了一步,踩到修剪得很短的草地上。

"快点!"艾丽卡说,听上去像是很生气的样子。

拉乌尔手掌着地,趴下身子。他把手撑在身子底下,准备一跃而起。他由惊慌变为气愤。

"把胳臂伸到前面。"艾丽卡说。她打开车门,跨进汽车,坐在驾驶盘后面,仪表板上挂着一对柔软的红色塑料骰子。

发动机转得很慢,简直能急死人,喷出一股股黑烟,然后点燃了。艾丽卡一面拿枪对着拉乌尔,一面寻找前灯开关,啪地打开了。随后,她把手枪扔在旁边的座位上,启动了汽车。汽车向前驰去,颠簸得很厉害,把手枪震到地板上。

艾丽卡透过她的眼角,看见拉乌尔一跃而起,朝汽车冲来。她扳动加速器和离合器,想减轻颠簸,加快速度。拉乌尔趁机跳上后轮缓冲器,抓住了关闭的行李箱。

汽车挂到二挡,驰上宽阔明亮的大街。街上没有别的车辆,于是她尽量加快速度,开过了卢克索神庙。汽车飞跑着,艾丽卡又调到三挡。她搞不清汽车的速度,因为示速器失灵了。从后视镜上,她能看见拉乌尔仍然趴在行李箱上。他那乌黑的头发被风吹得乱蓬蓬的。艾丽卡想把他甩下车。

她忽左忽右地转动方向盘。汽车像蛇似的盘旋飞奔,轮胎发出尖厉的声音。不想拉乌尔紧紧贴在车背上,牢牢抓住不放。

艾丽卡将车调到四挡,踩动加速器。汽车飞驰向前,突然右前轮振动了一下。振得如此厉害,她只好双手攥紧方向盘,飞速驶过两个部长的住宅。站岗的士兵见出租汽车颠簸而过,行李箱上还趴着个人,忍不住笑了。

艾丽卡猛蹬制动器,汽车骤然煞住。拉乌尔往前一冲,滑到后窗上。艾丽卡回调到一挡,再加速,可是拉乌尔还趴在上面,死死抓住后门框。艾丽卡从后视镜里还能看见他,于是她故意把车子开上路坎,见到坑坑洼洼就往里开,引起一阵阵剧烈震动。突然,右前门弹开了。红骰子从仪表板上掉了下来。

拉乌尔趴在行李箱上,两臂贴在后窗上,瞅着后门上没有窗玻璃,他一手抓住一个门框。每过一个坑洼,随着车子的震动,他的头和身子就咚咚地撞击着车背。他决心跟住艾丽卡。他觉得她疯了。

到了通往艾哈迈德住宅的岔道口,汽车的前灯照见了路旁的一道土砖墙。艾丽卡嘶的一声刹住了车,然后急速倒退。这突如其来的停车,一下子把拉乌尔掼上了车顶。他到处找抓手,左手抓住了艾丽卡脸旁边的门框。

艾丽卡加速倒车,汽车发疯似的左右迂回,最后猛地撞到墙上。她的脖子啪地往后一拉,像根鞭子似的。右前门开到不能再开的程度,几乎被从铰链上拉下来。拉乌尔仍然死死抓住不放。

艾丽卡立刻换到一挡,汽车猛然向前一跳。这突如其来的加速,使右前门哐地关上,砸在拉乌尔手上。

他痛得大叫一声,本能地抽回手。在这同时,汽车撞上马路的柏油边缘,猛地一颠,把拉乌尔抛到路旁的沙地里。他刚一落地,就急忙爬起来。他一面托着疼痛的手,一面向艾丽卡追去,发现她在一座低矮的粉刷过的土砖房跟前停下车。她跳下车子,向房子前门奔去,这时他只好停下步。一俟弄清这是什么地方,他就掉过身,回头喊伊冯去了。

艾丽卡来到艾哈迈德门前时,生怕拉乌尔紧跟在后面。幸好门没上锁,她一把推开,闯了进去,门都没来得及带上。她要尽快向艾哈迈德揭露这场阴谋,好让他安排警察进行妥善保护。

她直奔起居室,见艾哈迈德还没上床,正跟人谈话,不禁欣喜若狂。"有人在跟踪我。"艾丽卡嚷道。

艾哈迈德一跃而起,当认出艾丽卡时,惊愕万分。

"快,"她接着说,"我们要赶快求救。"

艾哈迈德惊魂稍定,匆匆打她身边走过,冲出敞开的房门。艾丽卡转向他的伙伴,想让他快叫警察。她刚张口,便惊恐地瞪大了眼睛。

艾哈迈德回来了。他顺手关上门,一把搂住了艾丽卡。"一切都清楚了,艾丽卡,"他说,"一切都清楚了,你平安无事啦。让我瞧瞧你。我简直不敢相信;这是个奇迹。"

可是艾丽卡毫无反应,她只是使劲地往他肩后看去。真叫她毛骨悚然呀,她看到了穆罕默德·阿卜杜拉勒!这下子,她和艾哈迈德都完了。她看得出来,穆罕默德见到她,也同样大吃一惊。但是,他当即镇定下来,气冲冲地用阿拉伯语发泄了一通。

起先,艾哈迈德并不理会穆罕默德的狂喊乱叫。他问艾丽卡,谁在跟踪她,可是还没等她回答,穆罕默德不知说了句什么话,艾哈迈德被压抑的怒火一股脑儿爆发出来,其情景,跟他那次摔茶杯时她见到的一样。他两眼冒着怒火,忽地转过身,面对着穆罕默德。他用阿拉伯语说话,开始声音很低,带着威胁的口吻,后来渐渐提高嗓门,直至吵嚷起来。

艾丽卡在两人之间瞧来瞧去,心想穆罕默德会拔枪相见。使她宽心的是,她眼见着他软了下来。显然,他是听从艾哈迈德的命令的,因为艾哈迈德往一张椅子上一指,他就乖乖坐了下来。接着,伴随着宽慰,她又产生了恐惧。当艾哈迈德转回身时,艾丽卡凝视着他那深沉有神的眼睛。这是怎么回事呢？

艾哈迈德轻声说："艾丽卡，你回来了，真是个奇迹……"

艾丽卡心里在想：不对头啊。艾哈迈德说的什么？回来，他这是什么意思？

"这一定是真主的意愿，你我应该在一起，"他接着说，"我愿意接受真主的决定。我和穆罕默德谈论了你好几个钟头。我正准备去找你，跟你谈谈，向你提出恳求。"

艾丽卡心里怦怦直跳；她对现实的整个看法都站不住脚了。"你知道我被封在墓里？"

"是的。我不忍心做出这个决定，可是又不得不阻止你。我命令不得伤害你。我正想去墓里，说服你跟我们一起干。我爱你，艾丽卡。从前，我曾出于无奈，放弃了我所心爱的女人。我舅父搞得我没有办法。这次可不会了。我想要你加入我们的家庭——我的家庭和穆罕默德的家庭。"

一时间，艾丽卡闭上眼睛，想清理一下纷乱的思绪。眼下耳闻目睹的事情，叫她不敢相信。结婚？家庭？她的声音颤抖起来。"你和穆罕默德是亲戚？"

"是的。"艾哈迈德说。他领着她缓缓走到长沙发椅跟前，按她坐下。"穆罕默德和我是表兄弟。我们的外祖母是爱伊达·拉曼。她是我母亲的母亲。"艾哈迈德从萨瓦特·拉曼和爱伊达·拉曼开始，详细介绍了他们错综复杂的家谱。

他说完后，艾丽卡惶恐地瞟了穆罕默德一眼。

"艾丽卡……"艾哈迈德说，以重新引起她的注意，"你做了别人五十年来想做而没有做成的事情。除了我们家人之外，只有你见过纸草书。不管什么人，哪怕了解到一点点纸草书的底细，都被干掉了。多亏了那些宣传工具，这些死亡都被归咎于一种神秘的原因。方便极了。"

"一切保密措施都是为了保护那座墓？"艾丽卡问。

艾哈迈德和穆罕默德面面相觑。"你指哪座墓？"艾哈迈德问。

"真正的塞提墓，在图坦卡蒙墓下方。"艾丽卡说

穆罕默德忽地跳起，用粗粝的阿拉伯话，把艾哈迈德数落了一通。这回，艾哈迈德倒是听下去了，没有打断他。等穆罕默德数落完了，艾哈迈德又回身朝着艾丽卡。他的声音仍然很镇定。"你真神奇，艾丽卡。现在你知道，我们为什么下了那么大的赌注。是的，我们保护着一位伟大的埃及法老的未被盗窃的坟墓。你受过教育，知道这意味着什么。令人难以置信的财富。所以你会懂得，你把我们置于一种十分尴尬的地位。不过，你要是嫁给我，你就会得到部分财富，还可以帮助清理这次最壮观的考古发现。"

艾丽卡又想到要设法逃走。开始，她要逃离伊冯；现在，她要逃离艾哈迈德。拉乌尔八成是回去叫伊冯了。可能会有一场可怕的冲突。这个世界真是发疯了。为了拖延时间，她问："怎么墓还没清理好？"

"墓里尽是珍宝，要取走任何一件，都必须有周密的计划。我外祖父拉曼知道，要建立起一个机构，销售这样一座墓里的珍宝，并把我们家的人安插在能操纵文物出口的岗位上，这需要一代人的努力。在他的后半生，我们只是适可而止地取出一点，作为教育下一代的经

费。仅仅到了去年,我才当上文物部部长,穆罕默德当上卢克索墓地看守长。"

"这么说来,和十九世纪的拉苏尔家族一样啦。"艾丽卡说。

"表面上的相似,"艾哈迈德说,"我们站得高,看得远,正在从考古学的角度,做认真的考虑。其实,艾丽卡,你在这方面可以起主导作用。"

"卡那封勋爵也是属于要'干掉'的人吗?"艾丽卡问。

"我说不准,"艾哈迈德说,"那是很久以前的事情啦,不过我想是这样的。"穆罕默德点点头。"艾丽卡,"艾哈迈德接着说,"你这一手是怎么学会的?我是说,你怎么——?"

突然,屋里的电灯灭了。月亮已经落下,屋内一团漆黑,像座坟墓似的。艾丽卡一动不动。她听见有人拿起话筒,然后哐地放下。她猜,准是伊冯和拉乌尔割断了电线。

她听到艾哈迈德和穆罕默德在叽里呱啦地用阿拉伯语说话。随后,她的眼睛适应了黑暗的光线,她能看见黑乎乎的人影。有个黑影向她逼来,艾丽卡往后直退。这是艾哈迈德,他抓住她的手腕,把她拉了起来。她只能看见他的眼睛和牙齿。

"我再问你一句:刚才谁在跟踪你?"他的声音半低不高的。可是很急迫。

艾丽卡想说话,但是结结巴巴地说不出来:她吓傻了。她被绞在了两股恶势力中间。艾哈迈德不耐烦地硬拽她的手腕。最后,她终于说出了口:"伊冯·德玛尔让。"

艾哈迈德一面抓住艾丽卡的手腕,一面和穆罕默德嘀咕了一阵。

艾丽卡见穆罕默德手里一闪,拿出一支手枪。她感到,她已没有能力来驾驭事态的发展了。

艾哈迈德也不说一声,拉着她穿过起居室,走出黑洞洞的长走廊,来到屋后。她看不见路,害怕摔倒,便奋力挣扎,想挣开手。可是,艾哈迈德抓得很牢。穆罕默德跟在后面跑。

他们从屋内跑进院子,院里光线稍亮一点。他们绕过马厩,来到后大门。艾哈迈德和穆罕默德匆匆说了两句;接着,艾哈迈德打开木门。外面小巷里非常寂静,因为长着两排枣椰树,显得比院子里还暗。穆罕默德平持着枪,小心翼翼地探出身子,两眼向黑影里扫来扫去,觉得没事,便往后退了退,让艾哈迈德先走。艾哈迈德也不松开艾丽卡的手腕,只催她快走,一把将她从门口推进胡同。他紧跟在后面。

瞬间,艾丽卡感到艾哈迈德抓着她的手突然一紧。接着,听到一声枪响。噗的一声闷响,她早先面对疯狂的伊万杰洛斯时,听到的就是这个响声。这是带有消声器的手枪的声音。艾哈迈德侧着身子倒进门里,把艾丽卡也拽倒在他身上。借着微弱的光线,她能够看见,他中弹了,像伊万杰洛斯一样,打在两眼中间。点点脑浆溅到艾丽卡脸腮上。

艾丽卡在紧张中,硬撑着跪起来。穆罕默德从她旁边猛冲过去,穿过小巷,躲到一排排棕榈树后面。艾丽卡茫然地看着他转过身,向小巷里开枪。然后,他扭身朝相反的方向逃走了。

迷茫中,艾丽卡站起身,眼睛直瞪瞪地盯着死去的艾哈迈德。她往黑影里退去,最后撞到马厩墙上。她张着嘴,呼吸短促。从房子正面,传来尖厉的破裂声,接着是哐的一声。这一定是正门的声音。在她身后,可以听见骚达在马厩里惶恐不安地乱蹦乱跳。她惊呆了。

在她正前面,由门口向小巷里望去,只见一个人影,猫着腰跑过去。几乎在这同时,右边又响了几下枪声。接着,从她身后的屋子里,传来脚步跑动的声音,她由发呆变得恐慌起来。她知道,伊冯是在找她。他豁出去了。

艾丽卡听到房子后门打开了。她屏住呼吸,只见一个人影静悄悄地走了出来。这是拉乌尔。她看见他俯身瞧了瞧艾哈迈德,然后起身走进巷子。

艾丽卡又迟疑了五分钟,巷子里的枪声逐渐平息下来。忽然,她离开墙壁,跌跌撞撞地往回跑去,穿过黑咕隆咚的房子,冲出了正门。

她越过马路,跑过一条砖砌的走廊,然后穿过一个又一个小院,边跑边发出声响,好几处的电灯都打开了。她稀里哗啦地穿过一堆瓦砾、一座鸡窝,蹚过一条明沟。远处,又听到几声枪响,还有一个人在大声喊叫。她跑着跑着,觉得就要倒下似的。但是,她一直跑到尼罗河畔,才停下来歇口气。她思索着何去何从。谁也不可信了。因为穆罕默德是看守长,她连警察也怕起来了。

恰在此刻,艾丽卡想起了由漫不经心的士兵看守着的两幢部长住宅。她挣扎着站起身,向南走去。她避开公路,一直在黑影里走着,最后到达被看守的住宅区。接着,她像个自动化装置似的,走出黑影,进入灯光明亮的大街,绕过第一幢住宅的前墙。两个士兵立在各自的楼口,相隔五十英尺,高声交谈着。当艾丽卡朝第一个士兵走去时，两个都扭过脸，瞅着她。这个士兵很年轻，穿着宽大的褐色军装、擦得油光锃亮的长统靴，背带上挂着一支自动手枪。他把手枪转到前面，等艾丽卡走近时，便开始说话了。

艾丽卡不肯止步，她绕过这位惊讶的年轻士兵，朝房子走去。"站住！"士兵喊道，一面向她追去。

艾丽卡停住脚步。接着，她鼓起勇气，提高嗓门大喊："救命啊！"她不停地喊叫，直到黑屋子里亮了灯。转眼间，一个穿着长袍的人影出现在门口。他头顶光秃秃的，身材肥胖，脚上没穿鞋。

"你会说英语吗？"艾丽卡上气不接下气地问道。

"当然会。"那人惊讶而又略带怒容地说。

"你为政府工作吗？"

"是的，我是副助理国防部长。"

"你与文物有关系吗？"

"没有。"

"那太好了，"艾丽卡说，"我有件最耸人听闻的事情告诉你。……"

波士顿

环球航空公司的波音七四七飞机微微倾斜着,矫健地飞临洛根机场。艾丽卡将鼻尖贴紧窗子,眺望着波士顿的暮秋景色。她觉得这景色很美。她真正体会到归国的兴奋心情。

巨大的喷气式飞机的轮子着地了,使得机舱为之微微一震。横越大西洋的漫长飞行结束了,有几位乘客高兴得拍起手来。当飞机向国际旅客大楼滑去时,艾丽卡不禁对自己离开波士顿以来的经历感到惊奇不已。与离开时相比,她现在大不一样了;她觉得,她终于完成了从学术世界向现实世界的过渡。埃及政府邀请她在清理塞提一世墓中,发挥主要作用。为此,她对自己的前途充满了信心。

飞机滑到出入口时,最后又晃动了一下。引擎的声音停息了,乘客们陆续打开头上的行李储藏箱。艾丽卡待在座位上,向窗外望着新英格兰上空的清澈云彩。她记得,伊斯康德中尉穿着洁白无瑕的制服,从开罗赶来为她送行。他向她报告了卢克索那个性命交关的夜晚的最后结果:艾哈迈德·哈赞死于枪伤——这在他被击中时,她就知道了;穆罕默德·阿卜杜拉勒正处于昏迷状态;伊冯·德玛尔让不知怎么搞到了离境许可证,被埃及宣布为不受欢迎的人;斯特凡诺斯则干脆失踪了。

她一回到波士顿,这一切似乎都变得虚无缥缈了。这次经历使她感到悲哀,特别是对艾哈迈德。这次经历还使她对自己判断人的能力产生了怀疑,特别是伊冯给她的教训太大了。即使在出事之后,等她回到开罗,他还厚颜无耻地从巴黎给她打电话,愿意出高价收买她提供的有关塞提一世墓的内幕材料。她沮丧地摇摇头,一面收拢她随身携带的物品。

艾丽卡顺着人群往外走。她迅速通过了移民管理处,取回了行李。接着,她挤了出去,走进候车室。

他们同时望见了对方。理查德跑上来,一把抱住艾丽卡,艾丽卡放下提包,她后面的人只好从上面迈过去。他们一声不响地搂在一起,感情水乳交融。最后,艾丽卡脱开身。"你是对的,理查德。我一开始头脑发热。现在还活着,算我幸运。"

理查德热泪盈眶,这是艾丽卡从未见过的样子。"不,艾丽卡。我们都对,又都不对。这就是说,我们有许多东西需要互相了解。请相信我,我是愿意的。"

艾丽卡嫣然一笑。这话是什么意思,她捉摸不透,不过使她听了开心。

"哦,顺便告诉你,"理查德拿起她的提包,说道,"休斯敦有个人想见见你。"

"真的?"艾丽卡问。

"是的。他显然认识洛厄里博士。洛厄里博士把我的电话号码告诉了他。他就在那边。"理查德用手指去。

"天哪,"艾丽卡说,"这是杰弗里·约翰·赖斯。"

杰弗里·赖斯好像得到了暗示似的,走了过来,矫揉造作地取下他的宽边帽。

"对不起,在这个时候打扰了你们二位。巴伦小姐,你发现了那尊塞提雕像,这是给你的支票。"

"可我不明白,"艾丽卡说,"这尊雕像现在归埃及所有。你买不到呀!"

"妙就妙在这里。这就使我的那尊成为埃及以外的唯一的一尊。因为你,它的价值比以前不知提高了多少倍。休斯敦该为此欣喜若狂啊!"

艾丽卡低头看看那张万元支票,不禁哈哈大笑。理查德并不明白这是怎么回事,但是看到艾丽卡的诧异神色,也失声大笑。赖斯耸了耸肩,他手里仍然握着那张支票,领着他们走出来,迈进波士顿灿烂的阳光里。